天使の牙（上）

新装版

大沢在昌

角川文庫
22285

1

鏡の中の女は、どことなく煙ったような目をしていた。心のすべて、ではないが、中心に近い一部分をどこかに落としてきてしまったかのようだ。磨きこんだ白い肌に、大きなダイヤモンドのネックレスが光っている。今、女が着ているドレスを作ったのと同じフランス人がデザインしたものだ。ネックレスは、世界にあとふたつだけ同じものがある。ドレスは、この一着きりだ。

ヘアメイクアーチストは、二時間をかけて髪を作った。そのあいだ女がしていたのは週刊誌を読むのとテレビを見ることだった。

まるでちがう世界だった。そこにあった世界と女は、九年前までつながっていた。九年間。ほんのわずかだ。そのほんのわずかのあいだに、女はうんと遠い、かけはなれた場所へと移っていた。

十六歳の夏。両親が死んだ夏。あの夏までは、確かに自分は、地球という星の上で生きていた。

今はどこにいるのだろう。半分は凍《い》てついた星。もう半分は熱く焼けただれた星。凍てついているのはひとりでいる時間のすべてだ。焼けただれているのは、あの男といる時間だ。

愛されている。まちがいない。焼きつくすほど愛されている。だがその愛は、ひとりきりでいるときの自分を決して燃やすことはない。男がかたわらからいなくなった瞬間、身も心も、冷えびえとした氷の惑星に自分が立っていることを彼女は思い知らされる。

鏡の中にもうひとりの人物が映った。肩幅の広い、腕の長い男。額の中央から後頭部にかけ、まっ白い帯が髪の中を走っている。

男のタキシードに包まれた腕が、背後から女の肩にのびた。むきだしの白い肩をよぎり、大きくふくらんだ胸にそっと掌《て》をあてた。

「きれいだ。すごい」

ボリュームをもたせた髪に顔をおしつけ、耳もとで男が囁《ささや》く。鏡の中の女は一瞬、目を細める。深みのある男の声が、胸よりももっと奥、そして皮膚のすぐ下とつながった官能の糸にさざなみを走らせたのだ。何千本、何万本とある官能の糸。男が一本一本紡ぎ、一本一本、女の体にはりめぐらせた。九年の時間をかけた。

男はきっと、女よりも女の体を知っている。歓びの与え方、そのはるか先をいく白い閃光《せんこう》の爆発へと導く道、男は指一本で、女の体からすべての力を奪いとる術《すべ》を知っている。

「今すぐ欲しいよ」

男がさらに囁く。指先が虫のようにくねり、ドレスの深い胸ぐりを這《は》いこむ。それを鏡の中で見ていただけで、固く尖《とが》ってしまった乳首に触れる。

膝《ひざ》の裏が小刻みに震える。

「駄目」

「すぐだ、すぐに終わる」

「駄目。いつ人がくるかわからない」

「大丈夫。こさせない」

その通りだ。男は王だ。男には小さいが強力な王国がある。

男のもう片方の腕がドレスの裾《すそ》にのびる。

「やめて……。声がでちゃう」

その言葉に敗北の響きを感じ、男の頬《ほお》に傲慢《ごうまん》な笑みが浮かぶ。すでに男の手は女の中心部にまでのびている。

「鏡をみて。ほら、見てごらん……」

閉じそうになる女の瞳《ひとみ》に、男が囁きかける。

「駄目、駄目」

目をあけていられない。熱いうねりの第一波がすぐそこまできている。逃れることはできない。

背後から男が抱きすくめる。

「声が――」

「聞こえやしない。パーティは始まっているんだ」

目が閉じかける。さからうようにみひらくと、男がうしろから女の中に押し入ってくる姿が見え、見えてしまったことでうねりが急速に高まってくる。

抗《あらが》えない。

女は身をまかせ、叫びをあげる。男の動きに体を震わせ、しゃくりあげる。男の熱い愛が自分を貫き、内側から焼き始めるのを感じる。

支配。これは支配なのだ。

歯をくいしばり、目をみひらく。鏡の中の男の目と、目があう。満足そうな表情。

鏡に手をつく。そうでなければ倒れてしまう。掌で男の勝ち誇った笑いを隠す。

男の動きがさらに炎をかきたてる。耐えられなくなり悲鳴がもれる。灼熱《しゃくねつ》の星に身をおく一瞬。

だが鏡の中の女とちがい、そこにいる女の心のどこかが冷めていく。

支配から逃れること。男の王国を捨て、どこかへでていく。氷でも炎でもない、まったく別の星で暮らすこと。

裏切り。王国を捨てるのは裏切り。

叫び声はさらに高くなる。第二波、第三波のうねりが待ちかまえている。

男の動きも激しくなる。ひと房の白髪《しらが》は、額に落ちかけている。

ひと房の白髪、それは男が王国を築きあげる過程で負った名誉の傷の証《あかし》だ。斧《おの》で額を叩《たた》き割った者がいた。

男が熱い溶岩を注ぎこむ瞬間、女は決心する。なぜなら、落としてきた心の一部分が氷の星にまだあったからだ。

救いを求めている。逃れでたいと叫んでいる。むりにあの心の一部分を、欠けた穴に押しこもうとしても軋《きし》みがおこるだけ。

女は決心し、再び鏡の中の自分を見る。

死とひきかえでも。

この王国を捨てる。

2

その男は目を閉じ、喘《あえ》いでいた。半ば開いた口に強く右拳《こぶし》を押しあてている。そうでもしないと声がこぼれてしまいそうだ。小便の匂《にお》いのするビルとビルのすきまに身を小さくしてねじこませ、できればこのまま闇《やみ》の中に溶けてしまいたいと願っていた。

最悪だ、最悪だ、最悪だ。さっきから同じ言葉ばかりが頭の中を駆けめぐっている。

早く効け、効くんだ、泣きそうになって自分にいい聞かせる。奴《やつ》らに見つかる前に飲んだ、あの白い顆粒《かりゅう》。「アフター・バーナー」だ。早く俺《おれ》の尻《ケツ》から炎を噴きだせ。マッハのスピードになって、奴らをぶっちぎれ。

震えている。止まれ、止まれ、止ま――。

スイッチが入った。バーナーが点火した。不意に世界が極彩色にかわり、闇がすっとぶ。めまぐるしい光の点滅が男の体を包み、マッハのスピードを押しだす。

よし、いける。ぶっちぎってやる。心の中でも点火したバーナーが、男に自信と興奮を与え、恐怖と緊張を洗い流す。

馬鹿めらが。思い知らせてやる。発射台をとびだすミサイルのように、男はビルのすきまの闇から駆けだす。まばらの通行人を縫って疾走する。

いたぞ、いた、でかぶつ。驚くな。

光速で男の手が動く。ジャケットの下からベルトに留めたサバイバルナイフをひき抜く。足は動いている。まっすぐに奴につっこんでやる。俺のスピードにはついてこれまい。

鈍重なでかぶつは、まだ俺に気づいていない。俺を探すために動いている首は、スローモーションだ。

よし、気づいた。俺を見た。もう遅いぜ阿呆《あほう》、お前はくたばるんだ。

でかぶつが本当にゆっくりと体を動かしている。腰を落とし、左足をひく。どうした、それじゃ間にあわんぜ。右手が野暮ったいジャケットの裾《すそ》にのびる。遅い、遅い、お前の手がチャカをつかむときは、俺のナイフはお前の腹ワタをえぐり出してらあ。

初めてでかぶつの表情がかわる。今ごろわかったか、馬鹿。悪い奴を相手にしたもんだな、今日がお前の命日だ。

マッハを見てとる男の目前を、白い光がよぎる。強力な衝撃を顔面にうけて、男はのけぞる。なんだよ、おい、なんだ——。

勢いのついた下半身は止まらない。反《そ》った上半身を残して前にでようとする。足の下から地面が消える。体が宙に浮き、そこで初めて男は、自分の顔面に白く固い拳が叩《たた》きこまれたのを知る。

一瞬の間。仰向《あおむ》けに男は地面に倒れる。温かいしぶきが鼻からほとばしっている。目をいっぱいにみひらく。誰《だれ》が、誰が、畜生。

足を開いて立ちはだかる女。髪を男みたいに刈っている。怒り肩で、スーツのジャケットがはちきれそうだ。ぺったんこのパンプスをはいた、色気のない脚。

「あたし！」

女がいう。何があたしだ、何があたしだ、この野郎。

女がずいっとでかぶつの前に立ちはだかる。にらんでやがる、いっちょう前に。ナイフがまだ手にあることを確認し、すばやく起きあがる。まず、お前だ。

「抵抗すると、後悔するよ」

馬鹿が。ナイフをつきだす。

女が左手を振る。重たい四角のバッグがナイフの切っ先をすべらせ、あさっての方向へ向けた。

次の瞬間、左の爪先《つまさき》から激痛が脳天につき刺さる。女が踵《かかと》で思いきり男の爪先を踏んづけたのだ。

「いってえ、畜生！」

女が体を横にする。女の左の肘《ひじ》がぐんとのびてきて――。

ぱっと視界がまっ白になる。顎《あご》ががきっという音をたてた。

もう一度地面だ。背中を打って息が詰まった。女が男をまたぐ。何だよ、どうしよっていうん――。右手首が軋《きし》む痛みに男は声をあげた。関節を決められ、ナイフが手から離れる。

「さあ――」

女は右手一本で楽々、男の腕をひねりあげている。くそ、こいつ本当はおかまか。女の格好しやがって、きたねえ。

おかまの左手がのびてきて男の髪をつかむ。引き抜かれそうな痛みに男はいやいや立ちあがる。

「くっ、この、おかまが――」

びしっという音とともに頬《ほお》を張りとばされる。

「誰がおかまだって、この売人野郎」

男は涙のにじむ目をみひらく。驚いた。化粧けはねえし、図体もでかいが、こいつ、女だぜ。女、女に俺はやられたのかよ。

女が男の腕をひねりあげ、うしろ手に手錠をかませる。

「麻薬取締法違反、公務執行妨害、傷害未遂、銃刀法違反、現行犯で逮捕する」

容赦《ようしゃ》のない声で女がいう。手錠の歯車をきつくつかんだので、男は呻《うめ》いた。皮が破けそうだ。

黙って見ていたでかぶつが動いた。のっそりと腰をかがめ、男の落としたナイフをハンカチで包んでつかみあげた。

でかぶつと目があった。頼むよ、このメスポリを何とかしてくれよ。

「相手が悪かったな」

でかぶつがいった。

3

売人は最寄りの交番に連行した。所轄の防犯課から係がくるまで、ふたりはそこに足止めをくった。身体検査をその間におこない、ガンジャスティック二本とアフター・バーナーを二十包、押収した。

所轄署の防犯課員に状況を話し、売人の身柄を引き渡す書類仕事が一時間。ふたりが結局、またふたりきりになるために一時間半がかかった。

「まったく……」

通りを歩きだしてようやく、古芳《ふるよし》が口を開いた。それ以上はいわずに首をふる。

「何よ」

明日香《あすか》は唇を尖《とが》らせた。

「見逃せっていうの？　あいつ、あたしたちの目の前でアフター・バーナーを売ってたのよ。買おうとしてたのは高校生くらいじゃない。駄目よ、そんなことできない！」

古芳は黙っていた。

「それより、映画、どうする？」

「どうするったって――」

古芳は腕時計をのぞいた。今年の誕生日に明日香が贈ったスウォッチだった。

「もう終わりさ。今日は土曜じゃないからオールナイトもやってない」

「あーあ」

明日香はため息をついた。やりすぎかもしれない。でもあそこで知らん顔をするのだったら、何のために刑事を希望したのかわからない。

「こんなんだったら、特取《とくとり》にいきゃよかったね」

警視庁保安二課は、薬物取締特別強化月間に入っている。今月に入って、アフター・バーナー取締のための特別本部が課内に設けられた。本部長は二課長ではなく、よそからスライドしてきた人間だ。薬物対策本部、通称「薬対《やくたい》」のチーフは、中西《なかにし》警視正だった。今日からその中西警視正が率いる、特別取締チームが、都内の盛り場を重点的に動いている。

だが古芳はその特取に配属されるのを拒んだのだ。結果、パートナーである明日香も特取にはいかず、今日の夜から非番になった。

「同じだ、別に」

古芳はいった。明日香はくすっと笑った。

「何がおかしい」

「同じじゃないじゃん。仁王《におう》が特取は嫌だっていったんだよ」

「お前はいきたかったのか」

「ほっとけないもん。アフター・バーナーが関西からくるって噂《うわさ》は前からあったけど、この一ヵ月でこんな早く広まるとは思わなかった。畜生、やられたって感じよ。『クライン』のくそったれ」

古芳は黙っていた。黙っていたが眉《まゆ》をぴくりと動かした。明日香がきたない言葉を使うと、古芳は必ず反応する。無口でめったに表情を変えない古芳だが、明日香のこうした言葉づかいが嫌でたまらないことを知っている。知っているから明日香はわざと使う。

古芳の反応が楽しい。怒らせたり、困らせたりするのが楽しくてたまらない。

本当はもっと素直になりたいのだ。でも素直になってしまったらかえって古芳は自分をつまらない女だと思うかもしれない。それが少し恐くて、明日香は素直になりきれない。

「――何か食おう」

古芳がいった。

「何にする？」

「何でもいい」

「すぐこれだ。たまにはあなたが決めなさいよ。いっつもあたしじゃない」

「俺はお前とちがって好き嫌いがないんだ」

明日香は立ち止まった。ショウウインドウの中に目を吸いよせられた。

枯れ葉色のコートだ。上品で暖かそうだった。きっと軽いだろう。もうじき押入れからひっぱりだす革のコートは、交通課の制服時代に買った代物だ。ジーンズやパンツならいいが、スカートの上に着ると、いかにもこれしかないみたいでつらかった。

「いいね、あれ。いいと思わない？」

「ああ」

古芳は気のない返事だった。目は遠くを見ている。その視線の先に、ハンバーガースタンドのネオンがあった。

「ハンバーガーは駄目。嫌っていうほど張りこみのときに食べてるんだから！」

明日香は恐い声をだした。

「わかったよ。じゃあ何にするんだ？」

明日香はコートから目をひき離した。どうせ今のサラリーでは手がでない。ボーナスもローンと貯金でほとんど残らないのだ。

「あれ！」

通りの向かいにイタリアンレストランを見つけ、明日香はきっぱりといった。それほど高くなさそうだし、割りかんだから何とかなるだろう。

「ピザか……」

古芳はつぶやいた。情けない声だった。

「あ、そうだよ。好き嫌いあるじゃない、仁王にも」

明日香はいった。古芳はチーズが嫌いなのだった。

「スパゲティ食うよ」

「よし、じゃ食べよう」

コートのことを頭からふりはらい、明日香は古芳の手をとった。大きくて太い腕だ。身長が百八十五センチあって横幅もそれ相応の古芳の、体の中で明日香がいちばん好きなのがこの腕だった。

この腕にだったら、自分はすべてを任せられる。もし、古芳が拒否することさえなければ。

古芳はぎこちなく明日香の手を握りかえした。かすかに頬《ほお》が赤らんでいる。

照れている。そうだろう、保安二課の「仁王」といわれるこの古芳が、まるで連行されるマル被のように、女に腕をとられひきずられていくのだ。

それができるのはあたししかいない。「仁王」のパートナー、河野《こうの》明日香巡査。色気もそっけもない、保安の女刑事だ。世間の連中の大半が自分をどう見ているか、明日香は知り過ぎるほど知っている。子供の頃から骨太で大柄。兄弟の中でも自分だけは特別だった。妹はもっと華奢《きゃしゃ》でほっそりしている。弟だって特に大きいということもない。

小学生のときから明日香は、女の子たちの〝用心棒〟だった。クラスメイトの女の子を泣かした男の子を許さなかった。両手を腰にあて立ちはだかり、相手を見おろしては怒鳴ったものだ。

「ちょっと！　あやまんなさいよ！　なんでこんなことすんの！」

〝女〟にやりこめられるのが我慢できず、手をだしてくる奴《やつ》もいた。負けなかった。たとえ男が相手だろうと、怯《おび》えることも手を抜くこともしなかった。

圧巻は、小学校六年生のときの〝決闘〟だった。長年対立してきた、隣のクラスのいじめっ子に、学校裏の公園に呼びだされたのだ。

あのときは〝敵〟も真剣だった。

つかみあいになると、上背のある明日香はたいてい勝っていた。全校生徒中、一、二ののっぽになっていたからだ。十、十一歳と、男子よりも女子のほうが成長は著しい。

〝敵〟はふたりの助っ人を連れてきていた。ひとりは中学生で、もうひとりは隣の学区の六年生だった。

明日香は〝決闘〟の話を誰にも告げていなかった。ひとりででかけていった。たとえ相手が何人でこようとかまわなかった。負けるのも、怪我《けが》をするのも恐くなかった。子供の頃はいつもそうだった。家にいれば弟や妹の面倒をみて、学校ではクラスメイトの〝用心棒〟を買ってでた。口先だけで恐がってみせたりする女の子たちを心の中で「馬鹿みたい」と思いながら、いじめられ泣いている姿を見ると、ほうっておけなかった。

明日香がそんなふうになったのは、中学一年のときに亡くなった祖父の影響だった。祖父は「柔術家」だった。祖父の「柔術」は、柔道とはちがっていた。投げや組み打ちだけでなく、蹴《け》りや突きも含んだ格闘技だった。

明日香は五歳の頃から、休みになると祖父のもとに預けられていた。祖父の家にいると、朝早く起こされ、鍛練につきあわされる。それでもうるさい弟や妹の面倒をみないですむだけ、家にいるよりはましだった。夏休みと冬休みは、祖父の家で鍛練をして過すのが明日香の小学生時代だった。

祖父に教わったなかに、簡単な関節技があった。合気道の「円転の理」を応用したもので、相手の動きを利用し、体の位置を入れかえることでしかけてきた相手の肘《ひじ》や手首を決めて動けなくするものだ。

その日の〝決闘〟で相手が自分より大きく年かさの中学生を連れてきていると知っても、明日香は恐怖を感じなかった。自分が怪我をするなら、相手はもっと大怪我をする筈《はず》だ。

祖父にいわれていた。傷を負うことを恐れる者は、命をも失う、と。

だが思わぬ〝伏兵〟が、その日、三人と対峙《たいじ》した明日香を襲った。初潮だった。

朝から妙に腰が重く、体のキレが悪い、と思っていた。もちろん予備知識はあった。

しかし、初めて経験する生理は、明日香の心から闘志を奪った。

〝決闘〟は明日香の負けだった。そして何より屈辱だったのは、地面にひきずり倒された明日香の体に、変調を気づいた〝助っ人〟の中学生が、〝決闘〟の相手を諫《いさ》めたことだった。

——もうそのくらいにしといてやれや、こんでも女や

明日香の負った傷は、膝《ひざ》と肘をすりむいたのと頰のアザだった。しかし〝敵〟に情けをかけられた屈辱は何よりこたえた。

ひと月後、今度は明日香から〝決闘〟を申しこんだ。が、相手は応じようとしなかった。

——女相手にやる気がせんわい

くやしかった。家への下校途中を待ち伏せて、襲いかかった。圧勝だった。だが、翌日、負かした相手が、

——女やと思うと、本気だす気せんかった

と仲間に吹聴しているのを聞き、さらに屈辱を味わった。

やがて中学に進んだ。中学に入っても、明日香は、クラスメイトの女子の〝用心棒〟だった。だがある日、気づいた。自分の行為は、男子生徒だけでなく、守っている女子生徒からも疎まれている、と。

男子生徒は、好きになった女子生徒にわざといやがらせをすることがある。女子生徒はきゃーきゃーいいながらも、それが満更でもない。そんなときに明日香がでていくと、話が妙な方にこじれてしまうのだった。

以来、明日香は、他人の〝用心棒〟を買ってでるのをやめた。高校では、大柄だけでおとなしい、と思われるような生徒だった。が、だからといって恋人ができたわけではなかった。空手の道場に通い、好きになった師範もいた。しかし、女であることを理由に、組み手の際どこか気を抜いていると感じた瞬間、心が冷めていった。

彼らの感じている、「女」とは、弱いもの守るべきもの、としての存在だ。「女」はそのために装い、美しくあろうとする。

守ってもらうために美しくする——明日香はその考え方が嫌いだった。他人の力を頼るための美など、自分は欲しくない。

やがて社会にで、警察官を職業として選んだ。そして職場に配属された途端、後悔した。男女の性別に関係なく、仕事に打ちこめる——そう信じていた警察社会は、実は驚くほど封建的で融通のきかないところである、と知ったからだった。

警官の多くは、古臭くて頑迷で、男尊女卑の思考にこりかたまっていた。逮捕術の訓練に打ちこむ明日香に、「嫁の貰《もら》い手がいねえな」と嘲《あざけ》る同僚もいた。

同僚だけでなく、上司にすら、明日香に「もっと女らしく」することを求める者がいた。

明日香は「職場の花」になるために警察を志したわけではなかった。何のために故郷をでて、東京で警察官採用試験を受けたのか。東京ならば、古めかしい考えとは無縁でいられると信じたのに。警察を辞めることも考えた。

だが皮肉なことに、明日香のその心の飢えを満たした者たちがいた。犯罪者だった。

彼らにとって、警官の性別に意味はなかった。

相手が婦人警官だからといって、逃走も抵抗もせず、黙って両手をさしだしてくる筈もなかった。むしろ居丈高になり、体でぶつかって押しきろうとする手合いのほうが多い。

明日香は、そこに〝敵〟として認められた自分を発見した。そしてより多くの〝敵〟と巡りあうために、刑事を希望した。それもSPのような〝お飾り〟ではなく、日常で犯罪者と見《まみ》える機会の多い、刑事を。

明日香の夢がかなったのは一年前だった。明日香の希望を聞きいれたのは、保安二課の課長、芦田《あしだ》だ。もの静かで学者のようだ、といわれている芦田保安二課長が、人事にかけあい、明日香を刑事としてひきとってくれたのだった。

そしてそこで明日香は、心底惚《ほ》れる価値のある男と巡りあった。それが古芳だった。

「仁王」と呼ばれる男。本気をだせば、機動隊にすら勝つ者はいない、といわれた巨漢だ。「仁王」と明日香がコンビを組むようになったのは、芦田の差し金だった。

芦田は、明日香の性格を見抜いていた。「男嫌い」といわれている明日香が、実はそうではなく、ただ対等に扱う男を求めているだけなのだというのを知っていた。

明日香を対等に扱える男など、そうはいないのだ。それができるのは、本気で明日香と闘い、勝ちをおさめられる者しかいない。

「仁王」はだから、明日香を女だという理由で軽んじはしなかった。無口で、一見鈍重そうな「仁王」は、常にあらゆる者と対等であろうとしていた。

それは明日香とはまったく逆の理由ゆえだった。小さなときから「仁王」は人を恐れさせた。体が大きく腕っぷしも強かったことが、常に「仁王」を、人の一段上におこうとする周囲の動きをうながした。「仁王」は常に闘わずして王者におかれていた。

もちろん闘えばやはり、誰よりも強かった。しかし心の中で、「仁王」は困惑していたのだ。対等に扱われず、黙っていても人が自分に一目《いちもく》おくことを嫌っていた。なぜなら、それは「仁王」の本質と相反していたからだ。

古芳はふだんから大声をださず、言葉数も少ない。それは、自分が意見をのべると、それが常に絶対的なものになってしまうという、過去の教訓から得た戒めのなせる業だった。

人々は古芳といい争うことを避けた。古芳を敵にまわすのを恐れた。古芳に暴力で向かってくるのは、ヤクで頭の切れた連中だけだった。

そんな古芳に、正面から激突したのが明日香だった。明日香は、古芳の捜査方法を咎《とが》め、なまぬるいと糾弾した。古芳はそれを受けとめた。馬鹿にせず、嘲《あざけ》らず、明日香と長い時間、やりあった。真剣に怒り、尚《なお》かつ相手のいい分を聞きいれた。

やがて薬物取締では最強のコンビが生まれた。明日香は装うことに興味を感じ始めた。それは生まれて初めて、自分を守ってくれる、いや、守ってもらいたい男と出会ったからだった。

もちろん今までに恋愛はいくつか経験していた。しかしこの恋愛が、これまでのすべてとまったくちがっていることがひとつある。

それは、明日香の心の中に、愛する相手に対しての尊敬が存在する点だった。

これまでの明日香は、愛する相手を守ろうとすることはあっても、守られたいと思うことはなかった。

今、古芳と捜査活動をしているときが、明日香にとって最も幸せな時間だった。

ふたりで闘うこと。守り、守られること。

警察官という職業を選び、本当によかった、と明日香は感じているのだった。

レストランに入り、明日香はピザとイタリアンサラダを、古芳はカツレツとスパゲティを頼んだ。

「野菜も食べるんだよ」

運ばれてきたイタリアンサラダから、チーズだけを選り分けてやりながら明日香はいった。

古芳は無言で頷《うなず》いた。キャンティワインのボトルがテーブルの中央にはあった。古芳はほとんど酒を飲まない。飲めないのではない。飲んで酔おうとするなら、途方もない量を飲まなければならないので、通常の飲酒に興味がないだけなのだ。

明日香も酒は強いが、もちろん古芳ほどではない。

「ねえ、中西さんと前に何かあったの」

明日香は食べながら訊《たず》ねた。古芳は手を止め、無言で明日香を見やった。

「いや」

短くいう。

「じゃなんで特取いかなかったの、口説かれたんじゃないの」

古芳は答えなかった。恋人の無口に明日香は慣れている。この「仁王」は決して頭の働きが鈍くはない。ただ考えを口にするときはひどく慎重なだけだ。

「課長に何かいわれたの。あたしは何もいわれなかったけど」

関西からのアフター・バーナーの流入がこれ以上増えるのを防ぐための薬物対策本部、通称「薬対」が本庁に設けられ、保安二課、捜査四課のベテランが半数近く、その「薬対」に出向している。それだけ警視庁がアフター・バーナーの流行を重くみている証拠だった。アフター・バーナーは、これまでとはまるでちがうタイプのドラッグだった。

「別に」

古芳はそっけなかった。

「ひっぱられなかった、中西さんに」

「ちょっとだけだ」

「あたしに声かけてくれたらよかったのに」

古芳は目をあげた。

「お前はいきたいのか、今でも」

「だって今までのやり方じゃ、くいとめられないよ。もうこれだけ入ってきちゃったんだから」

「俺たちは手を抜いていたか？」

「そうじゃない」

明日香は首をふった。

「でも、やっぱりこれまでの取締方じゃ無理だよ。『クライン』のアタマは、えらく切れる奴だよ。売人の取り分が今までのヤクに比べて倍っていうんじゃ、誰でも手をだすって」

「ああ」

「『クライン』はその手で、西の方は完全に制圧したっていうじゃない。売れに売れて、他のヤクがまるきり姿消したって」

「金だ。すべて金だ。莫大《ばくだい》な金が『クライン』に流れこんでる。その金がある限り、古くからある組織も『クライン』を無視できない」

「そこまでわかってるならなんで、やんないのさ」

古芳はスパゲティを突つき回していたフォークをおいた。明日香の食いさがりに食欲を失ったようだ。悪いとは思ったが、明日香もひっこみがつかなかった。

「『クライン』がなんであんなに急激にのしたか知ってるか」

「アフター・バーナーのお陰でしょ」

「それだけじゃない。『クライン』は警察も味方につけた」

「どういうこと？」

「アフター・バーナーが売りだされたとき、西はしゃぶの天下だった。しゃぶを卸している組が恐くて売人はなかなかアフター・バーナーを扱おうとしなかった。ところが、しゃぶの卸し元に関する情報が徹底して警察に流れた。卸し元は壊滅だ。商品のなくなった売人連中は、アフター・バーナーを扱わざるをえなくなった。と、いうわけだ」

「卸し元の組はネタ元を追っかけなかったの。密告の」

「追っかけたさ。それでわかったのは、拷問《ごうもん》だ」

「拷問？」

「『クライン』の連中は、売人をつかまえちゃ拷問にかけ、ネタをとって警察に流していたんだ」

「戦争を売ってるようなものじゃない」

「卸し元は警察に張りつかれ、戦争をしようにもできなかったんだ。何人か鉄砲玉は飛んだ。全部、返り討ちだ。皆殺しにされた」

「ちょっと待って、それじゃ『クライン』はよそが鉄砲玉を飛ばしてくるのを知っていたってこと？」

明日香の問いに古芳はむっつりと頷《うなず》いた。

「それって変じゃない」

組織同士の抗争となって鉄砲玉が飛ぶとき、そのパターンは大きくふたつに分かれる。

ひとつは双方ともあらかじめ鉄砲玉が飛ぶことを予測している場合だ。これは双方の組織とも、抗争とは直接関係のない他の組織の目を意識していて、「ここで黙っていてはうちがなめられる」というメンツのために飛ばす鉄砲玉だ。これだとよほど運か頭の悪い人間がいない限り、死者をだすことはない。しかけられた方も当然、対抗して鉄砲玉を送るが、同じように犠牲者がでることはまれだ。こうした鉄砲玉の応酬がいくどかあって、互いがメンツを立てた頃、たいてい第三の組織が事態の収拾に動きだす。これが「手打ち」といわれる儀式だ。

もうひとつは、本格的な抗争、つまり「縄張り争い」によるもので、このときに飛ぶ鉄砲玉は、自分か相手、どちらかの生命をなくすことを目的としている。その場合、鉄砲玉の最初の動きは極秘となる。相手の生命を奪うのが目的である以上、情報が洩《も》れればまちがいなく鉄砲玉の生命はない。標的は相手の看板や建物ではなく、構成員の生命だからだ。したがって鉄砲玉の動きを、標的にされる側に予測されることは絶対に避けるのがふつうだ。鉄砲玉は前もって地下に潜り、その行跡をすべて消したあと充分の下見の上で〝仕事〟にあたる。失敗はしないし、許されない。

　明日香が変だ、と思ったのはそのことだった。しゃぶの卸し元は、「クライン」に比べ、組織力も経験も豊富な組である。彼らが「クライン」に鉄砲玉を飛ばしたとすれば、それは、二種類ある鉄砲玉のうちのあとの方、失敗を許されないタイプの筈《はず》だった。それがことごとく失敗したというのは考えられなかった。

「『クライン』は鉄砲玉の動きをすべて読んでいたっていうの」

「そうなるな」

「なんでそんなことができるの」

　古芳は明日香の視線を外した。

「『クライン』の商売敵は、すべて大組織でしょう。連中のヒットマンから逃げられるなんて考えられないわ」

「――それができてるのさ」

「どうして？」

　古芳はしばらく答えなかった。明日香は古芳を見すえていた。

「答えてよ、仁王」

やがて古芳は荒々しく息を吐いた。

「わかるだろう、お前にも」

「わからないわ」

「いいか、『クライン』はしゃぶの売人をつかまえて痛めつけ、卸し元の情報をとって警察に流した。報復は当然だ。なのにそれは成功していない。なぜだ？　理由はひとつしかない」

「裏切り者？　卸し元の組にも『クライン』に鉄砲玉の情報を流してる奴がいる？」

古芳の表情は変わらなかった。

「それがひとつだ」

「もうひとつは？」

古芳は深く息を吸い、いった。

「組の他にも『クライン』に情報を流している奴がいる」

まだ明日香にはわからなかった。やがて、不意に、古芳の言葉の意味がわかった。

〝警察に張りつかれ、戦争をしようにもできない〟、いいかえれば、潜った人間がいればその顔ぶれをすべて把握できる。

「――警察？」

「そうだ」

「嘘《うそ》」

「だといいと思っている。だが『クライン』の急成長は、こっちの協力なしじゃありえない」

「そんなの……。だって、『クライン』はドラッグシンジケートじゃない」

賭博《とばく》や売春の狩りこみ情報を流すくらいならわかる。賭博や売春は犯罪ではあるが、ドラッグのように人を廃人にしたり、妄想で無差別殺人に走らせたりするものではないからだ。博打《ばくち》で身を滅ぼす者もいるが、そういう人間は、合法的なギャンブル、たとえば競馬や競輪、株によってだって破滅する。

捜査情報を暴力団関係者に流すのはもちろん許されるべきことではない。が、こうした情報は一方通行になることはなく、捜査員が見返りとして受けとるのは金品ではない別の、より重い犯罪に関する情報であったりするものだ。

だが麻薬、覚醒剤事犯は、賭博や売春とはまるでちがう。自分が保安課の捜査員であるせいもあるが、明日香は、これらの犯罪を、殺人と並ぶ、最も許せない罪だと信じている。

保安課の刑事として、しゃぶ代欲しさの犯罪や、妄想状態の中毒者がおこした悲惨な事件を数多く見てきた。通りすがりの母親と幼い子供を殺しておきながら、それが薬による錯乱がひきおこしたものと、死刑はおろか、長期刑にすらならなかった者もいる。

確かにそうかもしれない。憎むべきは犯人ではなく、犯人を走らせたしゃぶなのだ。本当のところは、その場には、刺し殺された母子の他にも多勢の人間がいた。若く屈強な男もいた。犯人はそういう人間は襲わず、弱い女性や子供を襲った。そんな〝判断力〟をもった者が、錯乱状態にあったとは、疑わしい、と明日香は思う。

しかし明日香の仕事は犯人を裁くことではない。法によって、これこれの行為は犯罪にあたる、と決められた〝約束ごと〟を破った人間がいたら、それを捕えることだ。しゃぶを売るのは犯罪だし、それを射つのも犯罪だ。だからそれをした人間がいれば捕える。ひとりでも多くの、そうした犯人を捕え、一グラムでも多くの、しゃぶや麻薬を押収することが、明日香の心の中に生じた、無差別殺人の犯人に対する判決への疑問をおさえこむことになる。

それは刑事として、通らなければならない道だった。裁判も判決も、明日香にとっては「隣の庭」の仕事なのだ。隣の庭がどれほど荒れはてて見えようが、明日香がしなければならないのは「自分の庭」の手入れだ。判決に不服をもち、裁判に疑問をもっていたら、警察官としての自分の仕事にすら疑問が生じてくる。

それはあってはならない。だから明日香は、麻薬、覚醒剤事犯を憎む。「自分の庭」の手入れに打ちこむことで、「隣の庭」がよりよくなることを信じる。刑事とはそういう職業だと思っている。そしてだからこそ、犯罪者は刑事を恐れる。いかに法があり、そこに罰則が規定されているとしても、プロの犯罪者にとっては逮捕され裁判にかけられない限りは、脅威でも何でもない。

脅威を感じさせるのが、明日香たち刑事の存在である。中毒者の多く、そして卸し元、製造者などの組織は、プロの犯罪者だ。しかも、刑事たちが絶対に妥協できない犯罪のプロなのだ。

　であるがゆえに、「クライン」と組んでいる警察官がいる、というのは明日香には信じられない言葉だった。賭博に目をつぶり、殺人やしゃぶの密売を摘発する情報をひっぱる、というのなら、まだ理解ができる。だが、しゃぶとアフター・バーナーは、その罪の重さ、人体への悪影響においては同等、あるいはアフター・バーナーの方が上なのだ。

「クライン」に味方する警察官は、しゃぶを取締るために、アフター・バーナーに目をつぶるというのか。

　そんなことはありえない。許されない。

「何のためなの？　なぜそんなことをするの？」

　まるで古芳がそうであるかのように、あるいはそういう警官を擁護しているかのように、明日香は問いつめた。

　古芳は横を向き、低い声でいった。

「わからんさ。金かもしれん。それとも――」

「それとも何？」

「『クライン』の方が、前からの奴らよりよほどマシだと思ったのかもしれん」

「そんなのってないわよ」

「ああ。俺もないと思う。とにかく『クライン』が伸びたのは、そういう連中がいたからだ。そいつは確かなんだ」

「そのことと特取がどういう関係があるの」

古芳はため息をついた。

「本当にお前さんはかわいいよ」

「やめてよ」

「特取がなんでできたか。こっちが西の二の舞いになるのを避けるためだ。わかるか。そして特取にうちの課長は入っていない。どうしてだと思う」

「うちの課長は『クライン』に抱きこまれるような人じゃない」

「そうだろ。だが上はそうは思わなかった」

「嘘だよ！　そんなの」

「だったら、うちの課長は無能だって思われてるんだ」

「それも嘘だ」

「俺もそう思う。だから特取にはいかなかったんだ。課長は汚染されてもいないし、馬鹿でもない、だから俺は課長を選んだ」

明日香は大きく息を吸いこんだ。古芳の真意はそこにあったのか。

芦田課長と中西「薬対」チーフ。階級は中西チーフの方が上だ。芦田課長は「おとなしい」といわれ、中西チーフは「やり手」といわれている。

考えてみれば、ふたりはまるでちがうタイプだ。芦田課長はノンキャリアの叩《たた》き上げで、それにしては学者肌で本をよく読み、慎重でじっくりとした捜査を好む。外見は痩《や》せぎすで長身。若いころの渾名《あだな》は「衣紋《えもん》かけ」。

中西警視正は、キャリアでありながら戦闘的でエネルギッシュだ。でたがり、という風評もあるが、公安部にいたときは過激派への潜入捜査を自ら指揮し、多くの破壊活動を未然に防いだといわれている。公安部時代の具体的な仕事については、刑事畑の人間は誰も知らない。

同じ警察官でも、公安と刑事ではまるで畑がちがうし、タイプもちがうのだ。上が公安畑から中西警視正をひっぱったということは、とりもなおさず刑事畑のベテランのやり方では「クライン」を撃退できないと考えた証明なのだ。

「――わかった」

明日香はいった。中西警視正の起用は、対外的には、公安畑のキレ者をもって「クライン」を壊滅させ、アフター・バーナーの流行にとどめを刺す、といったように映ったかもしれない。

いわば政治的な人事だ。結果、芦田警視を含む、保安二課は上の信用度が低い点を、さらしたようなものだった。

保安二課からも、多くの捜査員が特取への出向を志願した。いや、主だった戦力で特取を志願しなかったのは、古芳と明日香くらいのものだ。

「仁王は課長を信じてる。そうなんだろ」

「芦田さんはいい刑事だ」

古芳は頷《うなず》いた。そして明日香をまっすぐに見つめた。

「もしお前が特取にいきたいっていうなら、それでもかまわないぜ」

「いかないよ」

明日香はきっぱりといった。古芳が瞬《まばた》きした。一瞬厳しくなりかけた目が和らいだ。

「何かいわれるかもしれん。人の口に戸はたてられんからな」

「関係ないよ」

古芳は微笑《ほほえ》んだ。

「やることが同じなら、どこでだってかわりない。大切なのは、自分が一生けんめいやるかどうかだけ」

明日香はいった。そして冷めてしまったピザを一切れつかむと、勢いよく口の中に押しこんだ。

4

翌日、登庁した明日香は、六階への呼びだしをうけた。保安二課は九階にある。六階には捜査一課や四課、そして特設された薬物対策本部がある。呼びだしは「薬対」からだった。

「薬対」の部屋に入っていくと、顔見知りのおおぜいの刑事たちがいた。警視庁管内の大きな地図が貼《は》りだされ、細かにブロック分けされている。それを見て明日香は中西の率いる「薬対」が、公安の「ローラー作戦」にも似た、虱潰《しらみつぶ》しの作戦でアフター・バーナーをひきあげていくつもりであることに感づいた。

「河野さん、こっちだ」

そしてそこには、明日香を呼びだした当の人物、中西警視正がいた。ブランド物の白いシャツの袖《そで》をまくりあげ、陽焼けした腕を見せて、特取の各班長と覚しいベテラン刑事たちに囲まれている。

明日香が近づいていくと、中西は刑事たちに声をかけ、椅子《いす》の背にかけてあった上着をとりあげた。

「ちょっと、つきあって下さい」

ていねいな口調でいってシャツの袖をおろし、上着を羽織った。廊下にでていく。明日香はあとを追った。

中西は四十代の初めで、濃い髪をオールバックになでつけ、精力的な風貌《ふうぼう》をしている。庁内の婦警のあいだでも「ナイスミドル」の評判が高い。清潔感があり、お洒落《しゃれ》なのだ。夫人は、神戸の方の大金持のお嬢さまだといわれている。

「こんなところで申しわけない」

いいながら、空いている取調室に入った。明日香は緊張した。ふつうは婦警を呼びだし、取調室でふたりきりになるなど、どんな警視、警視正でもしない。誤解を招き、噂《うわさ》がたつからだ。

　だが中西はまるでそんなことを気にするようすはなかった。向かいあってすわると、両手を顔の前でぴったりとあわせ、まっすぐに明日香を見る。整った鼻筋と、白人のような茶色い瞳《ひとみ》を、明日香は正面から見つめた。

「――あなたのことはいろいろと聞きました。たいへん優秀だ。たぶん本庁始まって以来の女性課長が誕生するとすれば、あなたのような人でしょう」

　頰《ほお》が熱くなった。

「ありがとうございます」

「はっきりいいます。あなたのような人が、ぜひうちのチームは欲しい。特取に加わっていただけませんか」

　明日香は言葉に詰まった。

「あなたを刑事に起用したのは、芦田さんの慧眼《けいがん》だ。芦田さんはすばらしいと思う。虫のいい話だというのはわかっています。その芦田さんのもとから、私はあなたを引き抜こうとしている」

「あの……」

「古芳さんはうちにはこない。それもわかっています。残念だが、それはしかたがない」

「どうしてです？」

明日香は顔をあげた。

明日香の問いに中西はすぐには答えなかった。じっと明日香の目の奥を見つめてくる。

恐い目だ、と明日香は思った。まっすぐで、切りこむような鋭さがある。絶対的に自分を信じている目だ。言葉をかえるなら、自分に敵対する者、自分とは意識を異《こと》にする者を、許さない目だ。

「――なぜ、古芳さんが特取に加わらないのはしかたないのですか」

あらためて明日香は訊《たず》ねた。

「彼にはそうしたくない理由があるからだ」

「中西さんはそれをご存じなんですか」

古芳は芦田に対する敬意で特取に参加しなかった。と、同時に、中西に好感を抱いていない。それを中西は勘づいているのか。

だとすれば古芳にとっては好ましい事態ではない。明日香は不安になった。

「今、私たちが話しているのは、古芳さんのことではなくあなたのことだ」

だが中西はそれには答えず、いった。明日香はますます不安になった。すでに心の中で古芳を切り捨てているかのような口調だったからだ。

「あたしは――」

いいかけ、明日香は口ごもった。これではまるで踏み絵だ。中西は、自分につくのか古芳の側につくのかと、暗にほのめかしている。

そう気づいたとたん、明日香の生まれつきの反抗心がぐいと頭をもちあげてきた。

「申しわけありません。あたしは今までの保安二課での仕事に誇りをもってやってきました。特取も魅力的ですが、やはりこれまで通り二課でやっていきたいんです」

きっぱりといった。中西は無言で明日香を見つめていた。まるで明日香の言葉が耳に入らなかったかのようだ。

やがてすっと目をそらし、いった。

「わかった。残念だがしかたがない。時間をとってもらってありがとう。部署に戻って下さい」

さっぱりとしたいい方だった。立ちあがる。明日香は一瞬、後悔した。自分の意地が古芳をさらに、中西の憎まれ役に仕立ててしまったのではないか。

「申しわけありません」

明日香は頭を下げた。

「気にしないで」

中西は微笑《ほほえ》んだ。取調室のドアを開き、明日香をうながす。

その目に笑みは、かけらもなかった。

二課の部屋に戻った。大半のメンバーを特取にとられ、課内は閑散としている。

明日香は古芳の姿を捜した。しかしいなかった。さっきはいたのだがどこにいったのだろう。

「河野さん」

課長席にすわっていた芦田が声をかけた。

「はい」

明日香は芦田をふり返った。中西に比べ、年をとりひどく疲れて見える。中西が先頭をきる、〝切込隊長〟的な指揮官だとすれば、芦田はまるで、後方の事務職員のようだ。

「中西さんとの話は終わったのかね」

「はい」

明日香は、髪の薄い、痩《や》せた上司を見つめた。五十を越したばかりで、退官年齢まではあと五〜六年あるというのに、もはや明日にでもデスクの整理をし始めそうに思える。

「いくのか？」

静かに、何の感情もこもらない声で芦田は訊ねた。

「いえ。このまま二課で仕事をつづけさせていただきます」

芦田は瞬《まばた》きした。目の奥にやさしさが見えた。

「そうか。では少し、話がある」

いって芦田はデスクのひきだしを開いた。ファイルにおさめられた書類を手に立ちあがった。

「会議室にいこう」

　いったいどうなっているのだろう。今朝は皆があたしとふたりきりになりたがる。あたしが今いちばんふたりになりたい人はいないのに。

　仁王、どこへいったの。

　芦田について廊下に出た明日香は、つきあたりにある会議室に入った。芦田はドアのプレートを「使用中」にした。他者を入れたくない、という意思表示だ。

　大きな楕円《だえん》のテーブルの一角にふたりは腰かけた。芦田は老眼鏡をかけ、ファイルを開いた。

　まず写真を一枚だす。明日香によこした。

　望遠レンズで撮られた若い女の姿だった。粒子があらいところを見ると、かなり無理してひきのばしたもののようだ。

　女の明日香から見ても、驚くほどの美人だ。ただ美しいだけでなく、儚《はかな》さのようなもろさを漂わせている。同時に近よる者すべてに心を決して開かないかのような厳しさもあった。それは高慢さともとれる。

「神崎《かんざき》はつみ、という。二十五歳だから、君よりひとつ下だね」

「はい」

　明日香は頷《うなず》いた。

「彼女は今、東京ではない、ある街のホテルにいる。彼女を迎えにいき、明日ここに連れてきてもらいたい」

明日香は芦田を見つめた。

「逮捕するのですか」

「いや。保護といったほうがいいだろう」

芦田は淡々といった。

「保護？」

明日香は芦田を見つめた。

「きのうの夜遅く、彼女から保安二課の責任者、つまり私あてに電話があった。たまたま私はここにいて電話をとり、彼女と話した。そしてすぐ、地検の萩原《はぎわら》さんと話した」

萩原というのは、東京地検の薬物事犯担当検事だった。薬対のオブザーバーでもある。

「はい」

「萩原さんは本人であるかどうかを確認した上で、慎重に動くようにと、この件を私に任せてくれた。そこで君に頼むわけだ」

「あの――、彼女は何者なんでしょうか」

「君国《きみくに》の愛人だ」

明日香は一瞬、言葉を失った。

君国辰郎《たつろう》。「クライン」のボスだ。アフター・バーナーの卸し元。

再び写真を見た。この女が、この美しい女が、日本中の薬物事犯担当の刑事がその手に手錠《わっぱ》をはめてやりたいと願っている男の恋人なのだ。

そしてとたんに口の中が渇くのを感じた。

たいへんな任務だ。

「――彼女はひとり、なのですか」

「ひとりだ」

「じゃあ――」

「神崎はつみは、君国のもとを逃げだしてきたんだ。君国と別れたかったようだ。だがただ別れたいといったのでは、君国は決して許してくれない。君国のいろいろな秘密を握っているせいもあるが、君国は神崎はつみに真剣に惚《ほ》れているらしい」

「東京じゃないとおっしゃいましたよね」

「彼女が今いるのは、君国の別荘があるN県のホテルだ。二日前、別荘の近くにあるマリーナにおいた君国のクルーザーでパーティが開かれた。そのどさくさに紛れて彼女は逃げだしたらしい。神崎はつみは二十四時間ボディガードがついていて、行動の自由がきかなかったということだ」

「地元の警察には――」

芦田は首をふった。

「絶対に知らせてくれるなというのが、神崎はつみの要望だ。神崎はつみは、自分の足どりをくらますために一度電車で隣のF県にでて、それからレンタカーでN県に戻ったようだ。頭のいい女性だよ。『クライン』の追っ手も、逃げだした彼女が同じ県内に留まっているとはふつう考えないだろうからな」

「ホテルのチェックインはどうやって？」

「高校時代の友人に頼んで部屋をとってもらったらしい。だがそれ以上は友人を頼めないといっている」

「神崎は地元の警察を信用していないのですか」

　古芳に教えられていたにもかかわらず、そうしたはつみの要望に明日香は不快感を覚えた。

「そういうことだ」

　芦田は表情を変えなかった。

「越権行為です」

　明日香はいった。N県警に連絡し、保護させればよいのだ、という言葉が喉《のど》もとにあった。

　芦田はアルミの灰皿をひきよせ、上着からセブンスターをとりだした。

「――神崎はつみの話では、パーティには何人かの警察関係者が呼ばれていたそうだ。もちろん一般客とは顔をあわせないよう、配慮してな。N県警を含め、西の人間がかなりいたらしい」

「課長はそれを信じるのですか」

「問題は、神崎はつみに、協力しようという気持をおこさせることだ。彼女には、刑法上、何の容疑も今のところかけることはできない。もし我々が『クライン』を叩《たた》く材料を手に入れられるとしたら、それはすべて彼女から自発的に提供される情報をおいて他にない」

「わかります」

芦田は頷き、煙草をくわえると火をつけた。

「さらにいうなら、我々が今最も望んでいる情報は、君国によって汚染された警察関係者の顔ぶれだ」

「課長はそんな事態が実際におこっているとお考えなんですか」

芦田はゆっくりと煙を吐きだした。

「客観的に見る限り、それは否定できない」

明日香は唇をかんだ。刑事が刑事を疑うなんて、悲しすぎる。

「神崎はつみが泊まっているホテルは、問題のマリーナからは、本当に目と鼻の距離だ。君国はもちろん、今はもうそこにはいないだろう。本拠地である京都に帰っている筈《はず》だ。ただ、神崎はつみを捜す部隊をあたり一帯に残していっている。空港、駅、すべては張られている」

「N県警にも汚染されていない人間がいると思います。じゃなければ隣県の県警に」

明日香はいった。任務をひきうけるのは、N県警の刑事すべてを疑うに等しい行為のような気がしたのだ。

芦田は頷《うなず》いた。

「もちろん、そうだろう。だからそういう刑事たちは『クライン』にすべて顔《めん》が割れている。君国は、たとえ警官がいっしょでも自分を許さないだろう、と神崎はつみはいっている」

「許さない、とは？」

「文字通りだ」

明日香は深呼吸した。完全に命がけの任務だ。芦田はつづけた。

「もちろん、君には断わる権利がある。強要するつもりはない。ただしその場合は、秘密厳守だ」

「断わることは考えていません」

反射的に明日香はいっていた。自分が選ばれたのは、「クライン」に顔が割れておらず、しかも女であるということで、張りこんでいる〝捜索部隊〟のマークもゆるくなるからだ。

「ですが、あたしでもひとりで地元入りすればやはり目をひきやすいのでは――」

アベックでも装って、古芳といきたかった。怯《おび》えではない、心強いからだ。

芦田は首をふった。

「アベックではやはりマークされるだろう」

「わかりました。で、脱出は？」

思わず〝脱出〟という言葉をつかっていた。たぶんそれくらい、「クライン」の捜索網は厳しいだろう。

「それには考えがある」

芦田はファイルから別の書類をだした。

「世界脳外科医学会主催シンポジウム、『脳死をめぐって』」とあった。パンフレットだ。場所はN県岬ヶ浦《みさきがうら》国際会議場。

「このシンポジウムが昨日から開かれていて、明日終了する。約百名の参加者に、それとほぼ同数の報道関係者がいる。参加者の半数は観光のため残るが、半数はその日のうちに地元を離れる。したがって鉄道、航空機などの交通機関は一時的に混雑する。会場の鉄道駅は問題のホテルの最寄《もより》駅の隣だ。そこからふた駅でN空港がある。時刻を見はからっていけば、空港でのマークを回避することができる」

明日香は頷いた。

「航空会社にかけあって、明日の午後のN空港からの全便をすべて二席ずつおさえてある。羽田いきだけでなく、沖縄や札幌いきもある。もしそちらの方が安全だと思ったら、迷わず搭乗するんだ」

ファイルの中には何十枚という搭乗券が入っていた。

それとは別の一枚の搭乗券を最後に芦田はとりだした。

「午後二時二十分に羽田をたつ便だ。四時前にはN空港に着く。報道関係者のような服装がいいかもしれんな」

明日香は頷いた。一度自分のアパートに戻って仕度をすればぎりぎりだ。

「万一の場合に備え、拳銃《けんじゅう》を携行したまえ。『クライン』は武装化がかなり進んでいるということだ」

「承知しました」

芦田は静かに明日香を見すえた。

「くれぐれも気をつけたまえ」

「はい」

「それから――」

芦田は迷ったようにいった。

「万一、『クライン』の捜索部隊とぶつかって、生命の危険を感じたら、自分の安全を最優先するんだ。いいかね？」

見捨てろ、というのか。保護を求めてきた人間を。明日香は目をみひらき、芦田を見つめた。

「それは――、現場での判断を優先させて下さい」

「いかん。私は麻薬組織のボスの愛人の生命と優秀な部下の生命をひきかえにしたくはない」

芦田はきっぱりといった。

「この任務は非常に危険だ。君にもしものことがあったら、私は一生後悔するだろう。どうか私のために、そうしてくれたまえ」

「はい」

明日香は頷いた。芦田は頷き返し、目を閉じた。

「それとこれは最後の注意事項だ。この任務のことは無事終了するまで、警察関係者を含めた何者にも話してはならない」

古芳のことをいっているのか。もし明日香に告げる相手がいるとすれば、古芳をおいて他はない。

明日香は芦田が目を閉じた理由を悟った。古芳にも告げてはならない、と命じられたときの明日香の表情を見たくなかったのだ。

怒りに似た感情がこみあげた。が、それを明日香は抑えこんだ。

「了解しました」

固い声音でいい、明日香は、

「以上ですか」

と訊《たず》ねた。

「以上だ。先に課に戻り、仕度をしたまえ」

芦田は答えた。明日香はファイルをわきに抱えた。

「失礼します」

「成功を祈っている」

芦田はかすかに聞きとれるほどの低い声で、そう告げた。

5

南禅寺の午後は静かだった。旅行シーズンではないので、観光客の姿もまばらだ。

屋敷の二階には、東と南に向かって大きく空間をとった窓がある。コーナーのガラスの継ぎ目はなく、東側は如意《にょい》ヶ《が》岳《たけ》、南側は東山《ひがしやま》山麓《さんろく》の景観が広がっている。そのほぼ中央には琵琶湖《びわこ》からの疏水《そすい》があって、窓からも明治二十三年に完成した水路橋、水路閣が眺められる。苔《こけ》むしたレンガのアーチは、洛東《らくとう》の屋敷町にあって、西欧風でありながら妙に違和感は感じさせない。

周囲に建つ広大な邸宅群は、まるで住む人のない博物館のようにひっそりとしている。博物館——まさしくこの表現が南禅寺の邸宅群にぴったりとくる。水路に囲まれ、巨木をはりめぐらせた屋敷は、訪れる者を拒絶というよりは無視しているかのようだ。それは、眺められること、敬われることを、当然のこととして受けいれ、他所者《よそもの》に冷ややかな目を向ける、京都の心そのものの姿である。

しかしその京都は苦難の歴史を歩んできた。聖都としての宿命である、度重なる戦乱のみでなく、その立地条件そのものが苛酷《かこく》な環境であったのだ。

地理的に見て、政治中心地とするにはこれほど矛盾をはらんだ地形はなかった。栄える大都市に港の存在は不可欠である。しかし京都にはそれがない。高瀬川、琵琶湖疏水、淀川《よどがわ》と、流通路としての運河の確保にも多くの人命が費された。

そういった意味で、京都には、犠牲の上に立脚する権威、といったものがある。犠牲なくして権威は生まれない。街として流した血が、失われた命が、この街を崇高で近づきがたいものにしているのだ。

それは君国の哲学とも相容《あいい》れるものだった。多くの犠牲を費してこそ、真実の成功は手にするものだ。だからこそ、多くの犠牲をいとわなかった。いくどもこの身は、血で濡《ぬ》らされた。自分の血と、他人の血と。

君国が、その、選んだ生き方に疑問を覚えるとき、窓から眺める厳かな街のたたずまいが勇気を与えた。

見よ、と。恐れるな、と。血によって贖《あがな》われた権威とは、かくもゆるぎないものである、と。

ためらわずにきたのは、この京都の街があればこそ、だ。

朝、目覚めてのちすぐに祈るのは、君国の日課だった。祈る対象は、神でも仏でもない。京都の街に対してだ。

ここまでの道のりの中で失われた多くの命。自ら手にかけた敵、かけられた部下——その数は、名も知らない裏町で小競《こぜ》りあいによって奪われた売人の命を含めるなら、百にも達するだろう。その彼らすべての冥福《めいふく》を、君国は京都の街に祈る。

鎮魂はさらなる力と成功を与えてくれる筈《はず》なのだ。累々とよこたわった死者の数は、京都の繁栄をもたらすために失われたそれに比べれば、微々たるものに過ぎない。流れがおびただしい血の量もまた、然《しか》りだ。

であるからこそ、京都は君国の心の支えとなる。

君国にとり、東京は物理的な面をのぞくならさして意味のない街だ。世界最大の人口をもつ首都圏、それは単に世界最大のマーケットとなりうる可能性を示唆しているに過ぎない。焼かれ、灰燼《かいじん》の中からよみがえったという歴史も、たかだか五十年のことで、京都の滅びても滅びてもよみがえり、ついには戦争そのものが京都を避けたという伝説に比べれば、子供と大人のような存在である。東京が京都と肩を比《なら》べるには、あと八百年ぶんの犠牲が必要なのだ。

だが、今の君国は苦しんでいた。目に見えない血を流し、恐怖におののいていた。この痛みには、京都の街も癒《いや》す術《すべ》をもたなかった。

はつみ。一方的に君国の心をもぎとり、流れる血を外気にさらし立ち去った女。痛みはさらに強まり、不安をかきたてる。

いくつもの不安。二度と戻らないのか。その上、君国が多大な犠牲の上に築いたこの王国を揺るがせかねない。

最大の不安は、はつみもまた犠牲者のひとりに加えなければならなくなるであろうという運命の予感だった。

なぜこれほど愚かなのか。はつみには、この手もとを除いて、行くべき場所などどこにもない。君国と共に分かちあう以外の平穏など何もないのに。

許しがたい奴《やつ》。しかし許す機会を得たかった。

今、君国がたったひとりでいる四十畳のこの部屋のドアがノックされ、開くとはつみが立っていたなら。崩れおち、ひざまずいて許しを乞《こ》うたなら。

君国は許すだろう。涙を流し、抱きしめ、はつみの体を愛するだろう。

もちろんそんな機会など永遠に訪れない。

屋敷の一階には、選《え》りすぐった八名のボディガードがいる。そしてとうに、二十四時間も前に、君国は、信頼するひとりの部下に命令を発していた。部下は、さらに二十名の手下を従え、血眼《ちまなこ》になってはつみを追い求めている筈だ。

追い求め、見つけだし、そしてすみやかに殺すこと。そのための犠牲は問わない。失敗はありえない。はつみは戻ってこない。その死顔を見ることすら自分はかなわない。

犠牲なくして真の成功はありえない。

なのに、犠牲とはこれほど苦しいものなのか。

君国は東山を呪《のろ》い、泣いた。声を殺し、泣いた。部下にその声は聞かれたくない。明日になれば、冷静に戻り、祈っているだろう。これまでの犠牲者に加わった、はつみの冥福を願って。

6

仁王と会うことはできなかった。庁舎をでていくぎりぎりまで、明日香はその姿を捜したのだ。

誰《だれ》かに訊《き》こうかとも思った。だが特命を与えられた今、パートナーの行方を改めて同僚に訊《たず》ねるのははばかられた。

最後の賭《か》け。明日香は自分のアパートから仁王のポケットベルを鳴らした。仕度を整えるまでのあいだに、仁王からアパートの部屋に電話がくるのを待とう。

ショルダーバッグに、余分の着替えを詰めこんだ。保管庫からとりだしたスミス&ウェッソンの三十八口径は、バッグの底にしまった。機内もちこみにはすでに前もって許可を得てある。

ジーンズをはき、ポロシャツの上にクルーネックのセーターを着た。靴はモカシンを選ぶ。たとえ何キロと走る羽目になってもこれなら大丈夫だ。

化粧はむしろ濃い目にした。濃い化粧は嫌いだが、体つきのせいもあって薄い化粧だと自分の顔はどうしてもいかつくなる。婦人警官だと、宣伝しているようなものだ。

　念入りにアイラインをひき、ふだんならつけないアイシャドウを塗った。鏡を見た。いやになる。なんて似あわないのだろう。まるでパンダだ。ティッシュをつかみ、化粧を落としたくなるのをこらえた。

　命がけなのだ。我慢しなくては。

　静かな電話を見やり、唇をかんだ。仁王どこにいるのさ。もう一度、呼びだそうか。しかしもうあまり時間がない。呼びだしたとしても、仁王が連絡をよこすのを待つゆとりはない。

　アパートから早足で地下鉄の駅までいき、そこから山手線、モノレールと乗り継ぐことを考えれば、あと四〜五分のうちにはここをでていかなければならないのだ。

　落ちつかないまま立ちあがり、明日香は部屋の中を見回した。

　寮の空気があわず、去年の暮れにでて引っこしたばかりのアパートだった。六畳と四畳半の１ＤＫ。ここに仁王がきたのは、その引っこしの手伝いの一度だけ。

　お爺《じい》ちゃんの写真と仁王の写真が、化粧台がわりのカラーボックスの上に並んでいる。

　安物の洋服ダンスとラジカセ、テレビ、あとは本が少し。中古品のシングルベッドは、明日香が寝返りをうつとひどく軋《きし》む。

　電話が鳴った。明日香はひったくるように受話器をつかんだ。

「もしもし！」

かみつくように呼びかけた。

「なんでアパートなんかにいるんだ？」

いぶかしげに古芳がいった。

「いいの。今どこ!?」

「ちょっと買物があってな。銀座だよ」

「あたしこれから羽田なの」

「どうしたんだ？　身内に何かあったか」

声がくもる。

「ちがう。特別任務ができたの」

「――特取のか」

古芳の声がさらに低くなった。

「ちがうわよ！　課長から。でも本当はあなたにもいっちゃいけないのよ」

「どういうことだ？」

「いいから。ねえ、羽田にこれる？」

「今からか」

驚いたように古芳はいった。

「無理ならいい」

「いや、いくよ。どこの便だ」

「全日空」

「わかった。これから向かう」

古芳は電話を切った。ほっとして明日香はベッドの上にすわりこんだ。突然、涙がこみあげそうになってあわてた。

どうしてこんなことで……。

しかしそうなのだ。ひょっとしたら生きては帰ってこられない任務だから。いく前にどうしても古芳に会っておきたかった。

よかった。これであたしには勇気が与えられる。

古芳は驚いたように瞬《まばた》きをした。

「なんか、ちがうな」

羽田空港の出発ロビーは、さほど混んでいなかった。

「お化粧しているからよ」

いい、明日香は窓口に歩みよった。搭乗券と警察手帳、そして機内への拳銃《けんじゅう》もちこみ願を提示する。もちこみ願には、警視総監の印がある。

係員の女性は事務的に処理をした。

「どうぞ」

警察手帳とコンピュータでチェックした搭乗券を返してくれる。

明日香は腕時計を見た。十分くらいならふたりで話す時間はありそうだ。

「お茶飲も」

ぶっきら棒にいって明日香は目についたカフェテラスに歩きだした。古芳も無言でついてくる。

カフェテラスの中は暗かった。大きな褐色のガラス窓から滑走路が見渡せる。客は半分も入っていない。年寄りの団体と、学生のようなグループだけだ。明日香は彼らから最も遠い席を選んですわった。

古芳は向かいに腰をおろした。何となく気まずい空気が漂い、どちらも口を開かなかった。

「拳銃、もってるのか」

ウェイターが注文をとって立ち去ると、古芳が訊ねた。

「うん」

もちこみ願を見たのだ。

「N県にいくの」

古芳の眉《まゆ》が吊《つ》りあがった。

「課長の命令で」

明日香はいい足した。

「そうか」

古芳は短くいった。それ以上訊《き》かない。明日香はもどかしくなった。なぜもっとあたしのことを訊いてくれないの。

だが古芳は何かに気をとられているような表情をしていた。明日香は言葉のつぎほを失った。

「——今朝、中西さんに呼びだされた」

しかたなく明日香は別の話をした。古芳は視線を向けてくる。

「なんだって?」

「特取にひっぱられた。断わった」

「そうか」

また会話が途切れる。コーヒーがきた。

「買物、何買ったの?」

「ああ……」

古芳は飲みかけたコーヒーカップを受け皿に戻した。何か変だ。いつもの仁王らしくない。どこか心ここにあらずといった雰囲気だ。

古芳の手が上着のポケットからビニールの袋に包まれた四角い箱をとりだした。

「これをさ——」

明日香にさしだす。

「何これ?」

「いいから。飛行機の中で開けろよ。ここで開けるな」

恐い顔だった。明日香は頷《うなず》いて受けとった。何だろう。

だがそれより、古芳に特別任務のことを話さなくては。命令違反なのはわかっている。もし逆の立場だったら、古芳は自分に話してくれるだろうか。

わからない。

「N県だけど――」

「特別任務なんだろ」

「うん」

「いつ帰ってくるんだ？」

古芳が訊いた。明日香は驚いた。そして嬉《うれ》しくなった。

「明日」

「なんだ、一泊だけか」

明日香は頷いた。と同時に突然、舌がなめらかになった。

「女をひとり保護するの。君国の愛人」

古芳の目が驚きにみひらかれた。

「何だって」

「きのうの夜遅く、課長のところに本人から電話があったのよ。彼氏のもとを逃げだしてきたらしいわ。口封じが恐いから助けてほしいって」

古芳の顔が真剣になった。

「君国の女か……」

「すごい美人よ。写真見たけど」

古芳は厳しい表情になって明日香を見つめた。

「ひとりなのか、ずっと」

「ええ。その方が目立たないから。彼女は一回N県をでて、また戻ってきてホテルにいるの。空港や駅は見張られているから動けないのよ」

古芳は何かをいいかけるように口を開いた。が、結局何もいわず、大きく息を吐いた。

「大丈夫よ。速攻で帰ってくるわ」

古芳は首をふった。

「くそ……」

「心配しないで」

「なんでお前ひとりなんだ」

「その方が目立たないから。まさか婦警がひとりでくるとは向こうも思ってないだろうし」

「だがな――」

思わず明日香は古芳の腕をおさえた。古芳がこれほど心配してくれるとは思わなかった。暖かい気持が胸いっぱいにこみあげてくる。さっきまでの不安や緊張が今、古芳を見ているとかえって薄れていく。

「大丈夫よ」

「ホテル、どこだ？」

不意に古芳が訊《たず》ねた。

「え？」

「だからそのホテルどこなんだよ」

とまどいながら明日香は答えた。古芳はメモもとらず、くり返した。

「俺の幼馴染《おさななじみ》がN県警にいる。そいつは信用できる。ガードさせる」

「駄目」

鋭く明日香はいった。

「課長は県警は汚染されているっていったわ。汚染されていない捜査員は顔《めん》が割れてるって。だから動かしちゃ駄目、友だちを」

古芳はつらそうに瞬きした。

「明日香――」

明日香は腕時計を見た。もう時間がない。

「大丈夫。いって帰ってくるだけだから」

古芳も気づいた。ぐっと頬《ほお》から顎《あご》にかけての筋肉をふくらませた。

「――帰ってこいよ」

「わかってる。課長もしものときは、あたしだけ逃げろって」

古芳は驚いたように目をみひらいた。それが、明日香が感じたのと同じように、納得できない命令に聞こえたのだろう。

古芳は明日香から目をそらし、窓の方角を見た。中型の旅客機がタキシングをしている。

「――ああ、そうするんだ」

古芳は聞きとれないほど低い声でいった。

「君国の愛人なんかと命をとりかえっこするんじゃないぞ」

明日香は頷いた。課長は同じことをいったとき、〝優秀な部下〟と明日香を呼んだ。古芳は何もいわない。何もいわないが、古芳が明日香をどれほど思っているか、その瞬間、明日香にはわかった。

すごい美人なんだよ――もう一回いってやりたいのをこらえた。誇らしさが胸に満ちてくる。でもそれをいえば古芳は怒るだろう。

それが何だ、と。いわせてみたかった。どれほど美人だろうと、俺《おれ》にはお前の方が大切だ、と。

だが明日香は代わりに微笑《ほほえ》んだ。そして、

「いってくる」

元気よく椅子《いす》から立ちあがった。

「ここでいいから。それとコーヒー、あんたのおごりだからね」

古芳が目を丸くした。いいのだ、これで。あたしちょっと格好いい。

そしてうしろをふり返らず、サテライトの方向に早足で歩いていった。

7

飛行機に乗りこみ座席についてすぐ、明日香は古芳から受けとった包みをとりだした。

機内は空いていて、三分の二ていどしか座席は埋まっていない。明日香の隣も空席だった。

白っぽい薄いビニール袋の中には、紙で包まれた小さな箱があった。包み紙に気づいた瞬間、明日香は呼吸が早くなるのを感じた。銀座四丁目にある宝石店の包装紙だ。

包み紙を外した。青いビロードを張った小箱が現われた。スチュワーデスのアナウンスが聞こえなくなった。心臓がどきどきと脈を打っている。

箱を開けた。中身を見て、すぐさままた閉じた。

窓に顔を向ける。そうせずにはいられなかった。仁王の姿を見つけたい。

しかし見つかる筈《はず》もない。

ゆっくりと飛行機が動き始めた。羽田沖の海が見える。きらきらと午後の陽ざしを反射している。

もう一度、箱を開いた。小さなダイヤモンドのついたプラチナのリング。リングは、きっと明日香の指にあわせたのだろう、太さがあった。だからダイヤモンドが小さく見える。

恐いような気持で箱からリングをだした。左手の薬指にさしこんだ。ちょっときついが、はめようと思えばはめられる。

押しこみかけ、明日香はためらった。これからの二十四時間には何がおきるかわからない。ぶつけたりして壊してしまう可能性もある。

帰りの飛行機ではめよう。次に仁王に会うときには、必ずしていよう。

リングを抜き、箱に戻した。包装紙を畳み、箱といっしょにビニール袋にしまった。

そしてバッグの底、拳銃《けんじゅう》ケースのかたわらに押しこんだ。

バッグを胸に抱いた。両手で強く抱きしめた。このままずっと抱いていたい。

飛行機が離陸を開始した。

8

赤く染まった海が見えた。ホテルの窓は、西側にある広大なマリーナに面している。何十隻というクルーザーが係留され、思い思いの色や形のそれらのクルーザーも、今はすべてが赤く染まっていた。

夕陽は大きかった。カーテンのすきまからでも、その夕陽をじっくりと眺められるほどだった。

マリーナに人けはない。カモメが舞っていて、そのうちの何羽かは、林立したクルーザーのマストにとまっている。

風もなく、穏やかな海だ。

二十四時間が過ぎようとしていた。二十四時間を生きのびられた。

不思議だった。ホテルの中はひどく静かで、自分以外誰《だれ》も部屋にいないのではないかと思えてくる。

きっと自分は死ぬだろう、と思っていた。いや、二十四時間前までは、死ぬことが目的だったような気すらする。自殺をする勇気はない。だから殺されるためにあの男のもとを逃げだした。

ボディガードはふたりいた。ふたりとも、誰かが彼女を襲うことに対しては警戒していたが、彼女がいなくなるなどとは思ってもみなかったろう。

あのとき、逃げだそうとしていたら、きっとうまくはいかなかった。ひと月前、男といっしょに東京へでかけたときのことだ。

男は東京で誰かと会う約束をしていた。ホテルに入り、夜になるまで愛しあい、夜になると彼女は隣の部屋にいくよう命じられたのだった。

男は客を待っていて、それは彼女には会わせたくない人物だったのだ。

逃げようか——そのとき初めて、突然に彼女は思ったのだった。東京なら、あの男の王国もそれほど強い力はもたない。連れている兵士の数も多くはない。男はこっそりと、誰にも知られないように東京にやってきて、誰にも知られないうちに帰るつもりでいたのだ。

逃げたい、という気持が強くなり、抑えられなくなった。彼女のボディガードは、男がいる部屋の前に立っていた。

そのとき彼女がいたのは、ホテルの廊下のつきあたりにあるスイートルームだった。窓からは東京タワーがすぐ近くに見えた。スイートルームは、ふたつのバスルームを備えた通路で、ふたつの部屋をつないでいた。

通路には両方の部屋のドアが面している。

逃げよう、彼女はそう決めた。客との話しあいはしばらくつづく筈《はず》だった。

彼女は着ていたバスローブを脱いだ。クローゼットにかけておいたおとなしいワンピースに着がえた。部屋をでていこうという段になって、髪と化粧が気になった。男はいつも、女に美しく装うことを求めていた。特に人前にでるときはそうだ。

男は、自分の連れている女を、他の世の中の男たちすべてにふりむかせたいのだ、といったことがある。その男の要求に応えつづけ、今では彼女自身が、常に美しくいることに慣れっこになってしまっていた。

ライティングテーブルの鏡をのぞいた。口紅が少しはがれ、髪も整えたい状態だった。

ハンドバッグをひきよせて気づいた。化粧道具は、通路にある洗面台におきっぱなしだった。

通路との境にあるドアをそっと開いた。正面に閉まったドアが見えた。その向こうに、男が客といる。カーペットのしかれた通路をよこぎり、洗面台の前に立った。かすかな話し声が聞こえてきたが、内容までは聞きとれない。

化粧道具の入ったポーチをつかみ、もといた部屋に戻ろうとした。

そのとき向こうの部屋のドアが開く音がしたのだった。

彼女は立ちすくんだ。正面の鏡の中に、怯《おび》えた自分の顔を見つめた。

そして男がひとり通路を歩いて、彼女のいるバスルームの前まできた。

男も立ちすくんだ。彼女の存在を予期していなかったのだろう。驚いたような男の顔を、彼女は鏡の中ではっきりと見た。

見知らぬ男だった。男はすぐに、

「失礼」

といってバスルームの中に入った。中から鍵《かぎ》をかける、がしゃりという音が聞こえた。彼女も動揺し、男も狼狽《ろうばい》していた。この男が〝客〟であることはまちがいなかった。スーツを着け、ネクタイをしめている。ふだんの取引相手とは、ちがう種類の人間だ。王国にもいないタイプだった。

彼女はすばやく洗面台の前を離れ、自分の部屋に戻った。心臓が高鳴っていた。大急ぎでワンピースを脱いだ。

バスルームをでた〝客〟が、もし彼女の男に、通路で出会ったことを告げたら、すぐに男はやってくる。そして洋服を着ている彼女を見たら、逃げようとしていたことに気づくかもしれない。

バスローブを着た。ライティングテーブルの前に腰かけた。

その瞬間、部屋のドアが開いて、男が入ってきた。白いシャツにスラックスをはいている。

「どうしたんだ？」

「お化粧道具をとりにいったの」

ライティングテーブルの鏡の中で男の顔を見、彼女は答えた。激しい動悸《どうき》が男の耳にまで達するのではないかと思えた。

「そうか……」

男は歩みよってきてうしろから、鏡に向かう彼女を抱きしめた。髪の中に顔を埋め、ささやいた。

「もうすぐ終わる。待っていてくれ」

「はい」

彼女は鏡に向かって微笑《ほほえ》んでみせた。男の右手がすばやくバスローブの襟にのびた。胸のふくらみをやさしくつかむ。彼女は喘《あえ》いだ。敏感な部分が尖《とが》ってくるのを感じたからだ。

「きれいだ」

男の手がバスローブから抜かれた。焦《じ》らしているような笑みが男の口もとにあった。彼女に対する疑いはかけらもないように見えた。

「待っています」

男は頷《うなず》き、向こう側の部屋に戻っていった。

夕陽が三分の二以上、海に沈んでいる。あのとき無理に逃げようとしていたら、彼女はすぐにつかまり連れ戻されていたろう。ホテルの人間に助けを求めることなど思いもよらなかった。必要ならば、男の兵士は、ホテルの人間もあっさり殺す。

彼女が恐れたのは死ぬことではなかった。殺されず、連れ戻され、そしてずっと男のそばに縛りつけられることだ。

二十四時間がたった今、それはもう恐れずにすむ。きのう、彼女を連れ戻そうと血眼になった兵士たちは、一日たった今、見つけしだい彼女を殺せと命じられている筈だ。あの男はそうする。男と過した九年間で、彼女は男の考えることがすべてわかるようになった。

夕陽が海中に没した。赤い光は褪《あ》せ、今は海の水と空の一部分だけがその色に染まっている。

夜が始まる。じきに迎えの人間がくる筈だ。その人間が、これからの二十四時間がどうなっていくのかを決める。その人間が彼女をここから連れだす。二十四時間後、彼女はどこにいるのか。

ふと彼女は気づいた。迎えにくる人間が握っているのは、彼女の二十四時間だけではない。これからの彼女の人生すべてを、その人間が握っている。

9

明日香はタクシーを降りた。今までに一度も泊まったことのないような、大きくて豪華なホテルの正面玄関だった。長い外套《がいとう》のような制服を着た男がうやうやしくタクシーのドアをおさえる。その制服に、明日香は警察の礼服を思いだした。

この任務で明日香が命を落とすようなことでもあれば、古芳も芦田課長も、葬儀にその礼服を着て出席する筈《はず》だ。

小さなボストンバッグ——カモフラージュのためで、もったいないがいざとなれば捨ててくるつもりだ——を、その外套を着た男に預け、ショルダーバッグは肩から離さず、明日香はガラスの回転扉をくぐりぬけた。

想像以上の警戒だった。空港にも鉄道の駅にも、ひと目で「クライン」のメンバーとわかる男たちが張りこんでいた。それも、ふだんならああいう連中は五人、十人というグループで固まるのに、二〜三人の小グループで分散している。絶対に獲物を逃さない態勢をとっているのだ。

明日香はフロントカウンターの前に立った。ロビーの床は、大理石がしきつめられている。ブレザーを着た係が歩みよってきた。

「横浜の石原《いしはら》です」

予約のために芦田が使った偽名を明日香は告げた。芦田は用心を重ね、東京ではなく、横浜の住所で部屋を予約していた。そこは、芦田の義理の妹のものだった。石原というのも、その姓だ。

「承っております」

コンピュータで確認したフロント係はいい、ボーイを呼んだ。

「一泊のご予定でございますね」

「はい」

カードがさしだされ、明日香は暗記した住所と名前を書きこんだ。料金については、前払いがすんでいる。たぶん明日、精算をする時間はない。後日、郵便でやりとりをすることになるだろう。

「二十階の、二〇一一号室をお使い下さい」

フロント係はいって、カード式の鍵《かぎ》をさしだした。

「ご案内いたします」

短い上着を着たボーイがその鍵とボストンバッグをもって歩きだした。大理石のフロアをよこぎると、今度は靴が埋まるようなカーペットをしきつめたエレベータホールに向かう。

いつか任務ではなく、こんなホテルに泊まれたら——思い、明日香は古芳との新婚旅行を思い浮かべた。かっと頰《ほお》が熱くなる。ふたりの積み立てをあわせれば、それくらいの新婚旅行も夢ではない。

「どうぞ」

開いたエレベータの扉をボーイがおさえる。何を考えているの——自分を叱咤《しった》した。今はそんなときではない。

エレベータの扉が閉まり、上昇を開始した。彼女は——神崎はつみは、明日香の部屋より二階下、十八階にいる筈だ。


ボーイが部屋をでていくと、明日香は時間をおくために窓ぎわに立った。陽が沈み、夜が訪れようとしていた。芦田への連絡は午後八時におこなうことになっている。あと一時間後だ。芦田は自宅で待っている筈だった。

それまでに神崎はつみをこの部屋に連れてこなければならない。

ホテルの下は桟橋だった。間隔をおいて立つ水銀灯が点《とも》り、行儀よく並んだ船を照らしだしている。光の中に人影はない。

明日香は窓のカーテンをすべて閉め、ドアに歩みよった。バッグに鍵をしまい、拳《けん》銃《じゅう》がそこにあることを確かめた。ドアを開けるとすばやく廊下にでた。人けはない。

エレベータは使わず非常階段を捜した。階段は廊下の両端にある。出て右側が近いほうの階段だった。

階段で十八階まで降りた。十八階の廊下にも人の姿はなかった。

神崎はつみの部屋は「一八〇五」号室だった。まっすぐにその部屋のドアの前まで進むとチャイムのボタンを押した。

しばらく間をおいて、

「はい」

ドアごしに女の声がした。明日香はのぞき穴から見える位置までさがり、

「東京の芦田のところから参りました」

と告げた。

再び間があいた。ドアロックの外れる音がして今度は細目にドアが開かれた。チェーンがかけられている。

色の白い、ほっそりとした女の顔がのぞいた。写真の通りだった。髪もきれいだし、化粧もきちんとしている。明日香はちょっと驚いた。命を狙《ねら》われているというのに、まるでこれからお見合いにでもでかけようというほどおめかししているなんて。

「身分証を」

女がいった。伏し目がちで、そうしているとよけい長いまつ毛が目立つ。

明日香はあたりを見回すと、バッグから警察手帳をとりだした。開いて見せようとした。

「渡して」

女がいった。一瞬、むっとした。課長が決めた通りの合言葉をいった。何をこの上疑うのか。

ドアのすきまから警察手帳をさし入れた。女が受けとった。鳥肌が立つほど長く爪《つめ》をのばしてマニキュアを塗った指だった。爪をのばした女は大嫌いだった。

受けとった女がページを開いて見入った。

「早くして、かえって目立つわ」

明日香はいった。女は目をあげ、ちらりと明日香を見た。眉《まゆ》をひそめている。

「ひとりなの？」

「そう。まだ？」

不意に明日香の目前でバタンとドアが閉まった。明日香はあっけにとられた。怒ったのだろうか。自分の立場をわかっているのか。

カチャッという音がドアの内側から聞こえた。つづいて、ドアが大きく開かれた。チェーンロックを外すためにドアは閉められたのだ。

明日香は部屋の中に踏みこんだ。中は明日香の部屋と同じ作りだった。入って左手にバスルームがあり、あとはツインのベッドルーム。

うしろ手にドアを閉めると、ロックしチェーンをかけた。女はそのあいだに窓ぎわまでいき、つっ立ったまま明日香を見つめていた。

「窓から離れて」

早い口調で明日香はいった。女は無言で従い、ベッドに腰かけた。

「もっと離れて」

いらだたしくなり、明日香はいった。想像とちがっていた。怯《おび》え、明日香を見てほっとする女を予期していた。ところが彼女は、どこか心ここにあらずというような、ぼんやりとした顔をしている。

「――ひとりなの？　本当に」

女が訊《き》いた。

「そうよ。あたしひとり。その方が目立たないから」

「無理だわ」

「何が」

嚙《か》みつくような調子になった。

「あなたひとりじゃ無理」

「………」

「きっと殺されるわよ」

明日香は思わず女を見つめた。まるでそれを期待しているかのような口調だった。

「あたしが死ぬときはあなたも死ぬときでしょ。荷物は？」

女が首をふった。明日香は部屋を見回し、気づいた。ハンドバッグがひとつライティングテーブルにのっているきりだ。本当に着のみ着のままで逃げだしてきたようだ。女が着ているのは、高価そうなシルク地のワンピースだった。

「ここをでるわ」

女は目をみひらいた。

「ホテルを移るの？」

「ちがう。あたしの部屋にいくの」

「いや」

女がいった。明日香は耳を疑った。

「この部屋を出るのはいや。ここなら安全だから」

「あたしの部屋も同じだわ――」

女がゆっくりと首をふった。

「ちがう。あなたの部屋は誰かが知っているかもしれない」

「何いってるの、同じでしょう」

「でも警察の人はあなたを知ってる」

「あのね、警察の人間だからあたしはここにいるのでしょう。手帳返して」

女がまだ明日香の警察手帳をもっていることに気づき、いった。

「警察がいちばん信用できない」

明日香は怒りをこらえた。

「じゃああたしは何なの？」

「――あなたはたぶん何も知らない」

「どういうこと？」

「警官にもたくさん君国に買収されている人がいるわ」

「されてない人だっている。そっちの方が多いわ」

女は顔をそむけた。

「あなたの街じゃね」

「こっちだってそう。東京にはひとりもいない」

叩《たた》きつけるように明日香はいった。

女の口もとに薄い笑みが浮かんだ。馬鹿にしているかのような笑いだった。

「何がおかしいの!?」

「本当に知らないのね」

明日香をまっすぐ見つめた。

「東京にだって買収されている人はいるわ。あの人はどこにでも手を回している」

「馬鹿なこといわないで」

明日香は詰めよった。女の手から手帳をとり返した。バッグにしまう。

「とにかくあたしといるあいだは、あたしのいうことに従って。死にたくないんでしょう」

女はすぐに答えなかった。何の表情もない顔で明日香を見つめると、

「どっちでもいいわ」

低い声でいった。

明日香はため息をついた。虫酸が走るタイプだった。自分が美しいと知ってて、けだるげにふるまう。大人ぶっていて、まるでそれが、男のことなら何でも知りつくしているといいたげだ。

確かに男のことは知っているだろう。男の性欲を刺激することだけなら、何でも。

「いくわよ」

つきはなすようにいって明日香はドアの方に歩みよった。

「きっと後悔するわ」

また女がいった。明日香はくるりとふり返った。抑えていたものが切れそうだ。

「頭にくる女ね。あたしが何しに東京からわざわざきたと思うの。あたしはあなたより年上だし、あなたの愛人みたいな連中やその手下どもをさんざん相手にしてきたのよ」

「君国に会ったことあるの？」

「あるわけないじゃない。会ってたら、手錠《わっぱ》かけてるわよ」

女が再び笑った。まるで明日香をどしがたい愚か者と思っているかのようだ。

「あなたの手にはおえない。君国はそんな男じゃないわ」

「いい加減にしなさいよ。麻薬組織のボスなんて最低の犯罪者よ」

女は明日香を見つめ、無表情に答えた。

「確かにあなたは買収されていないわね」

「どういうこと？」

「一度でも君国に会えばそんな風には彼のことをいわないからよ。確かに君国は警官にお金を払うけど、それだけじゃないのよ」

「それだけじゃないって？」

女の目に光が宿った。おもしろがっているような光だ。

「皆、君国に惹《ひ》かれるの。あの人がもっている力は、お金や権力だけじゃなくて、あの人の内側からしみだしてくるものなのよ。一度会えば、あの人に逆らえる人はいない」

「刑務所に入ってもそうかしらね」

女は首をふった。

「あの人は刑務所なんて入らないわ。そんな馬鹿じゃない」

「じゃ訊《き》くけど、そんなお利口さんがかわいがっている愛人に逃げられて、あわてて捜させているわけ？」

女の目から光が消えた。スイッチが切れたように無表情に戻った。

「あなたにはわからないわ、結局」

「もうたくさんよ。口を閉じて、いうことを聞いて」

ぴしりと明日香はいった。こんなところで議論をしていたら課長に連絡が遅れる。

女は立ちあがった。バッグを手にとる。

明日香は肩から吊《つ》るしたショルダーバッグの中に右手をさしこんだ。拳銃《けんじゅう》のグリップを握ると、いつでも抜けるように革ケースの蓋《ふた》を外した。

そのまま左手でチェーンロックとドアロックを解いた。そっと廊下に顔をだした。

あいかわらず人けがない。

明日香は首を倒した。女がゆっくりと歩いてくる。その足もとを見てうんざりした。八センチはあるハイヒールだ。とても走れやしないだろう。おまけに足音はひびく。その細い足首は明日香がひねれば一発で折れてしまいそうだ。

廊下にすべりでた。右手はずっとバッグの中にさしこんでいる。

女も部屋をでた。ハンドバッグを腕にかけている。

明日香は足早に歩きだした。エレベータの前を通りすぎる。エレベータホールにも人影はなかった。

非常階段にでた。踊り場に立つと明日香は身ぶりで女を止め、耳をすませた。階段にも人の気配はない。

階段を登った。非常階段にはカーペットがしかれていない。女のハイヒールの踵《かかと》が甲《かん》高《だか》い音をたてた。

「脱いで、それ」

明日香は小声で命じた。女は無言で言葉に従った。やはり死にたくはないのだろう。二十階まで達すると、明日香は「二〇一一」号室をめざした。二十階の廊下でも人とは出会わなかった。

部屋に入った。ロックをかけ、チェーンを張る。ほっと息を吐きだした。気づかぬ間に汗をかいていた。

女も同じようすだった。無言でベッドのひとつに腰をおろし、うつむいた。肩で息をしている。

きっと運動などしたことがないにちがいない。いつも飾りたて、君国の慰み者になるだけの毎日だったのだ。

明日香は腕時計を見た。じき八時だ。

女が不意に顔を上げた。

「シャワー、貸して下さる？　ずっと使っていないの――恐くて」

たった一日くらい浴びていないからといって死にはしないでしょ――いいかけた言葉を明日香は呑《の》みこんだ。

「どうぞ。あたしは電話をかける」

女が息を呑んだ。

「どこに⁉」

「芦田課長のところ。あなたを保護したことを連絡しなくてはいけない」

「明日じゃ駄目なの」

「意味がないでしょ、それじゃあ」

女はあいまいに首をふった。いらだたしくなる仕草だった。

「好きにすれば」

「仕事なの」

明日香はいって、ライティングテーブルの前に腰をおろした。

「じゃ、シャワーを浴びるわ」

「どうぞ」

明日香は電話の受話器をとりあげた。芦田課長の自宅の番号を押す。

三度ほど鳴らしたところで、芦田本人がでた。女が立ちあがった。

「芦田です」

「河野です」

背後でバスルームのドアが閉まった。

「彼女と会いました。いっしょにいます」

「君の部屋かね」

「はい」

「確かに本人がいった通りの人物かね」

「まちがいありません。社長の恋人です」

「わかった。萩原さんに連絡をとる。気をつけて帰ってきたまえ」

「了解しました」

電話を切り、明日香は息を吐いた。シャワーの水音がしていた。

思いつき、受話器をとりあげると、古芳の自宅にかけた。まだ、帰っていないだろうと思ったが、驚いたことに二度目のコールが鳴り終わらぬうちに、古芳がでた。

「はい」

愛想のない声でいった。

「仁王？　あたし」

「ホテルか？」

「そう。プレゼント、見た」

「そうか」

それ以上何もいわない。

「ありがとう。次会うとき、はめてるよ。左手に」

古芳は無言だった。明日香も何といってよいかわからず黙った。

「――気をつけろ」

やがて古芳がいった。

「うん」

明日香は答えた。

「明日、帰るから――」

「待ってる」

明日香は自分から受話器をおろした。そうしないと、永久に切らないでいたくなりそうだったからだ。

バッグをひきよせた。拳銃《けんじゅう》の横に入れた指輪の箱をとりだした。蓋《ふた》を開け、つかのま見入った。

〝古芳明日香〟――そう呼ばれるのだ。

ふと思った。仁王は、結婚したあと、あたしが警官をつづけるのを許してくれるだろうか。

少なくとも、同じ課の刑事でいるのは嫌がりそうだった。人事の方もたぶん同じ考え方をするだろう。

結婚してしまえば、二度と仁王とタッグが組めなくなる――そう考えるとつらい気持がおこった。まさか仁王は、刑事までやめろとはいわないだろう。

そんなのはごめんだった。仁王のために掃除をしたり洗濯をしたり、ご飯を作ったりするのはかまわない。得意ではないけれど、仁王のためだったら一生けんめいやる。

それよりも、刑事をやめて、じっと家でひとり、仁王が帰ってくるのを待つのが嫌だった。

タッグを組んでいれば、仁王の背中を守ってやれる。でも自分以外の人間が仁王の背中を守るのは不安だ。自分以上に、仁王とぴったりのタッグを組める刑事は世界中のどこにもいない。

仁王はあたしが無茶をしても、あまり怒らない。それは怒るのを我慢してくれているのだ。怒れば、あたしが「女扱いされた」とつらい気分になるのを知っているからだ。

だからといって、あたしの無茶に平気だったわけではない。きっといつも、心のどこかであたしが危険のない仕事をするのを望んでいたにちがいないのだ。

結婚を機に、仁王は、それをあたしに求めるだろうか。

もしそうなったら、あたしはどうすればいいのか。

わからなかった。

理想は、これまで通り保安二課に残り、古芳とタッグを組みつづけていくことだ。だが、古芳も警視庁もそれを許すはずがない。

どうすればいいのだろう。

バスルームのドアが開く音がした。明日香は箱をバッグに押し込み、ふり返った。

女がワンピースを着けて現われた。化粧は落としている。それでも、化粧をした自分よりはるかに美しい——明日香は認めざるをえなかった。

驚くほど色が白い。髪を洗ったのか、バスタオルを巻きつけていた。

「あの……乳液とかもってる？」

それくらいもってる。何だと思っているんだ。明日香は無言でバッグから化粧ポーチをとりだし、おしやった。

「ありがとう」

女はいって、立ちあがった明日香と入れかわりに、ライティングテーブルの前にすわった。明日香は並んでいるベッドのひとつに腰かけた。

女はポーチの中をのぞいた。小さな乳液の壜《びん》をとりだし、掌にあけると、顔にすりこんだ。

「他のも使っていいわ」

明日香はいった。ファンデーションとマスカラ、アイシャドウ、口紅などが入っている。

「ええ」

女はいった。鏡を見つめている。自分の顔に見入っている。

指先で眼の下を、頬《ほお》を、口もとを、入念にマッサージした。そしてチェックしている。

染みがないか、小皺《こじわ》ができていないか。

うんざりするようなていねいさだった。

明日香は息を吐き、顔をそむけた。自分など、くたくたで化粧も落とさず寝てしまうことがしょっちゅうある。横になった。

「ありがとう」

女は乳液をポーチに戻した。自分のハンドバッグをひきよせる。

中からコンパクトをとりだした。ひと目見て、めちゃくちゃ高価な化粧品だとわかった。口紅一本で、明日香のもっているすべての化粧道具が買えそうだ。

女は今度は化粧を始めた。

「今夜はここに泊まるのよ。化粧なんてしなくていいのに」

「でもひょっとしたら逃げださなくてはならなくなるかもしれないわ」

「勝手にしなさい」

明日香はまた横を向いた。一から十まで腹の立つ女だ。

しばらくふたりとも口をきかなかった。明日香はときおり女の化粧を盗み見た。

女は厚化粧ではなかった。しかし化粧をすることで、より美しさが際立つ部分をよく知っていた。

厚塗りをするわけではない。それでも芸術を作りあげるように、美しさが増していく。

やがて口紅をひきながら女がいった。

「いくつ？」

「二十六よ。あなたよりひとつ上」

わざとつけ加えた。

「恋人はいるの？」

明日香は女の背中を見直した。女は鏡の中から明日香を見返してくる。

「関係ないでしょ」

「……そうね」

女は目をそらした。ふっと女の心に興味がわいた。

「君国とはどれくらいつきあったの？」

「九年」

「九年!?」

明日香は目をみひらいた。

「あの人は、十六のときにわたしを拾ったの。それ以来、ずっとよ」

意外だった。愛人といっても、せいぜい半年か一年のことだと思っていた。飽きれば捨てられる運命の女だと。

「九年間ずっと、愛人だったわけ？」

「学校へいかせてくれた。正しいマナーやエチケットも教えてくれた。君国と出会うまで、わたしは何も知らない田舎者《いなかもの》の娘だった」

明日香は首をふった。

「なんか、映画かお芝居みたいね」

女が微笑《ほほえ》んだ。はっとするほど美しい笑みだった。

「そう。『マイ・フェア・レディ』」

「知らないわ」

「君国は、初めて会ったときからわたしを愛してくれた。お前なら、俺《おれ》の完璧《かんぺき》な恋人になれる、って」

「なぜ結婚しなかったの」

明日香は訊《たず》ねた。

「結婚？」

意外そうに女はいった。

「君国は結婚してるの？」

「いいえ。前に一度していたことはあったけど……」

「知りあった頃？」

「ええ」

「今はじゃあひとりなのでしょ」

「ええ」

「離婚したわけだ。あなたのせいで」

女は答えなかった。少し残酷なことをいったか、と明日香は思った。

「――ちがうわ」

やがて女がいった。

「ちがう？」

女は化粧を終えていた。だがふりむくことはせず、明日香の目を鏡の中でとらえていた。

「――わたしは十七だった。君国はわたしのためにマンションを借りて、週に三度は泊まりにきていた。わたしはいつも、君国に送られて高校に通っていた。授業が終わる頃、君国は迎えにきてくれた。ある日、わたしが君国といっしょに部屋に帰ると、彼の奥さんがいた。わたしを責めた。泥棒の娘は泥棒だって――」

「どういうこと？」

「君国の奥さんは、わたしの母の妹だった。叔母《おば》よ。叔母は君国といっしょになってから、まるでお金持になったのを見せびらかすように、うちに泊まりにきた。そして必ず、財布の中からお金が減ってるといって、父や母をなじった……」

明日香はつかのま、言葉を返せずにいた。

「盗《と》っていたの？」

女は首をふった。

「わたしは盗らなかった。母はときどき……。父は体が弱くて、よく入院したわ」

「それでどうなったの」

「どうなった、とは？」

「君国の奥さんがあなたを責めたとき」

今度は女が沈黙した。

「……叔母は、死んだわ」

「死んだ？」

「ええ」

「どうして」

「マンションの屋上から落ちたの」

「君国がやったのね」

「知らないわ」

「嘘《うそ》よ」

明日香は上半身を起こした。

「あなたは知ってる。君国があなたの叔母さんを殺したのね」

女は答えない。

「だからあなたは結婚しなかったのよ。いつかまた、君国が昔の自分と同じような娘を見つけたとき、邪魔になって殺されるのが恐かったから。それとも、もう見つけたの？　だから逃げだしてきたの？」

「ちがう」

女は首をふった。

「じゃあなぜ逃げだしたの」

「あなたにはわからないわ」

「そればっかりね」

どこか遠くの方で、ヘリコプターの羽根が空気を叩《たた》く音が聞こえた。

女は大きく息を吸いこんだ。

「あの人は、あの人の住む星には、誰も住めないの」

目をみひらき、明日香を見つめている。

「どうして？　あまりにも手を血で汚しているから？」

「そうかもしれない。あの人はよく祈ってた。死んだ人たちに」

「祈るくらいなら殺さなければいいのに」

「それが道なんだ、っていっていたわ。自分の道なんだと。生まれるずっと前から決まっていたのだって」

「馬鹿げてる。もし君国が、あなたのいうように力のある人間だったら、もっとまともなことをやっても金持になれたわ」

明日香は思いつき、訊ねた。

「いったことないの？　悪いことはやめてくれって。それほどあなたを愛している人なら、あなたのために生き方をかえたかもしれないじゃない」

「あの人は、誰にもかえられないし、誰にも止められないわ」

「じゃあ、あなたはどうだったの？」

「わたし？」

「あなたは君国をどう思っていたの。愛してたの？　それとも殺されるのが恐くていっしょにいたの？」

「誓ったの」

　ヘリコプターの羽音が遠ざかって聞こえなくなった。

「何を誓ったの」

「初めて抱かれたとき、君国がわたしに誓えるかと訊《き》いたわ。『永久に忠誠を誓えるか』って」

　明日香は胸が苦しくなるのを感じた。

「何と答えたの」

「誓える、っていったわ。両親が死んで、わたしはひとりぼっちだった。わたしをひとりきりにしないで大切にしてくれる人だったら、そのときのわたしは悪魔にだって誓った」

　明日香は息を吐いた。

　女がくるっとふりむいた。明日香をま正面から見すえた。

「わたしはそういう生き方を選んだの。贅沢《ぜいたく》で優雅で、美しくいること――それがひきかえよ。君国は、いつもわたしがそうであることを望んだわ。愛されれば燃える。それも約束。いつでも、どんなところでも」

　明日香は目を閉じたくなった。が、女の目があまりに激しいのでそうできない。

女は首をふった。何度もふった。

「あなたに、恋人はいる？　って訊いたわよね。愛されてるって感じる？　って訊きたかったの。わたしは感じるの。ものすごく愛されてるって。わたしほど愛されている女は、この世にいない」

「――じゃあ、なぜ、逃げたのよ」

明日香の声は自分でも知らないうちに低くなった。

「愛はね、強すぎるとその人を殺すの。わかる？　恐ろしいほどの愛よ。君国の愛は、わたしを殺すの」

「いいじゃない。あなたも君国を愛しているなら」

女の顔が歪《ゆが》んだ。明日香は初めて、女が泣きだすのではないかと思った。

「あなたにも恋人はいるのね。だからそういうのでしょう。恋人があなたを愛してて、あなたが恋人を愛してて、ふたりは同じ星の上にいる。でも、わたしと君国はちがう。君国がわたしを愛してて、わたしが君国を愛してて、でも、わたしたちはまったくちがう星の上にいるの。あの人が炎の星ならわたしは氷の星なの。だから逃げたのよ。わたしたちの愛情は、ぜったいにかみあわないのよ」

再びヘリの羽音が聞こえた。海の上を飛びまわっているようだ。

「――わからないわ。そういう愛情があるって。というより、それも愛情だっていうことが」

明日香はいった。ヘリの羽音が大きくなった。ホテルに近づいてくるようだ。

女は微笑《ほほえ》んだ。本当に悲しそうな笑みだった。

「だからいったの。あなたにはわからない、と」

ヘリの羽音はますます大きくなった。マリーナの上空までさしかかっているようだ。

カーテンの向こうで、窓ガラスがびりびりと震えている。

明日香は我にかえった。ヘリは異常にホテルに接近しているように思える。

「このホテルにヘリポートはあるの」

「知らない」

女は首をふった。

「さがってて」

明日香はいい、ベッドサイドにあるスイッチで部屋の明りを消した。

ヘリの羽音は、今では耐えられないほど大きかった。もう、窓のすぐ外に浮かんでいるような気すらする。

バッグを手にそっと窓に歩みよった。カーテンの端を少しだけずらし、外をのぞいた。

息を呑《の》んだ。

本当にそこにいたのだ。空中に停止し、明日香の部屋の窓の真正面に浮かんでいた。

黒い機体のコックピットに人影が見える。何かをもっていて――。

「逃げて！」

明日香は叫んだ。次の瞬間、ヘリの機体にとりつけられたサーチライトが点灯し、ぎらぎらする鋭い光が目の奥に痛みを伴って刺さった。

「逃げて！　早く逃げなさい！」

明日香が部屋の奥に向き直ったとき、それが襲ってきた。窓の外の世界が爆発した――――明日香はそう感じた。ぶあつい窓ガラスがいっせいに砕け散った。

ヘリコプターの巨大な音がさらに大きく部屋に押しいってくる。同時にすべてのものが壊れ始めた。

壁が白い粉を吹き、絵の額が粉々になり、ベッドが羽毛をまきあげる。

突風にあおられ、そして次には強烈な衝撃を体に受けて明日香はよろめいた。

女の体が部屋のドアにたどりついていた。風で髪に巻きつけたバスタオルが飛び、長い髪がまいあがった。

明日香はもう、自分の体を自分で動かすことができずにいた。息が詰まるような衝撃がさらにきて、自分の腕にぱっとなまあたたかい液体が散った。

テーブルに、カーペットに、その液体はおびただしい数の小さな点となって飛び散った。

血。

明日香の体は棒のように倒れ始めていた。だがその速度はひどくゆっくりとしていて、さっきまで耳を打っていた轟音《ごうおん》も、今はさほど気にならない。

女の方をもう一度見ようと思った。だが、体は動かせない。

倒れた。

みひらいた目の前に、きらきらと輝く、無数のかけらがあった。割れた窓ガラスの破片がカーペットの上にとび散り、ヘリコプターのサーチライトを反射しているのだった。明日香はまばたきもできないでそれを見つめた。

不意に、仁王からもらった指輪のことが頭に浮かんだ。ダイヤモンドの指輪。これからの明日香の人生を大きくかえるであろう指輪。

死にたくない。

そう思った瞬間に、激しい痛みが体じゅうを突きぬけた。

死にたくない。

仁王。助けて、仁王。

ガラスの破片が輝きを失っていく。光が消えたのではない。体から流れでる血に、じわじわと視界が黒ずんでいくのだ。端の方から狭まっていく。

咳《せき》こんだ。口からも血があふれだす。

やがて何もかもが見えなくなった。

10

その瞬間、女の心には不思議に驚きはなかった。浮かんだのは、やはりきたのか、という思いでしかなかった。

東京からきた女刑事が叫び、カーテンの向こう側がまるで真昼のように明るくなったと思った瞬間、銃弾が襲いかかってきた。

無数のガラス片が、ヘリコプターの羽根のまきおこす風に押され、きらきらと輝く奔流となって部屋に流れこんでくるのを、女は美しいものに感じていた。

ドアのところまで走ったとき、風で髪にまいたタオルが飛んだ。ふりかえると、女刑事の体にいくつもの銃弾がくいこんでいるのが見えた。

顔には驚きの表情が凍りついている。

やはりあなたにはわかっていなかったのよ——心の中で、女は語りかけた。女刑事が死ぬことはわかっていた。そして自分もすぐに死ぬことも。

女刑事の体が床で弾んだ。表情に変化はない。もう死んでいるのだろう。大量の血を流している。

結局、この人も自分とちがう世界の人間だった。

女は動かない女刑事の体を見つめ、思った。

銃撃はつづいていた。ドアのロックを解いたとき、部屋のあらゆる装飾を撃ち砕いていた銃弾が、女の体をとらえた。

左足に衝撃が走り、女はがっくりと膝《ひざ》をついた。苦痛に喘《あえ》ぐ。ドアノブをつかみ、かろうじて倒れるのを防いだ。

体がねじれ、窓の方を向いた。ぼろぼろになってふきとんだカーテン、もはや枠組しか残っていない窓、そしてその向こうに浮かんだ、ぎらぎらと光るひとつ目の怪物。

つかのま、女はその怪物と見つめあった。

君国の僕《しもべ》。

銃弾が襲いかかってくる。額に衝撃があって、女の手はドアノブを離れた。目の前がまっ暗になり、頭に鋭い痛みと冷たい熱さのようなものが走った。

11

浅黄色の草原だった。見渡す限りの浅黄色が広がっている。

草の丈は、三〜四十センチほどだろう。膝《ひざ》にまでは達しない。

しかし足もとを見たわけではないから、はっきりとはわからない。

とにかく広大な草原のただ中に、自分が立っているらしいことだけだ。

空気は明るい灰色をしていた。光を発するものはどこにもない。色を伴っているのは、草だけだ。

それはどこか寂しい光景だった。自然のもつあたたかみに欠けた場所だった。

自分は立っていて、しかしどこにもいけないのだった。立つこと以外に何もできないのだと、漠然と感じている。

風は感じなかった。なのに浅黄色の草原が揺れた。

草原がいっせいに同じ方向に倒れこむその景色にすら、寒さに似た、わびしさがあった。

ここではない、どこかへいきたい。

強く念じていた。

同時に、これと似た景色をかつて見たことがある、と思った。

しかし意識は、それより深くを探らない。

草原は、なだらかな傾斜にそってある。高く大きな山の中腹のような姿だ。

ひとりきりでいる。ひとりきりでいることが、この草原にわびしさを感じる理由なのだろう。

夜でもなく昼でもない、奇妙な光に包まれている。

自分には、体を動かす自由も、語りかける術《すべ》もない。ただ立ちつくし、目だけをみはってこの草原を見つめつづけている。

しかしわかっている。

この草原には誰もいない。たとえどれほどの長さを、こうして目をみはっていようと、動くものを見ることはない。

ここには誰《だれ》もいない。何もない。

そもそも、自分すらここにいるかどうか、はっきりとわからないのだから。

自分。

自分。

自分。

自分はいったいどこにいるのか。

どこ。どこ。どこ。どこ。

自分。

自分。

自分。

自分はいったい誰なのか。

誰。誰。誰。誰。

自分。どこ。誰。

自分。どこ。誰。

自分。どこ。誰。

気がつくと、また浅黄色の草原が広がっている。

12

目を開いた。何かが強烈に頭をしめつけていた。痛みというよりは、それを通りこえた苦痛だった。

苦しすぎて目を閉じた。すぐに眠りに戻れる予感があった。今、一瞬のうちに、自分の目にとびこんだ景色を反芻《はんすう》した。

白一色の世界。

よかった。あの草原ではない。

13

何かが肩先に触れていた。カチカチという耳障りな音もする。低い、ひそやかな話し声。のうは、といったようだ。

のうは。

目を開く。白衣を着た女がいる。ぼんやりと見つめていると、目があった。ちょっと驚いたような顔。

頭が痛い。ひどく痛い。痛みは一ヵ所ではなく、何ヵ所もで存在を叫んでいる。

頭が痛い、そういいたくて舌を動かした。

動かなかった。舌をどう動かせばいいかわからない。考えてもわからない。

ようやく舌が動いた。ずっと動かそうとしていて、その命令がやっと舌まで届いたような感じだ。

大きなスポンジが口の中にある。それが動いている。

「や、う、わ、や……」

スポンジが声をたてた。スポンジは舌だった。白衣を着た女が目をみひらき、頷《うなず》いた。

「大丈夫よ」

そういって胸をそらし、見えないところに腕をのばした。

まばたきした。景色がやけに遠い。すぐそこにあるものなのに、スクリーンに映しだされているようだ。自分をとり巻く世界と自分とのあいだに、大きなへだたりがある。

現実感がない。ぼんやりとしていて、夢の中にいるようだ。

夢は、だがちがう。夢はあの浅黄色の草原。

これが現実なのだ。だが現実にしてはあまりに遠い。何光年も離れた世界から、目だけを通して見ているよう。

「もう少し眠りなさい」

白衣の女が腕をおろしていった。

いやだ、あの浅黄色の草原にはもう戻りたくない。

何かをいわなければ。舌を動かして。

その途中で、何も見えなくなる。

14

頭が痛い。なのに誰《だれ》もいない。

だいぶ前から目を開いていたことに気づいた。それと自覚しないまま。

ここは病室だ。白い壁と、足もとのドア。体はまだ動かせないが、目だけは自分のいる場所についての情報を伝えてくる。

病院のベッドの上に横たわっている。なぜ自分がここにいるのかはわからない。

ドアが開いた。

白衣を着た男が入ってきた。ふたり。ひとりは金髪で口ヒゲを生やしている。もうひとりはずんぐりとした日本人。ふたりはじっと自分を見ている。見つめかえす。

白人が何かをいう。ずんぐりとした日本人が頷《うなず》き、近づいてきた。

「聞こえますか？　あ、返事はしなくていいです。まばたきをして下さい」

まばたきをした。

「どこか痛いですか？　頭の他に」

鼻の奥がツンとした。何かの鋭い匂《にお》いがある。何の匂いだろう。

「頭以外はどこも痛くないのですね」

まばたきをした。

日本人は腰をのばし、背後の白人をふりかえった。なにごとかを話しあっている。

匂いが消えた。

日本人がふりむき、手を握ってきた。腕時計をのぞき、脈をはかっている。手を離した。ほほえんでいう。

「大丈夫。すぐによくなりますよ」

喋《しゃべ》ろう。そう思った。舌を動かそうとすると、日本人が気づいた。

「無理に喋らないで。体にまだ慣れていないのですから。ゆっくり休んで。ゆっくり」

ふたりがでていった。

息を吐き、首を動かした。髪にひきつれる感じがある。それ以上はわからないが、自分の頭に多くの電線がつながれている、と感じた。

ひどく疲れていた。たったこれだけのあいだ目を開き、まばたきを二度した——それが、もう目を開いていられないほど自分を疲れさせている。

休もう——自分にいい聞かせた。

15

きのうは半日をぼんやりと起きていた。おとといは二時間。その前は三十分だった。

きのう、初めて食事をした。だが吐いてしまった。奇妙だったのは、吐いてから、気分が悪くなったことだ。吐いているあいだは、何ひとつおかしくなかったのに。もっとも、食べ物の味は、まるでしなかった。

起きていて、ただぼんやりとしている。何も考えないし、考えられないような気もする。世話をしてくれる看護婦さんは、まるで赤ちゃんのように自分を扱ってくれる。

今日、脳波をとるコードが外された。立ってみて下さい、といわれ、ベッドを降りた。降りたというよりは落ちたのだった。

降りようとして、手がベッドをつきとばした。看護婦さんが抱きとめてくれなかったら、床に叩《たた》きつけられていたろう。

何かが変だった。何がどう、といえないのだが、心と体のあいだに違和感がある。思ったように体を動かせないし、言葉も喋《しゃべ》れない。

考えるのもうまくいかない。すべてに霞《かすみ》がかかってしまっている。

自分がなぜここにいるのか、ということがどうしても思いだせないのだった。いや、それ以前に、自分というものがよくわからない。何か、蓋《ふた》のようなものが頭の中にあって、思いだすのを邪魔しているような感じだ。

不快感は他にもある。頭の中がひどく窮屈なのだ。たとえていえば、脳に大きなできものができているような感触だ。

そのせいで思うように体が動かせない。

お医者さんは、明日からゆっくり、リハビリテーションを始めましょう、といっていた。自分はそれに頷《うなず》いただけだ。

リハビリテーションには、「言語機能の回復」も含まれている、という。おそらくそれで、自分ももっとじょうずに喋ることができるようになるだろう。

そのときには、自分がいったいどんな病気なのかを訊《き》けるにちがいない。

病気——たぶん病気なのだ。この心と体の違和感は、病気だからこそ生じたのだ。今はまだ、誰《だれ》にも訊くことはできないし、話してもくれない。

お医者さんや看護婦さんが、何となくそれをさけていることに気づいていた。その話は、きっとずっと先にくりのべされるのだろう。リハビリテーションが進んで、少なくとも自由に体を動かしたり、言葉を喋れるようになってからにちがいない。

それまで、あとどれくらいかかるのか。

お医者さんは、時間はかかればかかるほどいい、といっていた。時間がたてばたつほど、心が体に慣れていくからだ、と。その意味はよくわからないが、病気や怪我《けが》というのは時間がたてば治る、ということなのだろう。

頭痛はしかしつづいている。もう慣れっこになってしまった鈍痛と、ときおりくる鋭い痛みの二種類がある。鋭い痛みのときには、目も開けていられないほどつらい。一日に何度かそれがやってきて、そのときは思わずつっぷしてしまう。早く治りたい。治って、どこかにいきたい。自分には、いかなければならない、大切な場所があるような気がしてしかたがない。

もちろん、それがどこなのかは、思いだせない。

16

「だから嫌だっつったんだよ、馬鹿野郎！」

ツトムが罵《ののし》った。頭が痛い。ひどく痛い。

「うるせえな！　黙ってろよ、ちょっと」

タカシは額をおさえ、呻《うめ》くようにいった。寒けがする。理由はわかっていた。アフター・バーナーが切れたのだ。ツトムのポケットの中にある三袋のアフター・バーナーが欲しい。だがツトムはよこさないだろう。このアフター・バーナーは、ツトムの兄貴分から預かったものだ。もしもらうのだったら、それに見合う銭を渡さなければ、ツトムが兄貴分からこっぴどくヤキを入れられる。

ぞくぞくする。嫌な気分になってきた。あれだ、あれがまた始まるんだ。

タカシはふたりで逃げこんだ、今は使われていない雑居ビルの床にしゃがみこんだ。饐《す》えた臭《にお》いがする。小便と反吐《へど》の混じった臭いだ。ほんのひと月前まで、ここは溜《た》まり場のスナックだった。だがマスターがサツにひっぱられて閉店してしまった。噂《うわさ》じゃ、ビルの持主までもがサツにやられたって話だ。持主は、しゃぶの稼ぎでこのビルを建てたのだ。

しゃぶなんて今どき流行《はや》らない。

「部屋にいりゃよかったんだよ。部屋でテレビ見て、カズエでも呼んでやってりゃよかったんだよぉ」

しゃがみこみツトムがいった。声が上ずっている。

「うるせえな。目をつけられたのはお前だったんだろうが……」

ふりむかずタカシはいった。くそ、吐きそうだ。あれがきてるんだ。化け物どもが背中にのっかっているのがわかる。

「わかんねえよ。ありゃ特取じゃねえか。あいつら、街でよ、ちっとでもクサそうなの見っと、かたっぱしから挙げるんだぜ」

「だったらなんでそのアフター・バーナー捨てなかった」

「冗談いうな。兄貴にぶっ殺されらぁ。せめてツェー万もってきゃいいけど、じゃなきゃ……。おいタカシぃ、ツェー万もってねえかよぉ」

「もってねぇよ」

懐の中には五百円しかない。一万の金があれば、自分がツトムからアフター・バーナーを買っている。

「具合悪いんだ、黙っててくれ」

「そんなことといってる場合じゃねえよ。外にはデカがうじゃうじゃいて、俺《おれ》らのこと捜してるんだぜ」

ツトムはタカシの肩をゆすった。それでいっそう気分が悪くなり、タカシは唾《つば》を吐いた。背中にのっかった化け物が、むしゃむしゃ内臓にかぶりついている。

そうか。ここが悪いんだ。ここに何かがいるんだ。

「ここは危《や》べえよ」

「なに？　なにいってんだ、お前――」

「ここ、何かいるぜ」

アフター・バーナーが切れると、妙に霊感が強くなる――、前にツトムにも話したことがある。悪い霊とかに乗っかられてしまうのだ。

「何いってんだよタカシ、外にでれるわけねえだろ」

ツトムは薄気味悪そうにあたりを見回した。

スナックはビルの一階の奥にある。入口の扉には「休業中」の貼《は》り紙があって、その手前の店も全部、今はやってない。細長い店は、カウンターと四人がけのボックスに分かれていたが、今そのボックスは椅《い》子《す》もテーブルも奥の窓ぎわに積みあげられている。

窓の向こうは、三十センチばかりの間隔をおいて、隣のビルの壁だ。今は昼間だから、その窓から黄色っぽい光がさしこんでいる。重ねられた椅子やテーブルのすきまからその光は店の中に入りこんでいた。電気などとうに止められているので、夜だったらまっ暗だろう。

　タカシは身震いした。夜のこの店に入ることなど、思いもよらない。きっとゴキブリやネズミどもがうじゃうじゃいるにちがいない。その上、今背中に乗っかってる化け物どもだ。

　もしひと晩ここで過したら、化け物どもに内臓を食われ、ゴキブリやネズミにたかられて、朝になったら白骨だ。

「いや、でる」

　タカシは唸《うな》るようにいって立ちあがった。おかしくなる。ここにこれ以上いたらおかしくなっちまう。

「やめろって。外にまだいるよ、デカが」

　ツトムがコートの裾《すそ》をつかんだ。

「関係ねえよ」

　その手をタカシはふりはらった。

「気分悪いんだよ――」

　ツトムがため息をついた。手で顔をおおう。

「参ったなぁ。兄貴に殺されちまう。パクられりゃ、どっからもってきたって叩《たた》かれるんだろうし」

「呑《の》んじまえ」

「だから銭どうすんだよ。それに今呑んだら、デカはひと目で見抜くぜ、ぶっとんでるの見て——」

ツトムははっと息を呑んだ。ドアの向こうから人声がかすかに聞こえてきたのだ。

「危《や》べえ！　デカがきた！」

ふたりはタカシの主張で、アフター・バーナーを売るために渋谷《しぶや》にでてきたのだ。三袋のうちふた袋を売れば、ひと袋は好きにしていいとツトムの兄貴分にいわれていた。

アフター・バーナーをやらないツトムは気がのらないようすだったが、タカシはのった。アフター・バーナーが欲しかったのだ。

ところがついてない。渋谷まできて、駅前でそれっぽい奴《やつ》の何人かに声をかけたとたん、張りこんでいたデカに目をつけられてしまった。

この二カ月というもの、特取とかいうデカのチームができてから、路上での売がまるきり駄目になっていた。噂では、品物はだぶついていて、いくところにいけばあるということだ。だが特取が、コークやハシシ、眠剤やしゃぶに至るまでの、売人という売人をかたっぱしから挙げるようになって、皆びびって手をださない。

ふたりが逃げこんだこのスナックのマスターにしたって、いっときはしゃぶと葉っぱのあがりでかなり羽振りがよかった。今はもうムショの中だ。路上売で稼いだ組やチームは、どこも首をくらなけりゃならないほど追いつめられている。それほど特取のやり方は徹底していた。

ツトムはドアの内側に耳を押しあてていた。目だけがきょろきょろと動いている。

「やっぱそうだよ、一軒一軒、捜してやがんだ……」

小声でいった。いわれなくともタカシにもわかった。ドンドン、バタン！　という音が廊下に響いている。

そのとき、ざらっという音がすぐ近くでした。ふたりは凍りついた。音は外ではなく、中で聞こえた。

「何だよ……」

ツトムがつぶやいた。顔がまっ白だった。

酒壜《びん》の倒れる、ごとん、という音、そしてずずっとひきずる音がして――。

ひっとツトムが息を呑んだ。カウンターの内側で何かが動いた。のっそりと大きな黒い影が立ちあがる。

タカシは魅せられたようにカウンターの向こうを見つめていた。やっぱいたじゃねえか、化け物が。

立ちあがったのは、よれよれのジャケットを着た、うすぎたない大男だった。ヒゲがのび、髪がぼさぼさだ。のびたヒゲのあちこちに、白い、涎《よだれ》とも乾いた反吐《へど》ともつかないものがこびりついている。

「助けてやろうか」

化け物がいった。べたべたとしただみ声だった。

タカシもツトムも返事がでなかった。

「助けてやろうか」

化け物はもう一度いって、カウンターの上に片脚をかけた。よろめいて倒れかけたが、唸《うな》り声をあげのりこえた。

「――どうやって……」

ツトムがささやくようにいった。

「お前のもってるアフター・バーナーをよこせ。そうしたら助けてやる」

「冗談じゃねえ……。何いってんだ、おっさん」

ツトムはタカシの方をちらちら見ながらいった。ドアから離れ、タカシに近よってくる。

「よこせ、もうすぐここにもお巡りがくる」

化け物はゆらゆらと歩いた。大きな右手がさしだされた。爪《つめ》の先がまっ黒だ。ホームレスのようだが、それにしては図体《ずうたい》も態度もでかい。

「なめんなよ――」

ツトムが吐きだした。右手がそろそろとジージャンにのびる。ナイフをもっているのだ。

「よせって」

タカシはいった。

「本当に助けてくれんのか」

「ああ」

化け物はゲップをしていった。どろんとした目玉でタカシを見つめた。

「アフター・バーナーはいっこしかねえんだ。それでもいいか」

「馬鹿」

ツトムがいう。

「ありったけだ」

化け物がいった。

「ふざけんなよ——」

ツトムがナイフを抜きかけた。大男の手がひょいと動いて、ツトムの右手をつかんだ。手首のちょっと上だ。

ツトムがうっと息を呑《の》んだ。顔色が赤くなり、ついで青白くなった。化け物にはたいして力をこめたようすはない。

カタンと、バタフライナイフが落ちた。

「じきデカがくる。どうすんだ——」

化け物は平然と訊《たず》ねた。ツトムは助けをもとめるようにタカシを見た。

タカシは何もいえなかった。化け物はこいつじゃないことに気づいたのだ。こいつは人間だ。ホームレスだか酔っぱらいだか知らないが、ふつうの人間だ。ただ、こいつに変なものが憑《つ》いている。化け物が憑いている。

「あんた、とっ憑かれてるぜ」

タカシはいった。男はちらっとタカシを見やった。驚いたようすはない。

「何いってんだ、タカシ――」

ツトムがぽかんと口を開いた。

「とっ憑いてんのは女のお化けだ」

「そうか。それよりどうすんだ」

男はツトムの手を離し、いった。

タカシにははっきりと見えていた。男の肩のあたりにもやっとしたものが浮かんでいる。髪の長い、女のお化けのようだ。

ツトムがごくっと喉《のど》を鳴らした。

「渡すよ、助けてくれ」

男は小さく顎《あご》を動かした。

「カウンターの中、入れ」

ツトムはタカシをふりかえりながらカウンターをとびこえた。

「早く、早くこいよ！　タカシ」

「本当だぜ、本当にとっ憑かれてる」

タカシはいいながら、あとにつづいた。

カウンターの内側で並んでしゃがみこんだ。酒の匂《にお》いがぷんぷんする。

「何んであんな馬鹿なこといったんだよ」

ツトムが肘《ひじ》で小突いた。

「本当なんだよ――」

「しっ」

ドアがドンドンと叩《たた》かれた。

「開いてるぞ」

声がした。デカたちが回ってきたのだ。

ギイッという、ドアの開く音がした。

「おっ」

息を呑む声がした。静かになった。やがて誰かが、おそるおそるいった。

「古芳か？」

「ああ、そうだ……」

男のだみ声が答えた。

「何やってんだ、こんなとこで」

「張りこみ」

「張りこみって、お前……」

「よせ」

別の声が止めた。

「小僧の売人を追っかけてたんだ。誰かこなかったか」

「ネズミが二匹とゴキブリが百匹くらいかな」

「こっちは真面目《まじめ》に仕事してんだよ。飲んでるのか」

「それがどうした？ 俺だって仕事だ。ずっと張りこんでる」

「ここのオヤジはとっくにパクったよ、俺たち特取が」

「――そうか、そうか。御苦労さん」

「古芳！」

「やめろ。誰もこなかったんだな」

「これえ」

「わかった。見つけたらパクってくれ。アフター・バーナーもってる筈《はず》だから」

「ああ」

ドアが閉まった。やがて、

「もういいぞ、でてきて」

男の声がした。タカシは、ツトムと顔を見あわせ、立ちあがった。

男が閉まったドアによりかかっていた。

「いっちまったよ、あいつらは」

タカシもツトムもしばらく口を開かなかった。まじまじと男を見つめる。

男が手をさしだした。

「よこせ」

ツトムがジージャンのポケットから袋をだした。アフター・バーナーが入っている。男に渡した。

男はじっと見つめ、それからしわだらけのスラックスのポケットにおしこんだ。

「消えろ」

「そんなのねえだろ」

ツトムがとんがった。そっぽを向いていた男がゆっくりと首を回し、ツトムを見た。ぼんやりといった。

「消えろっていってんだよ。これをもってなけりゃ、お前らはパクられねえ」

「そんなことはわかってるよ。金よこせよ」

男の表情はかわらなかった。まるで聞こえていないように、とぼけた目でツトムを見ていた。

「まけといてやらあ。一万よこしな」

「金なんかない」

「じゃあ、さっきのデカにいってやるぜ。お前らの仲間にとられたってな」

「いえばいいさ」

男はすとんとすわりこんだ。

「てめえ――」

「いこうぜ、ツトム」

タカシはぼんやりといった。この男が人間だと思ったのは、結局まちがいだった。こいつは幽霊にとっ憑《つ》かれているが、本人ももう、幽霊のようなものなのだ。生きてるってことに、ほとんど興味がない。

男は上着のポケットをまさぐった。くしゃくしゃになった煙草をとりだし、火をつけた。ひとしきり咳《せき》こみ、うぇっと喉《のど》を鳴らして痰《たん》を吐いた。そしてタカシを見上げた。

「おい、さっき俺が何かにとり憑かれてるっていったな」

「ああ。あんたには、女の幽霊が憑いてる」

男は顔をゆがめた。笑ったような、泣いているような、奇妙な表情だった。

「そいつはちがう。女が俺にとっ憑いてるんじゃねえ、俺が女にとり憑いてんだよ」

そしてがっくりと首をたれた。

17

その日は、朝から何かが変だった。午前九時の検診も、いつもより念入りだったような気がする。体温と脈搏《みゃくはく》だけでなく、久しぶりに脳波の測定もあった。

頭痛は？

ひどいのは少なくなってきている。今は一日に一回あるかどうかだ。それもやってくるときは前もってわかるようになった。

前兆があるのだ。

鼻の奥にくる、つんとした匂《にお》い。何の匂いだかは、いまだにわからない。「痛み」という言葉を聞いても同じことがおこる。匂いのもとなど体のどこにもないのに、「痛い」「痛む」「痛み」という言葉を聞くと、鼻の奥にある匂いが生じるのだ。

その話は、お医者さんにはした。お医者さんも首をひねっている。ただ、特に体の回復を妨げるものではないでしょう、といった。

回復は順調だった。とりあえず、立ったり歩いたり、ものをつかんだりすることは不自由なくできる。

喋《しゃべ》ることがちょっと遅れている。ふつうには喋れるのだが、少し早口になっていおうとすると、舌がもつれてしまうのだ。

そのこともお医者さんには話した。お医者さんは驚かなかった。言語機能の回復には、いちばん時間がかかるでしょう、といっただけだ。

「今日はお話があります。体の調子がいいようですからね」

検診のあと、お医者さんはいった。最近は、病室にきて話すお医者さんは、この人ひとりだけだ。名前は小田《おだ》先生。白衣の胸につけたプレートにそう書いてある。

「はい」

そのときは頷《うなず》いただけだった。いったいどんな話をするのだろう。

「髪がのびたわね」

そのときいっしょにいた看護婦さんがいった。そう、のびている。

「もう、半年ですものね」

いわれてようやく気づいたのだった。自分は、半年もこの病院にいるのだ。

きっとひどい病気だったのだ。そして看護婦さんはふたりきりになったときにいった。

「お話がうまくいったら、鏡を見せてあげるわね」

そうなのだ。それもいわれるまで気づかなかったことだ。鏡を見ていない。長いあいだ、あの、「眠り」から目覚めて以来、一度も鏡を見ていない。病室にも、病室についたお手洗いにも鏡はなかった。リハビリテーションや入浴のための部屋にもない。

看護婦さんは、きっと鏡を見たいのだろうと思って、いってくれたのだ。

だがいわれるまで、そんなことを思ってもみなかった。

ずっと前。あの長い「眠り」の中で、自分、という言葉を考えたような気がする。だが「眠り」から覚めてからは、まるで考えなかった。思いつきもしなかった。

考える、ということを心が拒否していた。考えると、あのひどい頭痛がやってきそうで恐かったのだ。

本当のことをいうと、今も恐い。こうして病院にいて、食事をだしてもらい、リハビリテーションをして、ずっといられたらいいと思う。

初めの頃は、どこかにいきたかった。どこかへいかなければならない、という気持が強くあった。

だが何も考えずに毎日こうしていると、それはもう、どうでもよくなってしまった。病院は、病気を治すところ。治ったら出ていかなければならないところ。子供でも知っている。なのに、ここにずっといたい。外にいくのは恐いし、自分のことを知らない人と話すのも恐い。

ここの人たちは、目覚めたときから、自分のことを知っていた。だから自分が誰だろうと思わずにすんだ。思うことは恐いことだから。

名前は——。名前もわからない。

年齢は——。年もわからない。

でもそれでいい。無理に考えようとすると、あの匂いがやってくるのだ。そのあとにくるひどい痛みを思うと、考えるのを止めてしまう。

それを前に一度だけ、小田先生に話したことがある。

小田先生はやさしくいった。

「それは、心と体が、自分を守っているんです。あなたはひどい病気だったから、そのときのことを思いださないようにバリヤーを作っているのですよ」

そしてこういった。

「心配しないで。私たちがあなたのことをずっと診《み》ていますから、そのときがきたら、大丈夫だなと思ったら、お話をしましょう。それまでは、赤ちゃんになったつもりで、自分の内側のことは考えないで、体のリハビリテーションに専念して下さい」

今日、そのお話をする日がきたのだ。

ということは、自分はもうすぐ、この白一色の、安全な、心の落ちつく部屋をでていかなければならないのだろうか。

どきどきした。頰《ほお》がかっとなる。

嬉《うれ》しいのだろうか。それとも恐いのだろうか。

ときどき自分の気持がわからない。考えないとわからないのだ。

心のどこかがまだ壊れている。体と気持が完全にはつながっていないような気がする。

でもそれはひょっとしたら、自分のことを何ひとつ知らないからかもしれない。

「お話」のあとは、つながっていなかったパイプとパイプがあわさったように、心の情報が素直に体に流れこむようになる。そうしたら、外にでることを、今のように恐いと思わなくなる。

そんな気がした。

とにかく「お話」を楽しみにした方がいい。恐がってはいけないのだ。

「傷を負うことを恐れる者は、命をも失う」

ふと、そんな言葉が心に浮かんだ。ずっと昔、誰かがくり返し教えてくれた。

そうだ。恐れてはいけないのだ。自分はもう、赤ちゃんではない。半年前とはちがう。

「お話」は、きちんと自分と向かいあうためのものなのだ。

昼食のあと、それが始まった。脳波のコードが再びとりつけられた。心電図を含めて、すべてを映しだすモニターがベッドのかたわらにおかれる。

小田先生と看護婦さんが入ってきて、ドアが閉められた。看護婦さんの名前は、桑野《くわの》さん。あとで鏡をもってきてくれる、といった人だ。

小田先生は椅子《いす》にすわり、モニターをいつでも見える位置に向けた。桑野さんはそのうしろに立つ。

自分は寝ている。

「気分はどう？」

小田先生が微笑《ほほえ》みながら訊《たず》ねた。

「大丈夫です」

「頭は？　痛くない」

「ぜんぜん」

「そう」

小田先生は頷《うなず》いて、一拍おいた。

「今日は、前からお約束していた『お話』の日です」

息を吸いこみ、いった。

「わたしのことを話すんですね」

驚いたろう、と思ったが、小田先生は表情をかえなかった。

「そうです。あなたのことです。どうでしょう。私の方から話しますか？　それともあなたの訊《き》きたいことから？」

「まず先生が話して下さい。それから質問していいですか」

小田先生は深く頷いた。

「わかりました。私はここであなたの脳波と心電図を見ています。そしてもし、あなたの体が、これ以上お話をしたらよくない、という反応を示すようなら、お話はいったん中止します。いいですね？」

「はい」

「お話のあとはきっとすごく疲れると思います。無理せず、寝て下さい。必要なら、看護婦さんがお薬を下さいますよ」

桑野さんが微笑んだ。

体がぎゅっとなった。緊張している。

でも嬉《うれ》しかった。緊張すると体がぎゅっとなるのは正常なのだ。赤ちゃんのときは、こうはならなかった。気持悪くないのに吐いてしまったり、手や足がばらばらに動いたり。

　切れていた心と体の配線が、一本一本、つながってきているのだ。

　小田先生が口を開いた。

「あなたがこの病院にきて、今日で百八十五日目になります。半年とちょっと。あなたがこの病院にきたのは、大きな怪我《けが》をしたからでした。頭だけではなく、体にも大きな怪我をしていました。私たちの仕事は、命を助けることです。あなたの体の怪我はひどかった。このままでは助からない――私たちは判断しました。

　大丈夫ですか？」

「はい」

　冷静だった。だって今自分は死んでいない。死にかけていた、といわれても平気だ。ただ、病気ではなかったというのは驚きだった。病気だとばかり思っていた。

　小田先生が真剣な表情でモニターを見つめている。

「話をつづけましょう。私たちは手術をしました。あなたの心と体を切り離す手術です。あなたの心は生きていましたが、体はもう助けられなかった。大きな怪我をたくさん負っていましたからね」

　鼓動が少し早くなった。かすかにあの匂《にお》いがし始めた。駄目、今でてきては駄目。この先を聞きたいのだから。今まで心にかぶさっていた、おおいのような蓋《ふた》が外れるときが、もうすぐきている。

小田先生がじっと見つめている。

「つづけて下さい」

「あなたといっしょにこの病院に入院した人がいました。その人も怪我をしたのです」

そうだ。そうだ。そうだ。そうだ。

ひとつ目の怪物。真昼のようなカーテンの向こう。ダイヤモンド。きらきらと光るダイヤモンド。

いくつかの鮮烈な記憶が目の前をよぎる。

「先生――」

桑野さんの声がする。心配そうだ。

喘《あえ》いだ。浅黄色の草原。しゃっくりのような自分の息が聞こえる。

鼻の奥の匂いは？　あの匂いは？

少しだ。少しだけ。大丈夫だ。ひどい頭痛はまだしばらくこない。

瞬《まばた》きして、小田先生を見た。小田先生はまるですべてわかっているように、大きく頷いた。

「話して」

いってしまった。もう聞かなければならない。

「もうひとりの方の怪我は、心でした。残念ながら心は死んでいました。そして体の方の怪我は比較的軽かった……」

左膝《ひざ》の少し上に急激な痛みが走った。思わずそこをつかんだ。

「痛い！」

「大丈夫。それは『体の記憶』です」

首を曲げ、そっと見た。縫った跡があって、そこだけが少し色がちがう。

「その怪我はもう治っていますよ」

息を吐いた。

「私たちは、ふたりとも助けることができないと判断しました。しかし、ひとつ方法がありました。体が死んで心が生きている人。心が死んで体が生きている人。生きている体に生きている心を移しかえることができれば、ひとりの命を救える。そう思ったのです」

「わたしの心と……」

「もうひとりの方の体です」

左足の痛みが消えた。体から力が抜ける。

「どうやって……？」

「あなたに施された手術は世界で初めてのものです。まだ誰もしたことがなく、成功の例がなかった。そしてたまたま、あなたが運びこまれたこの病院の近くに、そうした手術をおこなえるかもしれないすばらしいお医者さんがたくさんいたのです」

「どんな手術だったんです？」
「脳移植です」

18

連絡がきたのは、二日前だった。駅で電車を降り、タクシーに乗りこむと、半年前のあの嵐のようだった晩のことが彼の脳裏によみがえった。散らばったガラスの破片が、赤い粘つく海の中に無数の島となって浮かんでいた。そこにふたりの体があった。壊れた人形のように、巨人が飽きて投げだしたオモチャのように、確実な死へと歩み始めていたふたり。

襲撃は確実で、情容赦がなかった。彼の部下は全身に銃弾を浴びていた。肺が破裂し、肝臓と脾臓《ひぞう》にも損傷をうけていた。輸血はつづけられていたが、死亡は時間の問題だった。

そしてもうひとりの人物は、一見すればどこも怪我《けが》を負っていないように見えた。室内に流れだしたおびただしい血は、そのほとんどが彼の部下のものだった。

しかし、現在の医学では、もうひとりの人物の方に生存をしていないという結論が下る。

理由は一発の弾丸だった。

彼女は、奇跡的に二発しか被弾していなかった。彼の部下はすべてあわせれば八発を手足や胸に被弾していたというのに。

彼女がうけた二発のうち一発は、左の太腿《ふともも》の肉を抉《えぐ》った。そして残る一発が、額のやや上、髪でかくれてしまう生え際の位置に入った。

脳に致命的な損傷を与えた。

二人の体が運びこまれたのは、襲撃のあったホテルから最も近い救急病院だった。事件から数時間後、ヘリを乗りついで現場に駆けつけた彼が、医師からふたりの体に関する説明をうけたとき、途方もない考えが浮かんだ。

可能なのだろうか。

その答をだしてくれる者が、すぐ近くにいたのだ。彼の小学校の頃の同級生で、今の日本では最高の脳外科医といわれている人物が、病院から三十キロと離れていない別のホテルに泊まっていた。

泊まっていることを知っていたわけではない。だがたぶん、きているだろうと思っていた。その友人の息子を、十二年前、彼は助けていた。危うく刑務所に服役せねばならない罪をおかしていたのを、ちょっとした口ききと検事への説得で、救いだしてやったことがあったのだ。

今ではその息子は更生し、立派な人生を歩んでいる。

今度は彼に借りを返してもらう番だった。

彼の提案に友人は仰天し、不可能だといった。だが粘る彼に、提案を可能にするかもしれない手術の技術をもつアメリカ人医師へ話をすることだけは了承した。

そのアメリカ人医師は、かつて同様の手術を本国でおこなおうとして宗教界の大反発をうけ、さらに裁判所による差し止め命令をうけて断念したという経歴の持主だった。

話を聞いた医師は、年齢、血液型などの条件が整っているのか、と訊《たず》ねた。

整っていた。

秘密が条件だった。すべてが秘密裡《り》におこなわれることが条件だった。

その点においてもアメリカ人医師は了承した。彼も秘密を望んでいたのだ。

人間の準備は整った。あとは舞台となる病院だった。手術後の経過観察はともかく、それだけの手術をおこなえる施設をもち、尚《なお》かつ秘密を保持できるだけの大病院が果たして、わずかな時間のあいだに見つかるかどうかだった。

その解決をしたのは、当のアメリカ人医師だった。

同じ県の、北西へ五十キロ離れた場所に、アメリカ海軍の基地があり、そこに原子力空母が入港していたのだ。基地の司令官である大佐と医師は従兄弟《いとこ》どうしだった。彼らは、開かれていた脳外科医学会のシンポジウムが終了したらゴルフをする約束を交わしていたのだ。

ヘリが飛んだ。

アメリカ海軍の戦闘ヘリに、彼はふたりとともに乗りこんだ。

皮肉なものだ、と思った。襲撃にもヘリコプターが使われた、と報告をうけた。ヘリが奪おうとした命を、今度は助けるためにヘリが運んでいる。

事件の報告をうけた彼も、警察のヘリを乗りついで現場へと飛んできたのだった。

ローターの巻きおこす轟音《ごうおん》と、空母に着艦する際の、あの目もくらむようなサーチライトの光だけが今、強く記憶に残っている。

手術に要した時間は、ざっと二十時間だった。ふたりの体が空母内の手術室に運びこまれたのが午前零時少し過ぎ。終わったのが同じ日の夜の八時半だ。

乗組員への上陸許可が下りた空母には、ごくわずかな人間しか残っていなかった。彼らには、艦長と司令官による厳重な箝口令《かんこうれい》がしかれた。

手術に必要なスタッフは、すべて医師たちがかきあつめた。

――簡単だったよ

彼の友人はいったものだ。

――何せ、石を投げれば脳外科医にぶつかるくらい、いるのだから

そして不思議なことを学んだ、とも告げた。

――医者というのは、やはり科学者なんだ。公の立場ではまったくちがう意見を闘わせていても、いざ貴重な実験に立ち会うチャンスがあるとなれば、決して知らん顔ができない。特に今回のように、成功しても失敗しても秘密が守られることがわかっていればなおさらだ

いってみれば、オモチャのようなものだったのだろう。人の命と心をどれほどいじりまわしても、決して糾弾されることがない、とわかっている。

それは医師たちの好奇心を大きく刺激するとともに、背徳の歓《よろこ》びをもたらした。

彼らは今、患者の回復状況の報告を、今か今かと待ち望んでいるだろう。月に一度の、秘密のレポートが、手術に参加した医師たちには送られている。

静かな海沿いの街の、夜の底をタクシーは走っていた。個人の所有するその外科病院を紹介したのも、彼の友人だった。友人の教え子が、そこの院長を務めている。レポートはその院長の手になるものだった。

自分がしたことが、いったいどんな意味をもつものなのか、正直いって彼にはわからなかった。

手術が失敗していれば、今こうして漠然とした不安にかられることもなかったろう。自分の部下と、もうひとりの人物の、「心」と「体」に対し、何の権利もなく、彼は大きな決定を下したのだ。

本来なら、神の領域、さもなければ「運命」と呼ぶべきできごとを、一介の人間である彼が起こした。

手術は成功したのだ。

ただし、経過については、まだすべてが明らかになったわけではない。「体」を失った「心」が、どのような判断を下すかを、彼は待たなければならない。

そしてこの点が、医師たちとはまったくちがう部分だったが、「心」が「体」を拒否するなら、彼はそれを受けいれねばならない、と考えていた。

つまり彼女が、「死にたい」と望んだら、それは死なせてやらなければならない、ということなのだ。死なせるのは、彼の義務だ。望まない命を与えた人間は、それをいらないと突きかえされたときには黙って受けとらなければならない。

彼女はそれを望むのか。

彼にはわからなかった。

生きていくことを彼女が選ぶのなら。

彼には、次の判断が与えられる。

あの手術のすべてを秘密のまま終わらせた今、彼の手には、彼女のすべてがゆだねられている。そうなるように仕向けたのは自分だった。

彼女の命を、ある目的のために、神から奪いとったのだ。奪いとったのが彼である以上、彼女に対する全責任は、彼が負わなければならない。

後悔はない。しかし不安は強くある。この不安は、彼女が生きつづける限り、決して彼の心からなくなりはしない。

病院に到着した。小さな待合室にかけられた時計を見た。午後九時を少し過ぎていた。院長の小田が、ひとりの看護婦とふたりだけで、彼を迎えた。

「お疲れさまです」

「いえ。どうですか、彼女は」

挨拶《あいさつ》もそこそこに彼は訊《たず》ねた。

「比較的落ちついていました。三時過ぎに話を一度終え、催眠剤を与えました。そろそろ目がさめる頃です」

　小田は答えた。小田による定期レポートは、彼のもとにも届いていた。

「自分のことについて、何か思いだしましたか」

「断片的なことばかりのようです。つながらなくて、それを誰《だれ》かにつなげてもらいたい、という思いは、あるかもしれません」

「名前は？」

「いえ」

　小田は首をふり、口ごもった。

「私は精神科ではないので、正しく判断できているかどうかはわからないのですが、この半年間、彼女には『自我の喪失』といったような状態がつづいていたようです。それはひょっとしたら、心の安全装置のようなもので、わざとそうなっていたのかもしれません」

「どんな状態です？」

「肉体的には、ほとんどの機能を回復しています。停止していた月経も、ひと月前に始まりました。歩行や会話、日常的な動作に支障はありません。ですから心理面だけの特異状態といえるでしょう」

「自我の喪失とおっしゃいましたね」

「ええ、まあおかけ下さい」

三人は、待合室のソファに腰をおろした。他に入院患者はいないのか、小田は会話を誰かに聞かれるという不安を感じていないようすだ。

「――自分が誰であるかに、まったく興味が働かないようなのです。それは容姿に対しても同様で、これまで鏡を一切、身近においていなかったのですが、それについての不満も口にしていません。つまり安定していたのです。もちろんその安定は、正常であるとはいえません。名前も呼ばれない。自分の顔も見たことがない。実際、彼女はまだ一度も、自分の顔というものを見た経験がないのです。

であるにもかかわらず、不安を感じていない。自分がおかれている病室とその周囲だけの狭い世界、コミュニケーションする対象は、私と数名の看護婦だけ。そういう状況下でありながら、そこになじみ、不満や不安を感じていない。疑問もない。これはむしろ、正常とはいえません」

「精神に損傷をうけていると？」

「うけているか、あるいはまだうけていない。そしてこれからうけるであろうことを予期し、よろいで固めてしまっている、そのどちらかだろうと思います」

「先生はどっちだと？」

「わかりません。希望的観測としては、後者であってほしいと思います。前者であるなら、彼女は、ここではないどこへもいけないし、それ以前に、誰にもなりえない。まっ白なまま、ただ生きている、という状況であるからです。私は、赤ちゃんに似ていると思いますが、彼女は赤ちゃんではない。また、赤ちゃんのように、これから学んでいき、そこで人格を獲得するというものでもないわけです。彼女は言語を喋《しゃべ》れる。意志を相手に伝える手段をもっている、にもかかわらず人格がない。これから身につけることもありえない、というわけです」

「つまり、生まれたての赤ん坊のようには、成長のチャンスがない」

「その通りです。ストップしている。立ち止まり、動かない。刺激によっての変化も期待できない」

　彼は身じろぎした。

「後者の場合であったら？」

「よろいの中で身をちぢこめている状態です。自分に起こったできごとが、人格にとって非常な衝撃を与えるであろうと予測し、怯《おび》えているのです。その予測は正しい。そして、事実と直面したときに、あるいは人格が崩壊して、前者のような状態となる可能性もあります」

「たいへん微妙だということですね」

「その通りです。受けいれたとしても、たいへんな精神的苦痛を伴うでしょうし、それはある意味で一生持続する。人はよく、『生まれかわれたなら』と口にしますが、実際に生まれかわることはない。ところが彼女は生まれかわってしまった。二十六年間親しんだ自分の体を失い、まったく別人の体を与えられたのです。そのことが、今後またどのような肉体的影響をおよぼすかまったく未知数ですが、それ以前に、心が受けいれられるかどうかがわからないのです」

小田は一瞬、冷ややかな目になって彼を見すえた。

「芦田さん。そういう点で、彼女の心と体に関する事実を伝える責任は、この手術の決定を下したあなたにゆだねたいと思います。どう伝えるかも重大ですが、誰が伝えるかが、今後の彼女の人生に対し、大きな意味をもちます」

彼は訊《たず》ねた。

「彼女は鏡を見たのですか」

「まだ見てはいません。もちろん、いつでも見られる。しかし順番についての責任も、正直いって私は負いきれません。事実を知ることが先なのか、鏡を見ることが先なのか……」

芦田はゆっくりと息を吐いた。

「よくわかりました。彼女と話します」

小田は小さく頷《うなず》いた。そして立ちあがり、厳粛な表情でいった。

「こちらへどうぞ」

19

薬によってもたらされた眠りは、重く、夢がなかった。不意に水面下に沈み、そしてまた突然浮上したかのように目ざめた。

男の人がひとりいた。ベッドのかたわらの椅子《いす》にすわり、彼女を見つめていた。

お医者さんではない。

初めて見る。

灰色の薄い髪、目もとの深い皺《しわ》、口もとにも刻みがある。何か、つらいことばかりを見つめつづけてきたような目。痩《や》せていて、体全部が尖《とが》った印象。

不意につんとした匂《にお》いが鼻の奥にわきおこった。彼女は目を閉じた。

消えて。消えなさい。

しばらく目を閉じていた。どれくらいかはわからない。ひょっとしたらまた眠ってしまったような気がする。

目を開いた。まだ男の人はいた。

さっきとかわらない表情だ。悲しみをためこんだような目で自分を見つめている。

「私を覚えているかね」

男の人がいった。答えずにじっと見つめていた。答えてはいけない、そんな気がした。

「私の名前は、芦田だ。君といっしょに働いていた。正確には、君は私の部下だった」

かちょう。

不意にそんな言葉が浮かんだ。かちょう？　かちょうって何？

「君の仕事を覚えているかな」

匂いだ。匂いがきた。目を閉じる。浅黄色の草原。

走っている。激しい息づかい。自分のものかどうかもわからない。

ナイフ。光が走る。

拳《こぶし》の感触。肉を打つ手応え。

はっと息を呑《の》んだ。

たいほ。

たいほ、たいほ……たいほ。

頭痛がきた。突然、小さな火柱が頭の中のあちこちであがる。焼けつくような苦痛。

彼女は悲鳴をあげた。両腕で顔をおおい、叫ぶ。

いたい、いたい、いたい、いたい、いたい。

発作はつづいた。

看護婦さんがとびこんできた。桑野さんのやさしい顔を見たとたん、痛みが薄らいでいく。桑野さんの体が、彼女の目から男の人の姿を隠す。ほっとする。

体から力が抜け、ベッドに曲げていた背中を預けると、天井を見た。

大丈夫、ここにいる。痛くない。痛いことなんか何もない。

桑野さんが額をなでてくれる。痛みがどんどん薄らいでいく。

眠りが待っている。

目を開いた。また、あの男の人がいる。椅子にすわったまま、顔をうつむけている。

目を閉じ、眠っているように見える。

もうすぐ朝だ。だけどまだ暗い。

彼女はそっと上半身を起こした。かちょうが目を開けていないので、できたのだ。かちょうの目やかちょうの言葉は、痛みの前触れとなるあの匂いを呼びよせる。

じっと見ていた。

何かがぐるぐると回っている。大きな太い柱のようなものが、どこからかぐるぐると回りながら、自分の心をつき破ってくる。

体が震えだした。

かちょうから目をそらし、体にかけられた毛布を見た。

見てはいけないんだ、見てはいけない。

そのままじっとしていた。

突然、声が聞こえた。

「アスカくん」

アスカ――。

柱が割れた。中からとびだしてきたものが心の中で暴れ回る。そのものが、アスカ。

アスカが心の中をめちゃくちゃにひっかいている。

ぼろぼろと、はげ落ちていく何かがある。よごれや錆《さび》のような、ぶあつく表面にかたまっていたものが落ちていく。

落ちていくものに目をこらす。

浅黄色の草原。白い天井。ひとつ目の怪物。赤い海の中のダイヤ。

頭痛が走っていく。匂いだけが全身にまとわりついて残っている。

体じゅう、がたがたと震えている。顔をあげるが歯の根があわない。

男の人の目と目があう。

アスカが口を開く。

「課長……」

20

鏡が病室に運びこまれた。キャスターのついた、大きな姿見だった。夜はもう明けている。

姿見にはシーツでカバーがかけられていた。小田先生と桑野さん、そして芦田課長が、アスカの病室にいた。

すべてのおおいが吹きとんでいた。心の壁をつき破って流れこんだ太い柱は、記憶という名の暴力だった。

記憶を暴力だと思ったのは初めてだ。だが暴力以外の何ものでもありえない。

なぜなら、記憶の中には自分の死も含まれているのだから。

アスカは思いだすことができる。思いだすことを恐れずにできる。

ガラス窓が砕け散り、無数の銃弾に体を貫かれながら見た、最後の光景を。

はつみが髪に巻きつけていたタオルが突風にとんだ。その瞬間、彼女と目を合わせたような気がする。

あのみひらいた目の中にあったのは何だったのだろう。

あきらめか。怒りか。

いや、それよりも、何か、暗く凍てついた氷の塊のようなものを見たような気がする。

自分の血だまりの中に倒れふした。キラキラと光るガラスの破片。

深々と息を吸いこんだ。

今、アスカはベッドの中央部に腰をおろし、足の裏を床につけていた。小田先生と桑野さんは、驚異の表情を浮かべて自分を見ている。

シーツのかかった姿見は、ま向かいにおかれた。

「ひとりにして下さい」

課長と小田先生の方を見ていった。誰《だれ》も、何も答えなかった。三人が病室をでていく。

ドアが閉じた。

アスカは大きく息を吸いこんだ。シーツをつかみ、めくりあげる。

息を一瞬にして吐きだした。あの女がいた。髪の乱れた、ひどく青ざめたあの女がいた。自分を見返した。

神崎はつみ。神崎はつみ。

目をそらした。

鏡さえなければそこには何もない。これは河野明日香の目だ。河野明日香の心にとびこんでくる景色。

病室の床、枕《まくら》もとのキャビネット。

ちがう！　この目は、神崎はつみの目だ。

受けとっているのは河野明日香の心でも、情報を送っているのは神崎はつみの目。

再び鏡を見た。

目を見つめる。

あのとき、彼女の目の中にあったものを、もう一度見定めるチャンスだった。あの瞬間の目を、この目が覚えているなら。

寒けがした。デジャ・ビュ。ちがう！

鏡の中に何かが見えた。鏡の中の目にうつったものが、アスカの心に映像を結ぶ。

それは撃たれ、血を流しながら倒れていく自分。

警視庁保安二課所属、河野明日香巡査の最期。

嘘《うそ》だ。覚えている筈《はず》がない。あのときわたしは見なかった。見ていたのはわたしではなく、神崎はつみだ。わたしの心にその瞬間の記憶が残っている筈はない。

だが見えた。

確かに見えた。

銃弾は、胸とわき腹に刺さり、ぱっと赤い花を咲かせていた。そしてわたしの背後をま昼のように明るく照らしていたひとつ目の怪物。

アスカは喘《あえ》いだ。

なぜなのだ。ありえないのだ、そんなことは。自分が死ぬ姿をどうやって見たというのか。

目だ。

悟った。この目が見た。その残像が、今よみがえったのだ。

どきっとした。そうすると、これからも、この目が見たことのある人物に出会えば、自分に、デジャ・ビュのような現象がおこるのか。

嫌だ。そんな気持の悪いことはごめんだ。

目を閉じる。汗が流れているのがわかる。

目を開ける。もう一度、自分を見る。

わたしじゃない。絶対にわたしじゃない。手を動かせば手が、首をふれば首が、同じように動いている。

しかし鏡の中の女も喘いでいる。

鏡の中の女の目も叫んでいる。

わたしじゃない、わたしじゃない、わたしじゃない。

鏡をつきとばした。

キャスターが勢いを支えきれず、向こうむきに倒れる。がしゃん、という音をたてて、細かな破片がとび散った。

病室のドアが開き、皆がとびこんできたとき、アスカは大声で泣いていた。涙は、とめどなく、確かに、神崎はつみの目から、こぼれ落ちていた。

21

二日間、ひとりで過した。

食事もとらなかった。鏡はもう、二度と見たくない。死ぬべきだ、そればかりを考えていた。

三日目、芦田課長と話す決心がついた。死ぬ。それは決めた。だがその前に、なぜ自分の身にこんなことが起こったかを知りたい。

桑野さんに芦田を呼んでもらった。芦田はずっと、この病院に泊まりこんでいる、と桑野さんはいった。

再びふたりきりになった。

「仕事はいいんですか？」

何もいわない芦田に、アスカの方から訊《たず》ねた。

「休暇だよ。明日までだが」

芦田は低い声でいった。

「せっかくのお休みなのに――」

言葉がとぎれた。訊《き》きたいことがあった。しかし訊くのが恐ろしかった。

「――本庁は、どうです？」

「どうです、とは？」

「皆んな、かわりないですか」

芦田は無言だった。じっとアスカを見つめていた。

「仁王は……」

言葉がとぎれた。目を閉じた。なぜ泣くの？　わたしは生きているのよ。ちがう、死んだ。仁王の愛した、河野明日香は死んだ。

「――停職中だ」

「停職中？」

アスカははっと顔をあげた。

「なぜ？」

「私が停職にした。彼には、内偵が……おこなわれている」

いいにくそうに芦田はいった。苦渋をおしだすような口調だった。

「どういうことです？」

「とりあえずの嫌疑は、渋谷で、アフター・バーナーの売人からアフター・バーナーをとりあげ、その逃亡を幇助《ほうじょ》した、というものだ」

「嘘《うそ》……」

「それは事実だ。いや、残念ながら事実のようだ。特取が、その売人を何日かして挙げたとき吐いた。古芳くんも認めた」

「どうして――」

芦田は答えなかった。

「とりあえずって、今、おっしゃいましたよね」

「ああ」

「あとは、何なんです？」

芦田はアスカを見た。

「君の件だ」

「わたしの？」

「あの夜、泊まっているホテルについての情報をもっていたのは、君と私、そして検察庁の萩原さんの三名だけだった。我々は当初、君が尾行されたのではないかと考えた。本庁、君の住所、空港、すべてを洗った。彼は君を見送りにきていたね」

「わたしが呼んだんです」

アスカはいった。

「彼も同じことをいった。残念ながら、私の命令が徹底しなかった、というわけだ」

「課長！」

「私が彼を疑っているわけではない。しかし、状況はかなり深刻といえる」

「どうしてです？」

「彼、私、萩原さん、この三名のうちの誰かから、『クライン』に向けての情報が流れた。そうでなければ、あの夜の襲撃はありえない」

アスカは胸が痛むのを感じた。肉体の発作なのか。一瞬怯《おび》えたが、ちがった。それは心の痛みを体が受信したのだ。

「課長――」

芦田はアスカを見つめた。

「教えて下さい、なぜです」

芦田は息を吐いた。目を伏せ、毛布にくるまれたアスカの足を見た。

「私を憎むかね？」

「ひどいことです。わたしの気持は誰も考えてくれなかったのですか」

「君のことを、この手術のことをだ、知る者は本庁には私ひとりしかいない」

「じゃあ――」

アスカは息を呑《の》んだ。

「古芳くんは、君が死亡したものと思っている」

かすかだが、安堵《あんど》に似た気持があった。河野明日香は死に、仁王の心の中でだけ生きつづけている。

「私は、闘いつづけなければならなかった」

芦田がいった。

「君を失ったが、警察には『クライン』との闘いが残されている」

「どういう意味です？　わたしに現場に復帰しろと？」

いった瞬間、気づいた。この肉体はちがう。もう、あの制服も、コートも、この体が身につけることはない。

それよりも何よりも、この華奢《きゃしゃ》な体で犯罪者たちと互角に闘えることはありえない。

「課長！　わたしに刑事に戻れとおっしゃるんですか。どうやって？　どうやって戻るんです？」

芦田はつらそうに目を閉じ、首をふった。

「君は警官ではない。刑事、河野明日香は死亡した。殉職し、二階級特進となって、警部補として……」

アスカは笑いだしそうになった。何ということだ。自分が警部補とは。巡査部長である仁王より、上級なのだ。

生きていたら。

自分は生きている。しかし河野明日香は生きてはいない。

自分は何者なのだ。

そのときわかった。芦田の狙《ねら》いが。なぜ手術がおこなわれたかが。

アスカは目をみひらき、芦田を見つめた。

「課長……。まさか課長は……」

芦田も悟った。アスカが気づいたことを。

「本気ですか……」

アスカの声は悲鳴のようだった。

「本気でそんなことを……」

「申しわけなく思っている。私は勝手にふたりの人間の運命をかえてしまった。すべての責任は私にある。医者でもなく、この私に」

アスカは言葉がでなかった。めまいがした。

しばらくどちらも口を開かなかった。

やがてアスカがいった。

「死のうと思っていました。今でも思っています。死ぬ前に、なぜかを、課長にお訊きしようと……」

芦田は深々と頷《うなず》いた。

「君がそう思うだろうとは予測していた。死にたい、という君の意志をかえる権利は、私にはない」

「そうですね」

冷ややかにアスカはいった。

「わたしは死んでいた。本当なら、とっくにお墓の中にいる」

芦田は無言だった。

「課長がわたしをよみがえらせた。勝手に、まるで神様のように」

「そうだ」

「でも死にたいなら死ね？　だったらどうして死なせておいてくれなかったんです？」

芦田の顔を見たくなかった。

「思いきっていう」

芦田が低い声でいった。

「死ぬとしても、その前に少しだけ、君の命を私に預けてくれ」

「うまくいくんですか」

「わからない」

「わたしはまた、撃たれて死ぬのね。二度死ぬ。まるで映画みたい」

アスカは虚《うつ》ろに笑った。死ぬためによみがえった命。よみがえらされた命。

「課長はわたしの命をオモチャにしている」

芦田は無言だった。

「どういう囮《おとり》にするんです？」

「今はやめておこう」

芦田がいった。

「なぜ？」

「フェアではない、と思うからだよ」

「フェアなんてないでしょ、最初から。フェアであるなら、わたしはここにいない。選ぶ自由もなく生きかえらされたのだから」

「わかった。非常に単純な作業だ。君が、神崎はつみが生き残っている、という情報を流す。君国は必ず動く。情報の流れを追ううちに、警察内部の裏切り者が明らかになる」

仁王かもしれないのだ、その裏切り者は。

「それで？」

「彼らが君国とつながっているなら、そこから君国の息の根を絶つ」

「できるんですか？」

「やる。私は命を賭《か》ける」

アスカはようやく芦田を見た。もともと痩《や》せていた上司が、さらにこの半年で痩せたことに気づいた。

芦田の目は真剣だった。この目に映っているのはしかし、かつての部下ではなく、犯罪組織のボスの愛人であった女なのだ。

であるからこそ、この作戦は成立する。

「課長、ひとつ、質問していいですか」

アスカはいった。

「何かね」

「もし、あの晩、頭を撃たれたのが神崎はつみでなく、河野明日香だったとしたら。ふたりの、心と体の傷がまるで逆だったら、この手術を、課長は――」

言葉がつづかなくなった。ただ見つめていた。

芦田はゆっくりと深呼吸した。

「もし、逆の状態であったとすれば、私は神崎はつみの証言を手に入れられたろう。君国とその周辺に関する、さまざまな情報も得られたかもしれない」

「じゃあ――」

「だが、手術の事実が公開されていない以上、その証言は裁判の際の証拠とはならない」

「つまり……」

「手術はおこなわれなかったろう。私は君の命を救いたい、と願った。だが時間がたつにつれ、はたしてこれが本当に救ったことになるのかと、疑問に襲われるようになった。

そして今日、君からその答が得られた」

　アスカは小さく頷いた。

「そうです。課長は救ってはいません。ただ、利用しようとしているだけです」

芦田は目を閉じた。まるで苦痛に耐えるかのように見える仕草だった。

「考えさせて下さい」

　アスカはいった。芦田は頷いた。

「明日、またこよう」

踵《きびす》を返し、病室のドアに手をかけた。

「課長――」

芦田は無言でふり返り、アスカを見つめた。

「もうひとつ質問があります」

「何かね？」

「わたしは、わたしの体は、どうなったのですか」

芦田は瞬《まばた》きし、低い声で答えた。

「この病院の地下に霊安室がある。そこに」

「でも葬儀はどうしたんです……」

「ここにあった身よりのない女性の遺体を荼毘《だび》に付し、お骨を東京にもって帰っておこなった。ご両親も出席された。もちろん、古芳くんもだ」

「どうして？」

「君が目ざめたとき、会いたいというかもしれないと思ったからだ。永久に保存しておくことはできないが……」

アスカは目を閉じた。

「わかりました。帰って下さい」

その晩も眠れなかった。桑野さんに怒られた。もしこれ以上食事をとらないのなら、点滴をする、と。

食事をした。味がなかった。目ざめた頃もそうだった。舌が感じた食べ物の味が、きちんと心に伝わらなかったからだ。

だが今はちがう。脳と舌はきちんとつながっている。それが証拠に、このことがわかる三日前まで、味はあった。味覚がじょじょに戻ってきたからだ。

アスカは愕然《がくぜん》とした。食べ物の味を感じないのは、心が拒否しているからだ。そういうことは、河野明日香であったときもおこった。人間にとってはふつうのことだ。つまりそれくらい、自分の心は、この体に馴染《なじ》んでいる。

臓器移植をおこなえば、拒絶反応とか、さまざまな肉体的な障害が生じる筈《はず》なのだ。

小田先生も初め、それをひどく心配した。

にもかかわらず今、河野明日香の心は、これほど神崎はつみの体に馴染んでいる。

なぜなのだ。医療技術がそれほど発達したのか、それとも、これこそ〝神様〟の気まぐれで、神崎はつみの体が、ぴったりと自分の心を受けいれたのか。

わからなかった。拒絶反応はこれからやってくるのかもしれない。だとすればどうなるのだろう。

死ぬ。死ぬのはまちがいない。しかしどんな死に方をするのか。苦しむのか。それともまた長い眠りに落ちて、いろんな夢をみて、最後にテレビのスイッチが切られたように、ぷつんと途切れるのか。

わからない。

ただ、死ぬのであれば、それほど気に病むこともない。少しだけ余分に、他人の体を借りて生きのびているにすぎないのだから。

それなら、課長の計画に協力してもかまわないだろう。

仁王のことを思った。また胸が痛くなる。

今度は、仁王の悲しみを、苦しみを、想像したからだった。

もし自分が逆の立場だったら。

ある日突然、仁王が死んでしまったら。

これまでにも考えたことはある。刑事という職業なのだ。いつ、どんな形で死が襲いかかってきても不思議はない。

仁王。どれほどつらかったろう。生きている、そう叫びたい。教えたい。

仁王はどんな気持で、この半年間をすごしたのか。苦しみ、悲しみ、そして荒《すさ》んでいったのか。

仁王にかけられた疑い。信じられない。そんなことがあるわけがない。殺されるとわかっていて、指輪を贈る者などいない。

アスカは、最後に会ったときの仁王の姿をゆっくりと思い返した。

中西に呼びだされ、今度は芦田に呼びだされた。あの日、明日香は仁王を捜した。会いたかった。なのにつかまらなかった。

ポケットベルでようやくつかまえ、羽田へと呼びだしたのだ。

ホテル。

アスカは目をみひらいた。ホテルはどこだ、と古芳は訊《たず》ねた。答えた。

——俺《おれ》の幼馴染がN県警にいる。そいつは信用できる。ガードさせる

それを断わった。

——帰ってこいよ

——君国の愛人なんかと命をとりかえっこするんじゃないぞ

古芳の厳しい表情を思いだした。いかせたくない、とその顔はいっていた。

どきどきする。まさか、まさかそんな筈はない。古芳が「クライン」とつながっているなんて。

そのとき不意に中西とのやりとりのことがよみがえった。

古芳が特取に加わらないのをしかたない、といった中西に理由を訊ねた。

——彼にはそうしたくない理由があるからだ

中西にそれが何であるかを訊ねた。だが、

——今、私たちが話しているのは、古芳さんのことではなくあなたのことだ

まるで心のどこかで古芳を切り捨てているかのような返事がかえってきた。

それを聞いたとたん、もち前の反抗心が頭をもたげ、明日香は特取への勧誘を断わったのだ。

なぜ中西は、古芳を特取にひっぱらなかったのか。そして明日香だけを欲しがったのか。

——彼にはそうしたくない理由がある

嘘《うそ》だ。仁王が警察の裏切り者だなんて嘘だ。もしそうであれば、とっくに明日香は気づいていた。

アスカは深呼吸した。

「クライン」。君国。神崎はつみ。

——東京にだって買収されている人はいるわ。あの人はどこにでも手を回している

そうかもしれない。いや、それは事実だ。情報はまちがいなく洩《も》れている。そうでなければ、自分と神崎はつみの死はなかった。

裏切り者はまちがいなく、警視庁にもいる。

仁王なのか。ちがう、絶対にちがう。

では誰だ。課長？　ありえない。地検の萩原……もっとありえない。刑法と結婚した、といわれているような堅物だ。警視庁の上層部に働きかけ、特取を組織させたのは萩原だった。中西とも仲がよく、特取とのタッグで、東京中の売人を片っぱしから起訴しまくっている。

さっきの芦田の言葉を思いだした。

仁王が渋谷で、アフター・バーナーの売人から売り物であるアフター・バーナーをとりあげ、かわりに逃がしてやった、というものだ。

それに関しては、芦田も事実だと認めざるをえない、といった。仁王が認めたのだ。

なぜ、そんなことをしたのか。

考えられる理由はひとつしかない。明日香を失ったことで荒んでいるのだ。

その理由がそれだけでないとしたら。明日香が死んだ、ということだけでなく、死なせたという後悔が加わっていたら。だからこそ、あの仁王がそんな馬鹿なことをした……。

まちがっている。こんな考えはまちがっている。それにここでいくらそんなことを思いめぐらせても、決して答にはいきつかない。

答を得るには、本当の裏切り者を捜しだす他ないのだ。

そのためには、芦田の作戦をうけいれるしかない。

そのとき答が、そうだったら。裏切り者の正体が仁王だったら。

自分がとる行動はひとつしかない。

仁王を殺す。その瞬間まで、仁王には自分のことを黙っていよう。なぜ殺されなければならないのか、そのときまで教えない。

アスカはぞっとした。

いつか心の中で、裏切り者として仁王のことを考えはじめている自分に気づいたからだった。

22

翌日、朝食が終わるとすぐに、芦田が現われた。芦田の目を見つめ、アスカは告げた。

「やります」

芦田は小さく頷《うなず》いた。そしていった。

「ありがとう。そして、すまない」

三十分後、アスカは、芦田と小田先生とともに、病院の地下に降りていくエレベータの中にいた。

「本当はあまり好ましくないんです。どれほどの精神的衝撃か、予測がつかないので」

小田先生はいった。

「大丈夫です。覚悟はしていますから」

アスカはいった。芦田は黙っている。

エレベータが停止した。ゆっくりと扉が開く。

三人は、白く塗られた扉をくぐった。空気が急に冷たくなる。

壁の一面が、銀色に光るステンレスの扉で埋まっていた。冷蔵庫だ、とアスカは思った。人間をいれる冷蔵庫。

そのひとつを小田先生が開いた。中のスライドのとってをつかみ、ひきだす。ローラーがついているのか、台座ごとするするひきだされた。

濃いグレイのビニールに包まれた体があった。小田先生がじっとアスカを見た。アスカが何もいわずにいると、あきらめたようにファスナーをおろした。

足もとがゆらいだ。きれいに髪を剃《そ》りあげられ、しかも額からぐるりと切開の跡を残している自分の顔をアスカは見おろしていた。

目は閉じている。唇がわずかに開き、歯がのぞいていた。

死体の顔だった。アスカは台座をつかみ、倒れそうになるのをこらえた。

全裸だった。見慣れた肉体に醜い弾丸のあとがあり、縫合されている。死体の体つきはごつごつとして、まるで黄色い粘土細工のようだった。

アスカは再び顔を見た。見納めだ。二十六年間見つづけたこの顔を、二度と見ることはない。

そっと手をのばし、額に触れた。冷たい。冷えきった陶器のような感触だった。この内側は空っぽなのだ。どんなことがあっても、額に温もりが戻り、瞳《ひとみ》がみひらかれることはありえない。

膝《ひざ》が震えだした。やがて震えは全身に及び、立っているのも難しいほど激しくなった。

小田先生があわてて手をのばした。アスカは強くかぶりをふった。

「平気です」

そしてもう一度、大きく目を開いて、自分の顔を見つめた。焼きつけた。たぶん、少しだけのお別れだ。自分が、この肉体が死を迎えるまでの、ほんの少しだけの時間。死ねばまた、魂は、もとの体に戻っていくだろうから。

霊安室をでたアスカは、院長室に案内された。小田先生が鍵《かぎ》を使って、デスクのひきだしのひとつを開いた。

アスカは息を呑《の》んだ。バッグだった。死ぬまでもっていたショルダーバッグ。

「君のものだ。警察手帳と拳銃《けんじゅう》は回収したが、あとはそのままだ」

バッグを手にとり、膝においた。中に手をさし入れる。

あった。指輪の箱。

「あまり私物はもたないほうがいい。ここで預かっておいてもらえる」

芦田がいった。アスカは無言でその箱をとりだした。開かずそのまま、はいていたスカートのポケットにしまった。

「あとは処分して下さい」

芦田に告げた。芦田は首をわずかにかしげた。

「定期入れとかもはいっている。いいのかね？」

「けっこうです。処分して下さい」

　かたい声でいった。

　芦田は小田先生を見た。

「こちらでやりましょう」

　小田先生はいって、バッグをひきだしに戻した。

　三人は院長室の応接セットに移動した。

「これからのことを話します」

　小田先生は手を組んだ。

「術後、百八十九日が経過し、あなたの体の健康状態は、現在のところ良好です。先日の検査でもいっさいの異状は認められませんでした。ただし、我々が判断できるのは、肉体の状況であって、脳ではありません。今までのところ、術後の何週間かをのぞけば、極端な拒否反応はでていないようです。たぶん拒否反応は、頭痛という形で最初はあらわれると思いますので、頭痛には注意して下さい。

　それと頭部への衝撃、これは手術を受けていない人でももちろん避けるべきですが、特に気をつけて。ふつうの人とちがい、ちょっとした衝撃でも、脳内の小さな血管が切れてしまう可能性があります。その場合は、生命の危機におちいります。そして、これから社会にでていって、いろいろな人と会ったり、いろいろなものを見たりすることで、脳と肉体のバランスが崩れる可能性もあります。入ってくる情報への対応が、心と体でくいちがってしまう、病院にいるときよりはるかに多い刺激を受けるわけですからね。自分が興奮している、と感じたら、体を動かさず、落ちつくまで安静を心がけて下さい。コントロールできなくなりそうだったら、すみやかにここか私の自宅に電話をして下さい。迎えにいきます。すぐに、ね」

アスカは頷《うなず》いた。

「何か質問はありますか」

わたしはいったいどれだけ生きられるのですか——そう訊《き》きたいのをアスカはこらえた。きっと小田先生にもわからないだろう。

それにたとえ脳と体に異状がおこらなくても、殺し屋たちがつけ狙《ねら》うのだ。いつ死んでも、まるで不思議はない。

「ありません」

アスカはいった。小田先生は頷いた。

「では、気をつけて」

「いろいろとありがとうございました」

　アスカは頭をさげた。

「つらいことはたくさんあるでしょうが、いいこともきっとありますよ。それにあなたはとても美人だ」

　はっとした。小田先生は微笑《ほほえ》んだ。

「きちんと髪をとかし、お化粧をして街を歩いたら、ほとんどの男性はふりかえるでしょう。そういう自分を、自分ではないと思って、嫌ったり憎んだりしないように。今のあなたが、あなたにとっては自分なんです。その自分を大切にしてあげて下さい」

　何も知らないのだ。

「努力します」

　アスカは答えた。

「お薬を渡します。ひどい頭痛に襲われたときに飲んで下さい。ひとつは強力な鎮痛剤ですから眠くなります。あっというまに寝てしまうかもしれません。もうひとつ、こちらは頭痛がそれでも止まないときの薬、拒否反応を抑える薬です。これを飲むようなときは、すぐに電話をして下さい」

「はい」

「最後にひとつ。あなたは、これから、あなただけではない、もうひとりの方の命をも生きなければならないことを忘れないように」

　小田先生はいった。もうひとりの命。神崎はつみの命。

アスカは身じろぎもしなかった。

23

浜名湖を選んだのは君国だった。水の眺めは、心を落ちつかせる。京都にある水は、それと知らせず流れていく穏やかさがあり、海とつながった広大な湖には、生命の広がりにも似た大きな潮の満ちひきがある。

　しかし君国の脳裏にもっとも強く刻みこまれた水の景色とは、荒れ狂う冬の日本海の姿だった。岩場に叩《たた》きつけられた濃紺の水が純白の血を流し、悶《もだ》え苦しむようにそのしぶきを散らす。

　鉛色の空を激しい風にあおられて雪が飛ぶ。凍てつくような寒さでありながら、決して海は死なず、絶えることのない血みどろの攻撃を陸に加えつづける。

　ほんのわずかな間だったが、君国が暮らした、日本海の小さな町にその光景があった。母親に連れられて、親戚《しんせき》を頼り、たらい回しにされた日々。母親はその町で、漁師相手の小さな酒場に勤めた。

　夕刻、母親がでかけていくのを、小さな家の二階に借りた部屋から見送った。狭い路地がいりくんだ漁師町を、母が安物の傘をさし、細い体を風にふきとばされまいと折るようにして歩いていく。その向こうに、冬の日本海があった。

ときおり、ひとりで海岸にでかけていった。何に対するとも、どこからくるとも知れない、狂暴で抑えようのない怒りが心の裡《うち》から湧《わ》きあがり、こらえきれなくなると、海にでかけた。

肌を切り裂くような風、目にとびこみ視界をぼやけさせる雪、腹の底に響く轟々《ごうごう》とした海鳴りに、身をひたした。そうして、すべてが冷えきるまでたたずんでいた。

あの頃の怒りは、決して消えたわけではない。ただ凍結され、胸の奥底にしまいこまれていたのだ。

君国が法の外側で生きることを決心したとき、それらの貯めこまれていた怒りが解凍された。怒りは行動力となり、決断力となった。

ためらわず。畏《おそ》れず。憐《あわ》れまず。

今、日本全土の半分近くを掌握しようとしている。自分の怒りのストックはどれほど残っているのだろうか。

ここまでの道のりでも、いくども新たな怒りを君国は得た。敵対する組織、無能な部下、愚かな司法関係者、そしていまだ心から消えることなく、痛みと怒りをかきたてつづけるひとりの死んだ女。

そうした新たな怒りがありつづける限り、自分は前に進むだろう。退くことを知らず、闘いに生命を注ぎこめるだろう。

ホテルの最上階から冬の陽に照らされた浜名湖を見おろしながら、君国の心は日本海を思っていた。

浜名湖を選んだ理由はもうひとつある。距離的な問題だ。ここは、京都と東京の中間地点なのだ。

君国は、東京からくるひとりの男を待っていた。ホテルの最上階は、すべての部屋をおさえてある。

男と会うのはこれが三度目だ。一度目は、向こうが京都まできた。二度目は君国が東京へでかけていった。そして今日。

これまでのところ、両者の関係はフィフティ、フィフティだった。男は利用できる。従って君国も、男のプライドを尊重してやろうと決めていた。「クライン」がやがて東京を制覇するときまでは。

君国のいるスイートルームには、今、誰《だれ》もいない。隣接する部屋に、ボディガードと秘書役の神《じん》が詰めている。

約束の時刻は、午前十一時だった。その時刻を十分ほど過ぎている。

神もボディガードも緊張しているだろう。君国は思った。君国が時間に厳しいことは、「クライン」の末端にまで知れ渡っている。時間を守れない人間は、「クライン」の階段をのぼることはできない。

君国は窓辺のソファに体を埋め、動かなかった。自分が少し変化したことを君国は最近、感じていた。それは、寛大になった、といえるかもしれない。部下の失敗に対し、厳しさが失われたような気もする。無論、根性を失くしたわけではまるでない。凍てついた怒りのストックは、心の中に存在している。

たぶん、あの女を失ったことが自分に変化を与えたのだ。苦しみが、君国の心を成長させたのだ。

人の死はいつも、自分を成長させる。奪われた死、与えた死、どちらでも成長のきっかけとなる。特に与えた死だ。

愛する者に与えた死。はつみの死ほど、君国を成長させた死はない。怒りを残し、しかも心を大きくした。たぶん深い爪跡《つめあと》が、心を押し広げる役割を果たしたのだ。

ドアがノックされた。

「はい」

神が顔をのぞかせた。神の特徴は目だった。茫洋《ぼうよう》とした、とらえどころのない目をしている。何を考え、次にどのような行動を起こすか、相手にまるで悟らせない目だ。多くの人間は、神のその目に、能力をみくびる。頭脳の回転力を読みとることができない。ぼんやりとした、無能そうな印象を与えるからだ。体つきも、手足が長くひょろりとしているせいで、服装にしまりを感じさせない。

だが神の内部にあるのは、自己破壊もいとわない狂暴さであり、怜悧《れいり》な頭脳だ。かつて自衛隊の空挺《くうてい》部隊に所属し、上官に半死半生の怪我《けが》を負わせて免職になった。その上官は一生、車椅子《いす》生活を余儀なくされている。殺すのは簡単だったが、むしろ一生苦しめてやりたいと思ったから、そちらを選んだのだ――君国にそう語ったことがある。

　神は最良の番犬でもあった。「待て」と命じておけば、たとえ一昼夜でも二昼夜でも、飲まず食わずでそこに待機している。夢見るような茫洋とした瞳《ひとみ》は、そのときこそ役に立っているのかもしれない。まるでスイッチを切ったかのように身じろぎをしなくなり、ぼんやりと、次の命令を待ちつづけるのだ。

――何を考えている？

あるとき、君国は訊《たず》ねたことがあった。神は首をふった。

――何も。何も考えてやしません。ただまっ白です

待つのが苦痛ではないのだ。何もしていないでいられる、その忍耐力は、君国には無縁のものだった。常に何かを考え、行動をおこしていないと、君国の心の中には怒りがたまる。

　神は、人間的な感情をほとんどあらわさない。酒も飲まず、女にも興味はない。ドラッグもやらない。神がたかぶりを少しでも見せるとすれば、それは暴力を計画し、行使している時間のあいだだけのことだ。人を殺すとき、頰《ほお》に赤みがさし、目に酔いが浮かぶ。

　一瞬のできごとだ。

　神が君国のもとにいる理由はひとつだ。「人殺し」を命じてくれるからだった。頭脳は優れていても、神は自らの行動を決めるのが得意ではない。命令で動くことに

慣れすぎているのだ。そして、「人殺し」を命じてくれる人間は、この世に君国しかいない。君国が「人殺し」を命じる限り、神は君国に忠実でありつづける。

「電話です」

その神がうっそりといった。仕立てのいい紺のスーツ姿だが、似あわない。まるで古着をむりやりあてがわれたようにしか見えない。その喋《しゃべ》り方は独特だった。いつも口の中に何かを含んでいるような、不明瞭《ふめいりょう》な発音をするのだ。目つきにぴったりな、過小評価をされやすい発音だった。

君国は無言で立ちあがった。君国がいる部屋の電話は、神がプラグを抜いていた。君国がホテルに泊まるときの習慣だった。

君国は隣の部屋に入った。ドアを支えた神が無言で手を動かした。煙でも払うような仕草だった。

その部屋にいた四名のボディガードは、ものもいわず、廊下へとでていった。神が廊下との境のドアを閉め、背にして立った。

君国はライティングテーブルの上の受話器をとった。

「はい、お電話を代わりました」

「私だ」

会うことになっていた男の声がいった。

「そちらにいけなくなった」

「残念ですな」

感情を混じえず、君国はいった。

「理由がある。慎重な行動が要求される」

「ほう？」

「女性が生きていた」

「女性？」

「いつかホテルで会った女性だ」

君国の体を鋭い驚きが駆けぬけた。

「まさか」

「本当だ。詳しい情報はまだ入らないが、頭に傷を負い、長いあいだ入院していたらしい。死亡したというのは、担当者の計略だった。たった今、私も聞かされたばかりだ」

「今、どこに？」

神に目をやって訊《たず》ねた。神はただぼんやりと見返してくる。

「それを調べさせている。いずれにせよ、東京ではないが、連れてくることにはなるだろう。善処が必要だ。彼女は私を知っている」

「――処置はそちらで？」

「いちおう考えてはある。私にも信頼できる部下がいる。状況に応じてその人間たちを使うつもりだが、もともとの責任は君にある」

「そうですな」

「従って君の処置も期待したい。大切なのは、私の部下と君の部下が現場で同士討ちをおこさないようにすることだ」

「わかりました、百パーセント、そちらの要望に応じましょう」

「では私の部下を連絡にさし向ける。相談をおこなってくれ。彼女には、絶対に、私の社にきてほしくない」

「お知らせ下さって感謝します」

「次の会合は、この件が片づいてからだ」

「同感です。それでは」

君国は受話器をおろした。神を見やった。

神は察していた。首をゆらゆらとふった。

「まさか。何かのまちがいです」

「確認したのか？」

穏やかに君国はいった。

「現場にいましたから。頭に入ったのをスコープで見ました」

「確かに頭に怪我《けが》を負ったそうだ。ずっと入院もしていたらしい。だが生きている」

神はわずかに目をそらし、窓の方角を見つめた。

「どうしますか。連れてきますか」

一瞬、君国の心に迷いが生じた。死んだとしか思っていなかった。その爪跡《つめあと》に心を変化させられていた。

もう一度、あの瞳を見つめ、体を抱く。耐えがたい飢えに似た衝撃が走りぬける。拒むことを知らない、性の芸術。

神は待っていた。神は知っている。君国がどれほどはつみをかわいがっていたかを。おそらくは、神の世界に最も身近な形で存在していた愛が、君国とはつみの関係だ。

「東京が部下を使うといった」

神は無表情に頷《うなず》いた。

「仕事をこなす奴《やつ》もいるでしょう」

「お前を動かせば、現場で鉢合《はちあ》わせをするかもしれん」

神は肩をすくめた。

「皆、殺せばすみます」

「だが東京はおもしろがるまい。仕事をするほどの部下を、奴は私ほど多くはかかえていない」

「大切にしますかね」

「そのために飼っているのだろうからな」

金で転ぶ刑事はたくさんいる。だがそれは、何かをしないためであって、するためではないことが多い。殺人にまでいくには、金だけでは無理だ。東京の男は、自分の命令で殺人をためらわないだけの部下をもっている——これは重要な情報だった。覚えておかなければならない。奴はどうやってそういう部下を手に入れたのか。買収か、脅迫か。あるいはその両方か。

「刑事《でか》がやるというなら、やらせますか」

神がいった。もしはつみを連れてこいと命じたなら、神はためらわないだろう。はつみを狙《ねら》う刑事を殺し、自分のもとまで連れてくるにちがいない。

そうすれば、はつみもまた目覚めるかもしれない——ふと君国は思った。他にはどこにもいく場所がないことを、あらためてはつみは思い知る。

その考えは魅力的だった。なくしたと思っていた大切なオモチャがひょっこりと姿を現わしたかのようだ。

君国はゆっくりと息を吸った。東京との関係がそれによって壊されるかもしれない。

ひきかえにできるだろうか。

君国は神を見た。

「お前は見ているんだ、まず。そして刑事たちのようすで判断する」

「あっさりと消してしまうかもしれません」

神はいった。

「そのときはそのときだ。あきらめよう」

ひっそりと神が笑った。憐《あわ》れみの笑みだった。神だけに許された特権だ。

君国の心の中で、神は人間ではない。犬だ。犬が人間を憐れんでも、怒りは感じない。なぜなら、この犬には人間の感情が理解できないからだ。

もし別の人間、ボディガードや他の部下が自分を憐れんで笑うようなことがあれば、君国は許さない。いやそれ以前に、神が許さない。その人間は、口を引き裂かれる筈《はず》だ。神がいつももち歩いているコンバットナイフで。

過去にいくどとなく、神がそうするのを君国は見てきた。咎《とが》めたことは一度もない。

神は最良の、君国が生みだす恐怖の源だった。

たとえはつみを殺すのに失敗したとしても、その事実にかわりはない。

はつみ。

再び鋭い飢えが体を駆けぬける。愛なのだ。これこそが愛なのだ。

君国が知る愛は、これまでふたつだった。ひとつは母親への愛、もうひとつは、はつみへの愛。

ふたつの愛の形はちがった。しかし終わり方は同じだと今日まで信じてきた。母親への愛が終わったのは、君国が十四のとき。生まれて初めて、我が手で人を殺したときだ。はつみへの愛も、神への命令で終わったと思っていた。

終わってはいなかった。

次にはつみに死を与えるとき、それはやはり我が手でおこなうことになるのだろうか。わからない。すべては、はつみの運次第だ。

自らの運などというものは信じない君国だったが、他人の運ならば、考えを及ぼすことがあった。

神の手を逃れ、死の淵《ふち》からよみがえったはつみにはそれだけの運があった。ならば、東京の男が送りこむ死の手からも逃れられるかもしれない。

はつみを作りだしたのは自分だ。はつみのすべての運命は、この手中にあった。それが今、他人の手にゆだねられようとしている。

皮肉な興味が君国の心に湧《わ》きあがっていた。自分の手を離れた、はつみの運命はどのようなものなのか。

生きのびるのか。それともあっさりと命の灯を吹き消されてしまうのか。

どこかに予感があった。

はつみは生きのびるだろう。そして最後には君国の手に戻ってくる。

この愛はやはり、君国がその手で終わらせるべきなのだ。

24

賽《さい》は投げられたのだ。

アスカはベッドに横たわり、天井を見上げていた。自分は進んで罠《わな》の中のエサとなった。

消耗品なのだ。この命には消耗品としての価値しか残っていない。芦田課長が流した情報は、いまごろ「クライン」の頂点まで到達しているにちがいなかった。

恐怖に、寒けと吐きけがした。

河野明日香であったとき、「クライン」を恐ろしいと思ったことは一度もなかった。

「クライン」は害虫で、明日香はそれを駆除するのが仕事だった。

その仕事には多くの仲間がいた。仁王を始めとする、信頼できる仲間がいた。法は常に自分たちの味方で、仕事はその執行だった。

法を背にしている、というのは、どれほど心強いことだったろう。

河野明日香は、国家の一部分だった。国家に敗北はない。国家が敗北する相手は、国家でしかない。それは国家間の戦争をおいて他にない。

今、アスカは国家の一部分ではなくなっていた。

ただのひとりの女。武器もなく、警察手帳もない。鍛えられた肉体も消えてしまった。

肉体が消えても、心は変わらない――そんなのは嘘《うそ》だ。この社会では、心はすべて肉体に帰属している。

いくら心が河野明日香のままであったとしても、自分はもう警察官ではない。誰《だれ》もそうとは認めてくれない。

法や国家のうしろ楯《だて》がないとは、これほど心細く、不安なことだったのか。

刑事だった頃、明日香は、「お礼参り」を恐れて、被害届をだし渋ったり、証言を拒否する市民をたくさん見てきた。そのたびにいらだち、「臆病《おくびょう》者」と罵《ののし》りたくなった。

彼らの協力があれば、明日香たちはすぐにでも行動をおこせた。害虫を叩《たた》き潰《つぶ》してやれた。

にもかかわらず、怯《おび》え、汗をかいて、「かかわりになりたくないから」と、首をふる者は多かった。

今、彼らの気持が痛いほどわかった。その恐怖は、警察官である限り、決してわかりようがなかったものだ。

この世には、天敵というものがある。

犯罪者は市民を食う。狡猾《こうかつ》で、暴力の牙《きば》をもつ犯罪者に、市民が立ち向かうのは難しい。なぜなら、市民と犯罪者の闘いは、アマチュアとプロの闘いだからだ。

犯罪者はプロだ。プロは「負け」を認めたがらない。だから一時的に市民の側が「勝ち」をおさめたとしても、犯罪者は「負けっぱなし」でいることに納得しない。必ず「仕返し」がおこなわれる。そのことによって、再び犯罪者が法の科《とが》をうける結果になっても、それはプロである以上、仕事の一部なのだ。

市民はちがう。犯罪者との闘いが仕事なのではない。商売をしたり、会社で働くのが仕事なのだ。だから、犯罪者の「仕返し」に対し、一生備えつづけることなど不可能だ。

生きるためには、市民は彼ら本来の仕事に立ち戻らなければならない。

犯罪者はたっぷりと時間をかけ、スキをうかがうことができる。

そして犯罪者の天敵が警察官である。

警察官は犯罪者を捕えるのが仕事なのだ。

犯罪者は、生きるために犯罪をおかす。その中に「逃げる」という行為が含まれているとしても、それが仕事のすべてではない。

ちょうど市民の仕事が犯罪者との闘いではないように、犯罪者の仕事も警察官から逃げまわるのがすべてではない。

警察官もまたプロだ。逃亡中の犯罪者を逮捕するために、時間をたっぷりとかけ、スキをうかがうことができる。そのための狡猾さも、反撃をおさえこむための暴力の牙も備えている。

犯罪者は警察官と闘ったときには、「負け」を覚悟する。

ほとんどの犯罪者は、通報をした市民に「仕返し」をすることはあっても、自分を捕えた警察官に「仕返し」は考えない。

なぜなら、相手もまたプロであると、知っているからだ。犯罪者が警察官に闘いを挑んでも、「勝ち」はない。

ひとりの警察官を殺しても、次の警察官がやってくる。顔や体、姿はちがっても、警察官は警察官なのだ。すべての警察官を敵に回して勝つのは、不可能である。

警察官であったとき、明日香はそれを知っていた。だから「クライン」を含む、すべての犯罪者が恐くなかった。

殴りあいを演じたとしても、それはその場だけのことなのだ。

ある朝、家をでたとたん、誰かに撃たれたりとか、夜帰ってきてみたら、ナイフをもった男が暗がりで待ちうけていたり、というのを考えずにすんでいた。

市民である、というのは、それを四六時中考えなければ、犯罪者と対決できない、ということだ。

しかも、アスカがこれから立ち向かうのは、今や日本最大の犯罪組織となった「クライン」なのだ。「クライン」は、神崎はつみの命を奪った。河野明日香の命も奪った。しかしそれは偶発的なもので、河野明日香の「死」は、巻き添えによるものだったのだ。

ここにも、市民と警察官の立場のちがいがある。

生きのびた「神崎はつみ」は、あとどれくらいの間、刺されたり撃たれたりする危険に怯《おび》えなくてはならないのか、想像もつかないのだった。

それはアスカの心を弱らせた。河野明日香の肉体をもっていたときならば、これほどの恐怖は感じなかった。河野明日香の肉体は、警察官の肉体だったから。

神崎はつみの肉体に自分の心がある限り、恐怖は無限につづく。

結局のところ、この「心」は、何も手に入れてはいないのだ。

失っただけだ。河野明日香の肉体を。河野明日香の勇気を。

ドアにノックの音がした。

「はい」

アスカは答え、起きあがった。ドアののぞき穴に目をあてがった。芦田課長だった。

「東京と連絡がついた」

部屋に入ってくるなり、芦田はいった。

「君には明後日、東京に向かってもらうことになる」

「課長は？」

芦田は首をふった。病院で再会したときに比べると、険しい表情になっている。罠《わな》のエサに対する冷酷さなのだ――アスカは思った。つまり、芦田もう、アスカのことを、同僚とは考えてくれていない。

「同行できない。私はひと足早く東京に戻って、いろいろな手を打つつもりだ」

「いろいろな手？」

「君に関する情報がどのように流れるかを見きわめる。それによって裏切り者を焙《あぶ》りだす」

「わたしはひとりで東京に向かうのですか」

「いや。護衛をつけることになるだろう」

「誰がくるんです？」

「今の段階では、はっきりとは答えられない」

「そんな……」

抗議しかけ、気づいた。今の自分は、あの、マリーナのあるホテルで会ったときのはつみとまるで同じだ。はつみは、東京から誰が迎えにくるとも知らず、死の危険に怯えていた。シャワーすら浴びるのもためらうほどの恐怖。

「東京に隠れ家《セーフ・ハウス》を用意する。だが君が無事、東京に着いたなら、この作戦は我々の負けだ」

「つまり途中で襲わせる？」

「そういうことだ。君が生きのびれば生きのびるほど、敵はあわてるだろうし、正体をあらわしやすくなる」

「そしてなりふりかまわず、わたしを殺そうとする？」

「その通りだ」

芦田はいってアスカを見すえた。冷徹な目だった。始まった以上、いっさいの感情を捨てている。

「たぶん、神崎はつみは、それと知っていたかどうかは別として、警視庁における『クライン』の協力者についての情報をもっていたのだろう」

アスカは顔をあげた。

「東京にも買収されている警官はいる――彼女はそういっていました。確信があるようすでした」

芦田は頷《うなず》いた。

「会ったことがあるのかもしれないな」

「神崎はつみが、ですか」

「そうだ」

「そんな。どこで会うんです？」

「君国が秘《ひそ》かに東京にでてきていた可能性はある」

「もしそうならば――」

アスカは、わずかだがはつみと交した会話を思いだそうとした。

不思議なやりとりだった。愛について話したような気がする。

――強すぎる愛は人を殺す
はつみはそんなことをいった。そして君国に自分がどれほど愛されているかをとうとうと喋《しゃべ》った。

にもかかわらず、彼女は君国のもとを逃げだした。

いったいどんな愛だったのだろう。

考え、気づいた。それを知る機会が自分にはあるのだ。君国は、自分をはつみだと信じている。

「どうした？」

芦田が訊《たず》ねた。

「君国はわたしを殺そうとするでしょうか」

アスカの問いに芦田は意外そうな表情を浮かべた。

「少なくとも一度殺そうとした」

「はつみの話では、君国ははつみを本気で愛していたそうです。もし取り戻せるなら、取り戻そうと考えるのではないでしょうか」

「つまり、君を——？」

「誘拐《ゆうかい》して、自分の手もとに縛りつける」

いいながらぞっとした。わたしではない。君国が愛した女はわたしではないのだ。にもかかわらず、君国の目にはわたししか映らない。

九年間。はつみは、九年間ものあいだ、君国の愛人であったと告げた。

忠誠を誓った——愛されればいつでもどこでも燃える——そして裏切った。

君国がはつみに負わす科《とが》は、もはや死ではあがないきれないかもしれない。

アスカは君国の顔を写真でしか見たことがなかった。その記憶すらあやふやだ。

しかしこの目は、見ているのだ。毎日、毎日、九年間のあいだ。

「もちろんそうなれば、作戦は失敗だ」

芦田がいった。

「わたしには二度と逃げだすチャンスはありません。君国に飽きられるまで、彼の愛人をつとめさせられるでしょう」

芦田の目が真剣味を帯びた。

「課長、約束をして下さい」

アスカはいった。

「何だ？」

「もし作戦が失敗して、しかもわたしが殺されることなく、君国のもとに連れていかれたら――」

「君を殺す」

芦田がいった。

「そうだな？」

アスカは頷《うなず》いた。

「たとえどんな犠牲をはらっても、わたしを殺して下さい。はつみは〝愛〟と呼んでいましたが、それは形をかえた奴隷です。わたしは犯罪者の奴隷にされたくありません」

「わかった。たとえ警官をやめることになっても、その約束は果たそう」

なんと孤独な魂だろう。なんと悲劇的な人生だったのだろう。

さして気にもとめなかった、はつみの暗い人生の話がアスカの脳裏によみがえった。

今、アスカはその人生を受け継ごうとしている。

わたしは絶対に受け継がない。もし作戦が成功したら、どれほど生きられるかわからないにしても、決してはつみのような人生は歩まない。

生きのびられるなら。

「――東京へのルートだが……」

芦田がいったので我にかえった。

「飛行機は原則として使えないと思ってもらいたい。『クライン』がもし、君を抹殺《まっさつ》することに総力をあげれば、旅客機そのものを墜落させる可能性もある。そうなれば多くの無関係な人を巻き添えにする」

「それに犯人をつきとめるのも難しくなります」

「そうだ。私としては、できれば君を襲いにくる暗殺者を捕え、そこから情報をたぐりたい」

「誰が捕えるのです？」

「そのためのチームの選抜を今、考えている。警視庁に限らない、特に優秀な刑事たちを極秘に集め、君の周辺にはりつかせる。もちろん、君につける護衛は別で。彼らが二十四時間態勢で君を援護する」

「それで東京へ？」

「そうだ。チームを用意し、護衛とともに東京へ向かってもらうために一両日の時間が必要なのだ。彼らには完全武装をさせる」

「チームの数は？」

「四名を二班。護衛に一班。援護に一班だ」

八名。それならば「クライン」でも簡単にはやれないだろう。

『クライン』からは、四名しか護衛がついていないように思わせたい」

　襲いやすくさせるというわけだ。

「わたしの知っている刑事はその中にいるのですか」

「まだ何ともいえない。たぶん、いないだろう」

　失望の痛みが胸を駆けぬけた。古芳はこない。仁王は、芦田の信頼を失ったのだ。

「途中、課長と連絡をとるにはどうすればよいのです？」

「直接、君が連絡をとることはできない。君を護衛するチームにも、今回の手術のことを知られたくないからだ」

「それじゃあ、もし事故が生じたらどうすればいいんです？」

「君の判断で行動してもらいたい。もし、生存している神崎はつみの脳が、河野明日香のものとわかれば、作戦はすべて無効になる。そんな危険は絶対におかせない。作戦にかかわる人間で、手術のことを知っているのは、君と私しかいない。君も絶対に口外してはならない」

「君国には？」

　芦田は小さく頷いた。

「もし君国と会う機会が生じたなら……。そう、君国には告げるべきだろうな」

　もちろんそのときは作戦が失敗している。

「彼は信じないでしょうね」

アスカは冷ややかにいった。そしてわたしは犯される。この体はどう反応するのだろうか。

君国にいうのでは遅いのだ。脳移植手術の事実を隠すというのは、自らの安全装置を外しておくことに等しい。

「課長がこんな冷酷な人だとは思いませんでした」

芦田は顔をそむけた。重い声でつぶやいた。

「君を見ていると冷酷になれる。君国は私の部下を殺した――君の存在が、その事実の証明だ」

芦田の心の中で、わたしは死んだのだ。河野明日香は、この地球上に存在しない。

「――そうですね」

アスカは低い声でいった。

「確かに、あなたの部下は死にました」

芦田を見つめると、芦田が深々と息を吸いこむのがわかった。

「この作戦が成功すれば、たぶん私は失ったと思った部下をとり返せるのだろう」

アスカは答えなかった。それは遠い遠い果ての仮定だった。さまざまなできごとが自分にふりかかり、今はもう、「自分」がいったい誰《だれ》にとっての「自分」なのかすら、わからなくなり始めている。そんな人間にとって、遠い未来の話など、何の意味もない。

「このホテルは、完璧《かんぺき》に秘密が保たれている。ふたつのチームが態勢につくまでは、君の所在は、私しか知らない。まず援護チームが先に態勢につき、それからのち護衛チームが君への接触をはかる。その時点で、君に関する情報を、私は少しずつ流し始める。やがて地獄の釜《かま》の蓋《ふた》が開く」

　アスカは芦田の顔を見つめたまま訊《たず》ねた。

「わたしは武器の所持を許されるのでしょうか」

「できない。護衛チームは君を神崎はつみと信じている。君が武器をもっているのは、彼らにとって不自然だ」

　アスカは顔を伏せた。言葉がでなかった。

「すまない。これがどれほど君に対し、不公平な作戦であるか、私にもわかっている。たとえ作戦が成功したとしても、私はその責任を負うつもりだ」

芦田がいった。

「あと二日間なんですね」

　アスカはそれに答えず、いった。

「そうだ。あと二日間だ。二日後に護衛チームが着任する」

「それまでわたしはここにずっといればいい？」

「外出は避けるべきだろう。食事もなるべくなら部屋でとることを勧める」

「わかりました」

「健闘を祈る」

芦田が部屋をでていくと、アスカはドアをロックし、ベッドに戻った。

そこはアスカがいた病院からおよそ車で二時間ほどの、隣県の中都市にあるビジネスホテルだった。ＪＲの駅から近く、窓の下には駅を中心に放射状に広がった商店街が見える。小さな盛り場にもなっていて、夜になると放射状にのびるメインストリートのあいだを結んだ路地にネオンが点《とも》るのだった。

二日間をここでじっと待ちつづける。

そのあいだに、河野明日香の心は、すっかり弱りきってしまいそうだ。

アスカは奇妙な感覚に襲われた。この心が、河野明日香ひとりのものでなく、何分の一かは神崎はつみの心が混じっているのではないか、というものだった。

怯《おび》えている時間が長びけば長びくほど、はつみの心の部分が増えていく。

そんなことはありえない。

はつみの脳はすべて、この頭の中からとり除かれたのだ。器はそのままで、中身を入れかえるように。

だが本当にそうであったのか？　きれいさっぱりとり除くことなどできたのだろうか。頭《ず》蓋《がい》の片隅に、ちょこっとだけ、神崎はつみの脳が残されていて、今それが河野明日香の脳と融和し、その領域を広げつつあるのでは。

時間がたつにつれて、この心はどんどん神崎はつみに侵されていくのでは。

アスカは君国の顔を思い浮かべようとした。もしはつみの心が残っているなら、君国の顔も思いだすことができる筈《はず》だ。

河野明日香が会ったことのない人物の顔。

思い浮かばなかった。

ほっとした。と同時に、反動のように、別の男の顔が心に浮かんできた。

古芳和正《かずまさ》。

はっとするほどの痛みが胸に走った。拒絶反応？　アスカは身をこわばらせた。

ちがう。拒絶反応ではない。この痛みは、古芳に会いたいという痛切な思いだ。

アスカの目は、ベッドのかたわらにあるサイドテーブルにのったそっけない電話機に向けられた。機種は古いが、ゼロ発信で外線につながる。

仁王の電話番号を思いだした。ポケットベルの番号すらも。

アスカは唇をかみしめた。仁王の声を聞きたい。が、前に同じことを思い、実行に移したとき、河野明日香は命を落としたのだ。

時計を見た。

午後四時、仁王は停職中だと聞いた。自宅にいるのだろうか。電話をすれば、その声が聞ける。

何もいわず——いや、何かをいったとしても、仁王はこの声を知らない。今の自分の声は、神崎はつみの声だ。神崎はつみの声帯から発せられる声なのだ。だから仁王に正体を知られる気づかいはない。

――まちがえました

そういって受話器をおろせばすむことなのだ。

アスカは電話機を見つめた。長い二日間のあいだ、じっと見つめつづけることになるのではないだろうか。

そんな気がした。

25

下された命令は簡潔だった。向こうがこちらを見つける。接触して、情報を交換せよ。

だが本当に、向こうは俺《おれ》を見つけることができるのだろうか。

最守《もがみ》は、小さな丘陵地の頂上に作られた公園のベンチにすわり、身じろぎした。向こうの奴《やつ》らは、たぶん、いかつい体つきとショートカットの、典型的な刑事を想像してくるにちがいない。

自分はちがう。二年間の潜入捜査のために、体重はかつてに比べ七キロも落ちていた。髪も長くのばし、眼鏡のかわりにコンタクトレンズをいれている。二十九歳という実年齢より、五つ以上も若く見られることが多い。身につける衣服も、今ではスーツよりもジーンズの方が似あうようになった。といって、お洒落《しゃれ》なわけではない。田舎《いなか》からでてきたばかりの学生のような野暮ったさ――それを最守はめざしたのだ。

　二年間の潜入捜査は、多大な功績をあげていた。鉄道や通信施設に対する破壊工作の計画は事前に知りつくしている。

　だがそれらの破壊工作が未然に防がれたことはほとんどない。特に、交通網に対する破壊工作は絶対といってよいほど予防されなかった。

　それはいわば巨大な作戦だった。ラッシュ時を狙《ねら》った鉄道破壊工作がおこなわれると、多くの——何十万という——市民が被害をこうむる。公安幹部はそれを予知しながら放置する。

　過激派への市民の怒りをあおり、より孤立化させるためなのだ。孤立化がすすむにつれ、過激派内部での分裂は生じやすくなる。

　市民の反発を買うような活動には、進んで従事せよ——もちろん、人命を奪うことを目的としたような爆弾テロなどは、未然に防がれなければならない。だが、通勤の足を奪ったり、通信に混乱をきたすような破壊活動などに関しては、あえてこれを妨害しない。

　過激派集団の根絶は不可能だった。あえて強い弾圧を加えれば、組織は地下に潜り、その活動も尖鋭《せんえい》化する。テロの対象が内輪どうしならばよいが、体制側の人間に及ぶのは避けなければならない。

　そのためには、あるていどの破壊活動は、これを事前に察知していても放置することが賢明であると、公安の上層部は考えたのだ。

一般市民に被害をだす破壊活動は、過激派内部にあっても意見が分かれるところだ。目的のための闘争か、存続のための闘争か。存続のための闘争に反発をするメンバーは、組織の方針に叛旗《はんき》をひるがえし、組織は弱体化する。

　最守は、もっとも過激な破壊活動の工作要員として、二年間を過してきたのだった。最守の行動は、内部分裂をひきおこさせ、組織に憎しみを植えつけた。組織内の穏健派の活動家たちにとり、最守のアジテーションは、恐怖と憎しみの的だった。最守は「腰ぬけ」の活動家を罵《ののし》り、リンチに処することを主張した。テロも辞さない姿勢を標榜《ひょうぼう》し、いさめる者はこれを撃破した。

　その過激さに、警戒心を抱く者もいた。長年活動に従事し、警察の追及をかいくぐってきた、何人かのベテランだ。そういう連中は、一部の活動家たちにとっては、精神的なバックボーンとなる存在でもあった。

　排除が必要だった。

　そのための活動も、最守はおこなった。そしてそれが自分に向いていることを知った。最守にはテロの才能があった。

　もし刑事にならなければ、テロリストになったであろうことを知った。暗殺は、成功の快感をもたらす。後悔や良心の疼《うず》きはない。なぜなら対象が害虫であるとわかっていたからだ。

　もちろん、最守のその仕事を知る者はごくわずかしかない。最守の捜査は、公安警察内部であっても、決して知られてはならない性質のものだったからだ。

ともあれ、二年間の任務を終え、ひと月の休暇を消化した今、最守は行動に飢えていた。ひと月のあいだ、最守は自分のことを考えつづけていた。そしてある結論に達した。

それは、もう自分はふつうの刑事活動では決して我慢できないだろう、ということだった。犯人を追い、捕えるだけの仕事は、自分に決して満足をもたらさない。

最守が得る満足でもっとも大きなものは、害虫をこの世から駆除する任務によって得られた。

害虫の定義は、しかしもはやあいまいですらあった。なぜなら、過激派内で過した二年間が、最守の心をむしばんでいたからだ。

任務として法をおかし、その一環として人を殺す。しかし法をおかすことは、カバー(隠れみの)としての仕事であり、殺人はそうではない。

そうした活動の中で、最守の心は、じょじょに法に対するバランス感覚を失っていった。結局のところ、すべてが任務であると規定することによってのみ、最守は満足を得られるのだ。過激派である(カバーを演じる)最守にとって、害虫とは、体制側の権力者すべてだった。そしてカバーを脱ぎすてた最守には、〝仲間〟の組織メンバーこそが害虫だったのだ。

すなわち、最守もまた、存続のための闘争へと我が身を展開させていかざるをえない立場におかれていたわけだ。

最守の存続を認め、任務を規定するのは、最守を潜入捜査に送りこんだ人物だった。最守は今、その人物の命によって、ここにいた。

背後に人の気配を感じとり、ふりかえろうとしたときには遅かった。

「動くなよ」

囁《ささや》き声が聞こえ、最守は自分の喉《のど》もとにナイフをあてがった、背後に立つ人物の右腕だけを見つめていた。

「何をする――」

「『槍《やり》』か？」

背後の男がいった。「槍」とは、潜入捜査時代の最守の暗号名だった。

「そうだ」

もし人ちがいだったら、この男はどうするつもりだったのか。最守はすばやく頭を働かせた。

「こんな真似をして――」

「静かに。子供たちがすぐそこで遊んでいる」

確かに、夕食までのひとときをボール遊びに興じる小学生たちの叫び声が、丘のふもとの緑地からは聞こえた。

「だったらこのナイフをどかせ。人に見られたらどうする」

すっとナイフが下がった。

「ふりむくな。話してもらおうか」

「何をだ」

「ここまでの動きだ」

「本社の二課の人間が、チーム集めにかかっている。援護チームと護衛チームのふたつだ」

「チームの人数は」

「どちらも四名」

「お前も入るのか」

「いや。だが入るつもりだ」

「どうやって？」

「チームのメンバーは、お互いを知らない。本社の二課長があちこちからかき集めてくるからだ。頭をつかえば入りこめる」

「頭だけか」

背後の男は訊《たず》ねた。揶揄《やゆ》している響きではなかった。

「どういう意味だ」

「同じ社員どうし、仕事がやりにくいんじゃないのか」

最守は沈黙した。男の言葉の意味は明白だった。

「協力をしてくれるというのか」

「協力？　どうとろうとそれはそっちの自由だ」

「まだ詳しい情報が入らない。たぶん援護チームを先に現場入りさせる筈《はず》だ」

「現場とは？」

「それもわかっていない」

「援護チームのメンバーをひとりつきとめろ。あとはこちらでやる」

「護衛チームは？」

「それはお前の仕事だ」

「わかった。連絡は——」

「お前の上司からもらう。お前は護衛チームに入りこむことを考えろ」

「そっちの名前を教えてくれ」

「お前が『槍』なら、『刀《かたな》』とでもしておくか」

声に笑いが混じった。最守はゆっくりと息を吸いこんだ。

「いいだろう。どこかでまた会うだろうしな」

「会ってもお前には俺がわからん」

最守はふりむこうとした。チクリとした痛みがわき腹に走った。ナイフの切っ先が着ているポロシャツを貫いていた。

「やめておけ。それから、お前のことは、遠くにいる俺の部下がスコープでとらえている。スコープだぞ。その下には別の道具もついている。信じるか？」

「信じる」

「よし。じゃあこのまま、ベンチにすわっていることだ。十分はな」

ナイフがゆっくりと遠ざかり、背後からの人の気配が消えた。

最守はゆっくりと二十を数えた。

「『刀』？」

低く呼びかけてみた。返事はなかった。

あの男は立ち去ったのだ。

立ちあがろうとした。だが足に力が入らなかった。最守は唇をかみしめた。

あの男は、たかが麻薬組織の使い走りのくせに大きな口を叩《たた》き、この俺にナイフをつきつけたのだ。この、若く見える外見にだまされたのだ。といって、最守をなめている口調ではなかった。

「刀」は、そつなく、するべきことをおこなっていた。最守から情報をひきだし、顔を覚えられることなく立ち去った。その上、最守を怯《おび》えさせていた。

「刀」は、自分よりはるかに多くの人間を殺している。最守は、最守だけに備わった直感で、それを悟っていた。

26

そこはビジネス旅館と呼ばれる類《たぐい》の宿だった。ＪＲの駅に近い、繁華街の一角にある。木造モルタルの三階建てだ。

入ってすぐに板じきの広間があり、大きめの三和土《たたき》には、横長の下足箱がおかれている。広間につきだすような形で二階へとあがる階段がのびていた。

階段の下は帳場で、木のカウンターに、黒とピンクの電話が並べておかれていた。黒の電話機には「受信専用」との貼《は》り紙がある。

広間には古い、皮ばりの長椅子《いす》と大型のテレビ、そしてビールとジュースの自動販売機がおかれていた。

長椅子にすわってテレビのサッカー中継を、ワイシャツにカーディガンを羽織った男が見入っている。男の他には、広間に人の姿はない。

午後八時を少し回っていた。格子のはまったガラスの引き戸には、半分カーテンがひかれていた。九時になったら引き戸のすべてにカーテンがひかれ、十一時には錠がおろされる。

ガラス戸が引き開けられる音に、男は入口をふりかえった。

「いらっしゃいませ」

スーツを着け、アタッシェケースをさげた男が立っていた。腕が長く、ぼんやりとした目つきをしている。

客にちがいなかった。二階に泊まっている、二興《にこう》産業とかいう会社の三名が、あともうひとりくる筈《はず》だからといっていた。

　男の勘通り、つっ立った客は、

「二興産業だが――」

　と、つぶやいた。

「はい。皆さんもうお着きです。二階の奥の『さつき』です」

　男はいって、スリッパを用意した。

「靴はここで脱ぐんですか」

「ええ。この靴箱に入れて下さい」

「よく靴をまちがえられるんだ。大丈夫かな……」

　客はつぶやいて、下足箱を見つめた。下足箱には三足ぶんの靴しか入っていなかった。

「今日は大丈夫です。お客さんたちしかいませんから」

　男はいった。

「他に客は？」

「いらっしゃってませんよ。なんせ田舎《いなか》ですから」

　男は愛想笑いをした。思ったより早く最後の客がきて、ほっとしたのだ。

「皆さんもう、食事も外ですませてこられて——。お風呂《ふろ》は入られますか」

言外に食事はだせないと匂《にお》わせ、男は客を見やった。

「風呂はいい」

さらにほっとしたことに、客はいった。食事についても何もいわない。どうやら今夜はのんびり酒が飲めそうだった。

「じゃ、上までご案内します」

「旅館の人はあんたひとり？」

言葉づかいは雑だが、口調はやさしい。

「ええ。布団はしいてありますよ。明日の朝には炊事のおばちゃんがきますがね。申しわけないんですが、男ばかりですわ」

「そうか」

「今日はもうこれでしまいです」

男はカーテンをしめた。客が外出しそうにないのもありがたかった。先にきた三人は、缶ビールを部屋にもちこんでいる。入口の戸締まりさえしてしまえば、男の仕事は終わったも同然だ。

男がカーテンをひき、戸締まりをするあいだ、客はしんぼう強く待っていた。

「じゃ、上ですから」

男が向きなおって、二階への階段をのぼろうとすると呼び止めた。

「その前にトイレを借りたいな。下にあるかな」

「ええ。こっちです。どうぞ」

いつもはないサービスのよさで、男は階段の裏側にあるトイレへと客を案内した。

薄い木の扉を開け、タイルをしいた共同便所を示す。

「ここです」

客が頷《うなず》き、上着の内側に手を入れた。数秒後、白と黒のタイルの床に、男の喉《のど》から噴きでた血がとび散った。


男の死体を大便所の中に押しこみ扉を閉めた客は、なにごともなかったかのように、二階への階段をのぼった。返り血はほとんど浴びていなかった。素早く男の背後に回り、口を押さえ顎《あご》をもちあげて、頸動脈《けいどうみゃく》をかき切ったからだった。

二階まであがると客はまっすぐに「さつき」と小さな木の札が掲げられた部屋をめざした。

そこは廊下のつきあたりにあった。襖《ふすま》がわずかに開き、話し声が洩《も》れている。

客はその襖を開いた。八畳ほどの和室だった。浴衣《ゆかた》を着た三人の男が、しかれた布団を丸め、車座になっていた。缶ビールの空き缶が数本茶卓の上におかれ、それとは別に三人は中身の入った缶を手にしている。灰皿に吸い殻がたまり、部屋の空気は煙が淀《よど》んでいた。

「やっときたな」

入口にいちばん近い位置であぐらをかいていた男がいった。浴衣の前がはだけ、肉のついた胸に汗が光っている。

「遅くなりました」

客は低い声でいった。

「まあまあ、入んなさいよ。俺《おれ》は警視庁大崎署の藤江《ふじえ》です」

「どうも」

「目黒《めぐろ》署の江尻《えじり》です」

かたわらにいた、眼鏡をかけた男がいった。酔いで顔が赤らんでいる。

「荻窪《おぎくぼ》署の白根《しらね》です」

窓ぎわにもたれていた男がいった。膝《ひざ》の上にアタッシェケースをのせ、その上に地図を広げている。

「で、あんたが――」

藤江の言葉に、

「千住《せんじゅ》署の森《もり》です」

客はいった。

「ご苦労さん、ご苦労さん。すわって、まあビールやんなさいよ。まったくね、はるかお江戸からこうしてやってきて、地元県警にも内証で酒盛りしようってんだから……」

藤江はいって、あとのふたりを見渡した。ふたりともにやにや笑っている。

「ま、仕事は明日から。護衛チームは明日、現地入りするらしいからね」

正座した客に、藤江は新しい缶ビールを勧めた。

「もっとこっちきなさいよ。そんな正座なんかしちゃって……さあ、さあ」

「森さん、何期です？　俺と警察学校同期くらいじゃないかな」

白根がいった。客はそちらを見つめ、あいまいな笑みを浮かべた。膝の上にアタッシェケースをのせる。

「先に、書類あるんですよ」

「なんだい、何かの資料？　芦田さん何もいわなかったけどな……」

藤江が、客の開いたアタッシェケースをのぞきこむように腰を浮かせた。

鈍い音がして、藤江の鼻がぱっと弾けた。顔の中央を撃ち抜かれ、藤江は首をがくんと折って崩れた。

客はアタッシェケースの中から、消音器をつけたコルトのガバメントをとりだした。壁から背を浮かせた白根の体に二発撃ちこんだ。

白根の後頭部がガラス窓にあたった。ヒビが走ったが砕けはしなかった。

江尻はただ目をみひらいていた。ゆっくりと自分に向きをかえた銃口に、絶望的な表情で押入れの方角を見やった。三人の着ていた服が、拳銃《けんじゅう》とともにしまわれているのだった。

「どこにいる？」

　客が訊《たず》ねた。

「なに、なに、何がだ――」

　江尻の顔は蒼白《そうはく》だった。唇がふるえている。撃たれたふたりが落とした缶ビールが畳に中身をあけ、泡がじじっという音をたてていた。

「女だ」

　客はいった。江尻は小さく首をふった。

「し、知らない」

　客の銃がずっと下にさがった。銃声がして、江尻はぐわっと声をあげた。浴衣の下の股間《こかん》から鮮血が噴きだした。江尻は手をあてがい、一度手を離した。はっはっと短い呼吸をくり返している。

「もう一度だ。女はどこだ」

「ほ、本当に知らない。ご、ご、護衛チームしか知らない。た、た、助けてくれ……」

「護衛チームとどこで落ちあう？」

「駅、駅、駅……」

「そこのか？」

「ちがう、手帳、手帳に……」

　血に濡《ぬ》れた指で押入れをさした。客は江尻ににじりよった。

「助けてほしいか？」

囁《ささや》いた。江尻はがくがくと首を動かした。

「痛いだろう、ん？」

「い、痛い……」

「きんたまだものな。痛いよな。もう女を抱けないかもな」

江尻は喉仏《のどぼとけ》をごくりと動かした。

「護衛チームのメンバーは？　どうすることになっているんだ？」

「メ、メンバーは知らない。駅の、駅の待ちあわせで紹介しあう……」

「女はそのあとで拾うのか？」

「そ、そう……」

「そうか。全員、警視庁か？」

「そう」

「ばらばらに集められたんだな」

「そ、そう」

「どうやって東京に向かう？」

「で、電車と車で……」

「飛行機なら早いのに」

「き、禁止なんだ。も、も、もういいだろう」

「もうちょっとだな。お前たちを集めたのは誰《だれ》だ？」

「ほ、本庁、保安二課長、芦田警視」

「芦田ね。連絡は直接いれるのか」

「そう……直接」

「芦田は誰かを疑ってるのか？」

「知らない。本当だ。何も、何も聞いてない」

「お前たちの装備は？」

「け、拳銃と防弾チョッキ」

「たった、それだけか？」

憐《あわ》れむように客はいった。

「もっともってこなきゃ足りないぞ」

江尻は目だけを動かした。目のふちに汗のつぶが光り、眼鏡がずり落ちかけていた。客はその眼鏡をそっとかけ直してやった。

客はつぶやくようにいった。

「素人だよ、素人。お前たちも、芦田って馬鹿も」

サイレンサーの筒先が眼鏡のレンズに押しあてられた。江尻は震えていた。カチカチとレンズがあたり、音をたてた。

「弾、見えるかな」

　客はいって笑った。銃声がして、江尻の体が転がった。

　客はゆっくりと腰をのばした。押入れに歩みより、中に吊《つ》るされた三着のスーツから警察手帳とメモ帳をとりだした。それから、白根が膝《ひざ》にのせていたアタッシェケースと、押入れの中にもおかれていたアタッシェケースを茶卓の上にのせた。きちんと正座して茶卓に向かった。

　時間をかけ、アタッシェケースの中身を調べた。使えそうな書類等は入っていない。地図と下着などの替え、ハンディトーキー、携帯電話、ポケットベル、防弾チョッキなどだ。

　地図をぱらぱらとめくり、書きこみなどがないことを客は確かめた。途中で自分の指先を見つめる。指紋を残さないために指先に塗りこんだ接着樹脂が落ちていないかを確認したのだ。

　すべての作業がすむと、必要なものを自分のアタッシェケースにしまいこみ、立ちあがった。血と、ビールの泡を踏まないように動き、三人の刑事たちの息を調べた。小さな鏡をとりだし、口もとと鼻にあてがったのだ。

　藤江は、まだわずかに息をしていた。めりこんだ鼻から盛りあがった血のかたまりが、それにあわせ小さく泡だっている。

　客は驚いたように首をふった。藤江のこめかみにコルトをあて、ひき金をしぼった。血の泡が消えた。

それを見届けると、客は旅館をでていった。離れたところにとめた車に乗りこむ。

腰のベルトに留めていた携帯電話を手にして番号を押した。相手にいう。

「終わった。中の連中は皆、寝ている」

電話を切って、車をだした。

数分後、客の部下が旅館に火を放った。建物が木造モルタルなのと、効果をあげるために、ガソリン入りのポリタンクを何カ所かにおいたので、夜明け前に旅館は全焼した。

27

八人のメンバーにはそれぞれ、異なる指示を与えていた。異例のことだったが、万一、自分の選択眼にあやまりが生じていた場合を考えると、それもやむをえなかった。

指示は、時間と状況に応じ、きめ細かに決めてあった。

まず援護チームでは、藤江が、四名の待ちあわせ場所となる旅館に到着した時点で、指示に従った連絡をよこした。藤江はベテランのマル暴担当刑事だった。強引な面もあるが、判断力にすぐれている。

藤江が報告をよこしたのは、午後五時を少し回った時刻だった。降りたった駅を中心に、一時間ほど周辺の街のようすを探らせたのだ。彼らが援護を命じられた神崎はつみは、ＪＲの隣駅に近いホテルにいる。今夜の段階では、四名はそれを知らない。

藤江は、マル暴特有の勘で、街の周辺を嗅《か》ぎまわり、特に異常は感じない、と報告をしてきた。小さな盛り場にはチンピラの姿もあるし、抗争下の街のような緊張感も漂っていない。

第二の報告は、白根からよせられる筈《はず》だった。四人同時の現地入りを避けるため、芦田はそれぞれにちがう時刻の列車を手配した。最終が、千住署の防犯係森で、森が旅館に到着し次第、白根は部屋を抜けて、連絡をよこすことになっていた。白根は窃盗犯捜査のベテランだった。

芦田は援護チームをすべて、所轄署の刑事たちから選んだ。かつて機捜にいた時代に知りあった男たちだった。ベテランで、しかもエリートではない。それだけに「クライン」の腐敗の触手はまだ辿《たど》りついていない筈だった。

その白根からの連絡がまだない。

午前一時を過ぎていた。

すでにトラブルが生じた、ということなのか。芦田は信じられぬ思いで電話機を見つめていた。所轄署から援護チームを選んだについては、人事課を通す以上、あるていど人選についての情報洩《も》れはさけられないとは思っていた。しかし、買収には時間がかかる。今日の明日、刑事たちを金で転がすことはできない。いったん任務についてしまえば、相互監視の網のもとでの裏切りは難しい。

何がおこったのか。当該地区の所轄署に電話をして、情報を収集することはできる。

しかしそうなれば、現地での情報洩れはさけられない。

県警には信頼できる人間がひとりいる。だがその男を動かすには早すぎた。白根の連絡ミスということもありうる。

第三の連絡は、森によって翌朝もたらされる筈だ。

とりあえず森からの連絡を待つ他はなかった。情報の流れを最小限にするため、芦田は護衛チームと援護チームの接触を極力避ける方針をたてていた。

援護チームの存在を〝襲撃者〟に知られては、罠《わな》としての効果が失われる。

芦田は朝を待った。

森からの連絡もなかった。護衛チームと援護チームが落ちあう、午前十時を過ぎても、連絡は入らない。

十時十五分、芦田のデスクの上におかれた直通電話が鳴った。護衛チームのひとり、村越《むらこし》からだった。村越は元保安二課の刑事で、現在は機捜の班長をしている。これは村越からの定時連絡だった。

「二興産業さんがひとりも見えないのですが……」

村越の声は当惑していた。危険で重要な任務が、初動時から頓挫《とんざ》しようとしている——予感を感じているのだ。

「私のところにも連絡がない。きのうの夕方、ひとりから連絡があったきりだ」

「二興さんはどこに泊まっていたんですか」

「そこから電車でひと駅だ。君らよりも早く着いていて不思議はない」

「旅館の名前とかはわかっていますか」

「わかっている。今朝、電話を入れたが、誰《だれ》も答えないのだ。各員の携帯電話にもかけたが同じだった」

村越は一瞬、黙った。芦田が感じているのと同じ、強い不安を感じているのだ。

「——任務を続行しますか。それとも調査の時間をもうけますか」

やがて訊《たず》ねた。地元県警に情報の確認を依頼できないなら、村越らに、援護チームにおこった事態を調査してもらう他ない。

「そちらのメンバーは全員そろったのか」

「そろっています。ひとり、直前に交代がありましたが」

「交代？」

芦田の不安はさらに強まった。

「誰が、誰と交代したんだ」

「私の部下で小暮《こぐれ》というのが、カミさんが交通事故にあったんです。で、小暮の同期で最守というのがきました。きのう初対面ですが、なかなか使えそうな奴《やつ》です。公安にずっといたそうですが、ほとんど仕事をさせてもらえなかったといっていました。確かに学生みたいな感じの奴なんですが。青っぽいぶん、大丈夫なのじゃないかと——」

公安の最守。聞いたことのない名だった。人事課に問いあわせてみよう、と芦田は決心した。同時に、知らないメンバーの加わった護衛チームを神崎はつみのもとにさし向ける不安も生まれた。

「わかった。では、とりあえず二興産業の状態について調査をおこなってくれ。ただし地元県警との接触は極力避けるようにな」

「了解しました」

芦田は受話器をおろした。ついで内線で人事二課長にかける。人事二課長は、ノンキャリアの叩《たた》き上げで、芦田が捜査一課の班長だった頃、かわいがってくれた上司だった。二課長からの情報洩れはありえない。

最守という公安刑事に関しての情報をくれるように頼んだ。人事課内の情報を洩らすのは禁じられているが、芦田の目的を知る二課長は、快く応じてくれた。コンピュータを使えば、ただちに情報は集められる。

だが十分後、二課長からの電話が、芦田を驚かせた。

「最守くんといったな。こちらのファイルには該当する人間はいない。一課の方じゃないのか」

人事一課は、警部以上の幹部警察官の人事を、人事二課は警部補以下の警察官人事を扱っている。一課の方、というのは、最守が警部以上の階級にあるのではないかと、二課長は考えているのだ。

その筈《はず》はない。村越は警部だ。もし同階級ならば、さっきのようないいかたをするわけはないのだ。

「警視庁外、ということは考えられませんか。千葉、神奈川、埼玉などの県警では」

芦田はいった。

「いや。いちおう検索してみたが該当する公安警察官はいない。埼玉の越ヶ谷《こしがや》署の交通課に最守という警部補がいるが、五十四歳だ。たぶん別人だろう」

奇妙だった。

「わかりました。どうもありがとうございます」

「一課の方に問いあわせてみようか。時間はかかるが、こっそりやる手がないわけじゃない」

「お願いします」

「今日じゅうには無理かもしれないが」

「かまいません」

村越を携帯電話で呼びだし、最守に注意をするよう命じるべきか。芦田は迷った。もし最守がスパイなら、この段階で逆に利用する手もある。ただしそれは援護チームが無事でいてくれたらの話だ。

芦田は援護チームの無事を祈った。


一時間後、村越のこわばった声が、その希望を打ち砕いた。

「二興さんが昨夜泊まったのは、『はつや旅館』だったといわれましたね」

「そうだ」

「昨夜未明に出火して、全焼したそうです。焼け跡から四名の死体が見つかりました」

芦田は目を閉じた。

「そのうちの一名は旅館の人間です。ですから、二興さんは三人しか集まっていなかったことになります。詳しいことは、県警に問いあわせて下さい」

予想をはるかに越えた、「クライン」の素早さに、芦田は恐怖を感じていた。村越も同じだろう。

「指示を……仰ぎたいと思います」

恐怖は、村越の方がさらに強い筈だった。こうして警視庁の本館内にいる芦田とちがい、村越らは、いつ援護チームと同じ運命を辿《たど》るのか、わからないのだ。

「待機だ。二名ずつに分散し、待機するように」

「わかりました。待機地点に入ったら、連絡します」

芦田は受話器をおろした。掌が汗でぬるぬるになっている。神崎はつみが泊まっているホテルについての情報は、両チームが行動を起こす時点で、芦田から伝えることになっていた。今現在は、現地にいる誰《だれ》も、ホテルの場所を知らない。

そうしておいてよかった、と芦田は思った。もし両チームのリーダーだけにでも教えていたら、神崎はつみは、もはや生きてはいない。

深呼吸し、再び電話に手をのばした。ひとりだけ信頼できる、当地の県警幹部に電話を入れる。偽名を使い、電話口に呼びだした。

「警視庁の芦田だ。そっちから電話をかけてくれ」

いうだけいって、電話を切った。相手は、芦田が所轄署時代に、同じ交番に勤務していた部下だった。交番勤務が終わろうというときに、故郷の父親が病気で倒れ、転属願が通って、向こうの県警勤務になった。今は、県警の捜査一課にいる。

数分後、公衆電話から相手はかけてきた。

「ちょうど帰ってきたばかりだったんです。朝からずっと現場検証でね」

「『はつや旅館』かね」

相手は絶句した。

「どうして知ってるんです。まだこっちのテレビにも流してないのに——」

「状況を話してくれ」

「放火です。マル被は四名。しかし、四名とも、焼ける前に死亡しています。三名からは、拳銃弾《けんじゅうだん》が摘出されました」

声が低くなった。

「拳銃弾ではない一名は、身許が確認されました。旅館の従業員です。また、三名のいた部屋からは、黒焦げになった拳銃が三挺《ちょう》見つかっていますが、遺体の状態がひどいので、身許を確認しようがありません」

「警視庁警察官だ」

「――くそ。何があったんです」

「今はいえない。三名の死体検案書を至急送ってほしい」

「正式の依頼と考えていいんですか」

「いや、今はまだだ」

「無理ですよ、芦田さん。いくらなんでも――」

　相手は声を荒らげた。

「それじゃ、うちは身許確認のしようがない」

「頼む。三名は極秘任務で動いていた」

「てことは、私はこれを聞かなかったことにしなきゃならんてわけですか」

「そうだ。君のお膝《ひざ》もとには、まだ四名、私の指示をうけた人間がいる。彼らの生命にかかわるのだ」

「いったい何です？」

「『クライン』だ」

　相手は沈黙した。

「死んだ三名は、『クライン』に関する極秘捜査をおこなっていた」

「――そいつは……」

　相手は息を喘《あえ》がせた。

「聞かなかったことにします。確かに」

「浸透しているのか」

「わからないから恐いんです。はっきり貰《もら》っているとわかる連中は、恐かありません。貰っているか貰ってないかわからない人間が、本部にも所轄にもたくさんいます。うかつなことはできないんですよ」

芦田は決心し、いった。

「何かあったとき、君を頼りにしていいか」

「他のことだったら、いくらでも頼りにして下さい。ですがその件に関しては、正直いって自信がありません」

「君も貰ったのか」

「そんなことは絶対にありません！　誓えます。ただ、わかって下さい。僕らには、誰が貰っていて、誰が貰っていないか、わからない。だが連中にはわかっているんです。貰ってない人間が、誰だかは。つまりそれだけ目標にされやすいってことなんですよ」

「連中は警官でもあっさり殺すのか」

「めったには。しかし、やるときにはやります。前の四課長がそうでした。同じ手口ですよ。家が燃えて、奥さん、子供ともども遺体が発見された。解剖の結果、全員生活反応はありませんでした。殺してから火をかけたんです」

「犯人は？」

「挙がっていません。完全に家は焼け落ちていて、使える証拠は何ひとつ残っていなかったんです。『はつや』も同じ状況です」

「同じ奴《やつ》がやったということか」

「『クライン』には、そういう部隊がいると聞いたことがあります。君国の直命で動く」

「わかった。なるべく迷惑はかけないようにする」

「芦田さん……」

苦衷《くちゅう》をにじませた声で、相手はいった。

「東京もこんな風になったら、日本の警察も終《しま》いです。がんばって下さい」

「任せておけ」

芦田はいって受話器をおろした。じっと電話機を見つめる。

法を守り、守らせようとすることに対して、これほど恐怖を感じなければならない警官がいる。

職務を全うすることが、即、生命の危険につながる。それも自分ひとりではなく、家族の生命にまで。

激しい怒りが芦田の胸を焼いた。たとえどれほど非道なことをしようと。組織のルールを踏みにじり、手順を無視する結果になろうと。

この闘いには勝たねばならない。

そのためには、兵士が必要だった。援護チームを失い、護衛チームにスパイが入りこんでいる可能性がある今、神崎はつみの生命を守る新たな兵士が必要だ。

もはや人事課を通して兵士を集めることはできない。直接、芦田が事態を告げ、協力を要請できる人物でなければならない。

優秀で、「クライン」の殺し屋どもを相手に闘える男。

今、芦田の胸に、ひとりの刑事の名前がある。失意のどん底にあって、自分の将来を見失いかけている男だ。

その男の魂が腐っているのだとは、芦田はどうしても思えなかった。しかしその可能性を百パーセント否定することはできない。

きのうまでは、その男を使うことを、露ほども考えていなかった芦田だった。自分が選抜したふたつのチーム、八名の猛者《もさ》が任務をやりぬくことを疑わなかったからだ。

今やその自信は、かけらほども残っていない。

残っている護衛チームだけでは、任務の成功はおぼつかない。いや、百パーセント、失敗するだろう。

任務とは、神崎はつみの命を守ることだけではないからだ。神崎はつみを狙《ねら》う襲撃者を捕え、刃《やいば》として君国の喉《のど》もとにつきつけるところまでいかなければ、成功とはいえない。

芦田は悟った。

この任務の完遂は、職業への忠誠心だけでは決してなしえない。命令をうけ、それを忠実に遂行しようと考える者では、「クライン」の殺し屋どもには勝てないのだ。

怒りをもつ者。憎しみをもつ者。闘いにおおいなる動機をもつ者。

そしてその人間が汚染されている可能性が五十パーセントだとして、任務の成功が零パーセントとなった今、その人間の、残る五十パーセントに賭《か》けてみる他はないのではないだろうか。

その人間の胸にある怒りや憎しみに賭けてみる他はないのではないか。

だがその人間の起用は、また別の面で、思いもよらぬ波紋をひきおこす可能性もある。神崎はつみの脳だ。神崎はつみの肉体に宿った河野明日香の脳が、どのような反応を示すかだ。

——課長がこんな冷酷な人だとは思いませんでした
彼女の言葉がよみがえった。

芦田はデスクのひきだしを開けた。保安二課全員の住所録がある。自宅の住所、電話番号。手帳にもすべて書きとめてある。

ページを開いた。斜線で消された住所・氏名。「河野明日香巡査」。

さらにページをめくる。

「古芳和正巡査部長」

停職中であるからには、自宅で謹慎している筈《はず》だった。

「仁王」をこの任務に起用する。「停職中」の身分のままがよいだろう。芦田が指示をださない限り、「仁王」の停職はとけない。

真実を古芳に告げることはできない。古芳は、神崎はつみを、神崎はつみとして護衛する。

つまり自分の恋人の死を作る原因となった女と信じて、守ることになるのだ。

そして彼女にも、真実を告げることを禁ずる。彼女はきっとそれを受けいれるだろう。

なぜなら、彼女の心の中には、「仁王」に対しての疑いがある。自分を死に追いやった張本人ではないかという疑いだ。

五十パーセントの疑い。芦田もそれを否定することはできない。「仁王」を疑っているにもかかわらず、その無実を信じ、任務を与える。しかも、彼女には無実を信じることを禁じて。

——課長がこんな冷酷な人だとは思いませんでした

再び彼女の言葉が胸によみがえった。

28

鏡の中の顔をじっと見つめていた。瞬《まばた》きをすれば、瞬きをする。瞳《ひとみ》の奥をのぞきこめば、じっとのぞきかえす。

その目は不思議な表情を浮かべていた。

アスカが何かを思うとき、その目には別の表情が浮かぶ。微笑《ほほえ》めばやさしさが、みひらけば怒りが、目の奥に浮かびあがる。しかしアスカが何も考えず、透明な気持で鏡を見つめるとき、その目は、アスカのまったく知らない表情を浮かべているのだ。

あきらめと、しかし決して消えることのない存在の主張。その主張が何であるのか、アスカはつきとめたい。目をこらした瞬間、アスカの「意志」にそれは変化し、どこかにいってしまう。ぼんやりと見つめることによってしか、それを見定める方法はない。

たとえてみれば、それはある筈《はず》のない、鏡の表面の絵に似ている。絵の正体を知ろうと顔を近づければ、そこには自分の顔しか映っていないのだ。

この二日間、アスカは、目の中にだけかつての自分がいることに気づいたのだった。怒りや悲しみ、喜びの表情を浮かべるとき、大きな瞳の奥に浮かぶ表情が、かつての自分と同じであることを知ったのだった。

だがその表情を消したとき、自分には存在しなかった、別の表情がそこにあることにも気づいた。

それが今、見きわめようとしているものの正体だった。

河野明日香が決して瞳に浮かべることのなかった表情。あきらめと、そしてもうひとつ――。何か、かわることのない自信のようなもの。

何に対する自信なのか。

鏡を見ていると、神崎はつみとの短い時間の記憶がよみがえってくる。そうすると、瞳の奥に苦痛が浮かびあがるのだ。その苦痛は、はつみではなく、アスカが味わったものだ。

アスカはそっと前髪をかきあげた。生え際に、まだ醜い傷跡が残っている。弾丸がとびこんだ跡なのだった。このときの苦痛をアスカは知らない。その瞬間を、アスカは見ていない。

あのとき、先に〝死んだ〟のは、アスカのほうだった。はつみはドアのところにいた。そこからのことをアスカは何も見ていない。

にもかかわらず、鏡の中のはつみをじっと見つめていると、思いだせるような気分になってくるのだった。額を弾丸がつき抜けたときの衝撃を、心以外の全身が覚えているような気がするのだ。

傷跡に指先で触れた。痛みはない。アスカは今度は指を見つめた。白く、細く、長い指だ。器用そうで、鏡の中で動かす指は、まるで自分の意志をもった生き物のようだ。

河野明日香とはすべてがちがう。

指ひとつをとっても、美しいのだ。

指から目をそらし、顔を見た。ゆっくりと視線を下に向ける。

口紅、マスカラ、アイシャドウ、ファンデーション。神崎はつみの遺品の中には、他にも化粧品がいっぱいあった。

（あなたはいったい何のために、あんなにいっぱい化粧品をもっていたの）

鏡に問いかけたい気持をこらえた。問いかけるのが恐いからだった。もしはつみに何かを問いかけ、鏡の中の彼女が答えたら。じっと鏡を見ていると、本当にその唇が勝手に動き、返事をするような――そんな恐怖に襲われるのだった。そしてその瞬間、自分は、河野明日香の心は、まるで煙のように消えてしまう。それが恐くて、問いかけることをできずにいる。

河野明日香は化粧が嫌いだった。なぜなら化粧をしても、自分があまりきれいになったとは思えなかったからだ。

化粧が下手だからだ――長いことそう自分にいい聞かせていた。化粧が下手だから、してもきれいになれない。

だが本当のところはどうだったのだろう。いくら化粧が上手でも、自分はそれほどきれいになれない、そう知っていたから化粧を嫌っていたような気がする。

人はいつも心のどこかに、自分へのいいわけを用意している。

化粧が下手だ、というのは、美しくなれない自分へのいいわけだったのかもしれない。

比べて、神崎はつみはどうだったか。

化粧なんてしなくていいのに。素顔のままでこれだけきれいなのだから。

アスカは鏡を見つめながら、口紅を手にとる。ここにある化粧品は、はつみの遺品にあったものではない。すべて、病院からこのホテルにくる途中にあった薬局で買った安物ばかりだ。

——化粧品はもってきたかね？

芦田が訊《たず》ね、首をふったアスカに、

——彼女は大量の化粧品を所持していた。いつもきれいでいたかったのだろう

といわれ、買うことにしたのだ。

河野明日香の友だちにもそういう女はいた。念入りに時間をかけ、顔を作る——のだ。大量の化粧品を常にもって歩き、「男に素顔を見せたことがない」のを誇りにしていた。

「どこかに泊まりにいったらどうするの？　寝るときも化粧を落とさないの」

訊ねると、相手が眠ったと確信するまでは化粧を落とさず、朝も、相手が目覚める前に化粧を終えてしまうのだ、と答えた。どの角度で見たとき、自分の顔がいちばんきれいに見えるかを知っていて、写真にうつるときは必ず、その角度でおさまっているのだった。

化粧を落としたときの彼女の顔を知っている。顔色が悪く、眉毛《まゆげ》の薄い貧相な女。それが顔を作ったとたん、生気に溢《あふ》れ、華やかにふるまうかわいい女に変身してしまうのだった。

化粧が人の心をかえてしまうことを、そのとき知ったのだった。

だがこの、目の前にいる彼女はどうだ。

化粧なんて必要ないと思う。これだけきれいな顔だちで色が白ければ、自分なら口紅さえつけておけば充分だ。

　はっとした。

　河野明日香も同じことを思ってはいなかったか。

　口紅さえつけておけば充分だ、と。そのあとには、こうつづけた。化粧なんて、と。

　口紅をとりあげた。キャップを外し、回転をさせて、ま新しい紅をもちあげた。唇におしあて、ひいた。

　瞬間、鏡の中で何かがぱっと閃《ひらめ》いたような気がした。光が弾けた――そんな印象だ。

　鏡を見つめた。透けるような白い肌と整った顔だちに、赤い輝きが浮かんでいる。唇の紅がまるで立体化したように光を放っていた。

　まるでちがう。河野明日香が口紅をひいたときとはまるでちがう変化だ。口紅ひとつでこれほどかわるものなのだろうか。

　アスカは鏡の顔をじっと見つめた。そのとき、目の中にあった表情に気づいた。あきらめと、もうひとつ存在していたあの表情だ。

　自信。自信が輝きを増している。美しさへの自信が。

　アスカはアイシャドウに手をのばした。

29

　自分を見る目が微妙に変化したことに最守は気づいていた。

「刀」はそつのない仕事をこなした。「はつや旅館」で援護チームを全滅させたのは、「刀」の仕事にちがいなかった。公園で感じた恐怖は、自分の妄想ではなかったのだ。

最守は「刀」を敵に回さなかったことにほっとした。「刀」は容赦なく、しかしどこか楽しんで、この仕事を終えたにちがいない。

村越の目に疑いが加わったのは、その「刀」の仕事を〝本社〟に報告したあとからだった。

村越は〝本社の命令〟だからといって、最守と自分、そしてあとの二名のふたつに、チームを分け、「はつや旅館」と同じようなビジネスホテルを捜し、チェックインすることを決めた。四人は「はつや旅館」の近くのJR駅の構内にある食堂で昼食をとり、ふた手に別れたのだった。

今、村越と最守は、昨夜も泊まったビジネスホテルのそばにある喫茶店にいた。

村越は待機を命じられたことも、援護チームが全滅したことも、たいした問題ではない、という風を装っている。が、内心は大きく動揺していることを最守は見抜いていた。警官がこんなに簡単に殺されるとは思ってもみなかったにちがいない。

機捜にいる刑事たちは、日常で最も犯罪者と見《まみ》える機会の多い警察官だ。事件性の高い通報を受け、死体や怪我《けが》人がでたと聞いてまっ先に現場に駆けつけるのが、機捜の刑事たちなのだ。その場の短時間の捜査でマル被が割れれば、即座に逮捕に向かう。機捜の逮捕は、ほとんどが現行犯だ。そのために機捜の刑事たちはたいてい拳銃《けんじゅう》を携帯している。

だが彼らが犯罪者から反撃をうけることはめったにない。たまにあっても、スピードと数で圧倒し、簡単に相手を屈服させる。受傷するのは、ごくまれなケースに過ぎない。「刀」のような男を相手にすることは決してないのだ。「刀」のような男が相手だと知れば、機捜はすぐに機動隊の出動を要請する。

数で囲み、数で勝つ。

公安の潜入捜査はちがう。数はいつも、相手の方が上だ。そして刑事がいるとわかったときも、「お上《かみ》だから」とおそれいってはくれない。身分がばれれば、よくて袋叩《ふくろだた》き、悪ければ殺される。

警官であるということが、常に殺される立場と背中あわせなのだ。

村越は疑心暗鬼になっている。その種は、〝本社〟によって植えつけられたのだ。小暮との交代の演出については疑いの余地がない自信はある。実際に小暮の妻は入院しているし、小暮は最守から今回の任務の交代の申し出があったことを心から感謝している筈《はず》だ。

計算ちがいは、小暮の妻の怪我だった。骨折くらいですませるつもりでいたのだ。小暮の話では一生、車椅子《いす》生活になるかもしれないという。

だがあれ以上スピードを加減すれば、よけられてしまう可能性があったのだ。

まあ、いい。たいした問題ではない。真面目《まじめ》さを絵にかいたような小暮のことだ。女房の体がどうなろうと、一生大切にしてやるだろう。なにせ、本人が死なずにすんだのは最大の幸運だ。

人事二課のコンピュータをハック《侵入》したのが誰《だれ》なのか、最守は知らなかった。たぶん人事課を統轄する警務部に大きなコネをもっている人間なのだろう。コンピュータがハックされれば、隠しおおせる秘密など警視庁のどこにもない。昔のスパイは「外套《がいとう》と短剣」だったが、今はコンピュータの端末を叩くだけのことだ。

腰につけたポケットベルが振動を伝えた。最守は読んでいるふりをしていたスポーツ紙をおろし、向かいの村越を見た。村越はむっつりとした表情で喫茶店の外を眺めている。

刑事だと宣伝しているような目つきだった。最守は立ちあがった。

「どこへいく」

村越が厳しい目をむけた。

「トイレですよ」

最守はいって、トイレに入った。錠をおろすとポケットベルを止め、表示を見た。電話番号が表示されていた。携帯電話のものだ。

最守は自分の携帯電話をとりだし、番号を押した。いきなりこの電話にかけてこないのはさすがだった。

呼びだし音が鳴り、

「はい」

男の声が答えた。それ以外は黙っている。

「『槍《やり》』だ」

最守はいった。

「『刀』からの伝言がある。女は、早見《はやみ》駅のそばの『早見観光ホテル』にいる。部屋番号は三〇二だ」

「了解」

早見駅というのは、今最守たちがいる場所からＪＲの駅でふたつめだった。

最守はくり返すことはせず、いった。相手が通話を切った。

排除の時間だ。

30

アスカは鏡の中の自分に見飽きなかった。化粧を終え、美しさにさらに輝きの加わった女がそこにいた。

髪型だけがもうひとつだった。頭皮に残った移植手術の跡を消すため、すべての髪をのばした。今は前髪の長さが中途半端だ。切ってしまうかもっとのびるまでは、落ちつきが悪い。パーマをかければ、なんとかなるが、とてもそんな余裕はないだろう。

美しい女。

なにかができるような気がした。瞳《ひとみ》の中にあった自信は、化粧が進むごとに強まっていくような気がした。それが、はつみの瞳の中の自信なのか、アスカの心の自信の反映なのか、自分でもわからなかった。

アスカは今、はつみが化粧にこだわった理由がわかったような気がした。死の恐怖から逃れられるという自信を、はつみは自分の美しさの中に求めたのだ。

物語では、美しいヒロインは決して死なない。どれほどの苦難があろうと、必ずヒーローに救われ、生きのびる。

確かに、これだけきれいな女が死ぬ筈《はず》はない、という理由のない自信のようなものが、鏡を見ていると生まれてくる。

電話が鳴った。

「はい」

アスカは受話器に耳をあてた自分を見つめながら答えた。

「〝本社〟から迎えにきました。今、一階のロビーにいます」

「降りていきます」

「いや、こちらからうかがいます」

実直そうな男の声がいった。

「ひとりでは危険ですから」

「わかりました」

アスカは指先でフックを押した。いよいよ任務が始まる。確認の電話を入れなければならない。

ゼロを押し、芦田の直通番号を押した。耳にあてた。

受話器からは何の物音も聞こえなかった。アスカはもう一度、フックを押し、ゼロを押して耳にあてた。発信音がしない。

窓の外を見た。カーテンの向こうには夕闇《ゆうやみ》が押しよせている。

変だった。外線がつながらない。フロントにつながる「9」を押した。

ドアにノックの音が響いた。

「すみません、待ってて」

叫ぶと同時にフロントがでた。

「はい、フロントでございます」

「あの、外線がつながらないのですけれど」

「申しわけございません。実は一時間ほど前から、このあたり全部そうなんです。電話局に訊《き》きましたら、過激派のテロだそうで。なにか犯行声明がでたらしい、とのことでして」

「ケーブルを切られたんですか」

「そうです」

アスカの頭の中で警報が鳴った。芦田との連絡がとれない。

再びノックの音が響いた。

「大丈夫ですか」

さらにドアの向こうから声がかけられる。とっさにアスカは電話に出たフロント係に告げた。

「あの、知らない人が部屋の外にいて、ドアを叩《たた》いているんです」

「え？」

「聞こえません？」

ちょうどノックがくり返された。

「わかりました。ただ今うかがいます」

フロント係はあわてた口調でいって、電話を切った。

アスカはドアに向き直った。錠をおろし、チェーンロックもかけている。ドアごしに発砲されることも考え、死角になる位置に近づいて、いった。

「ごめんなさい。外線がつながらなくて、〝本社〟との確認がとれないの」

「知っています。向こうが動きだしたのだと思います」

ドアの外の男はいった。

「今ロックを外します。チェーンのあいだから身分証を渡して下さい」

「わかりました」

声は若いが、落ちついた口調だった。アスカはロックを解いた。男の手がドアを押した。チェーンで止まる。

「身分証を」

　アスカはいった。

「どうぞ」

　黒皮の警察手帳がさしだされた。

　受けとり、開いた。そのときドアの外に数人の足音が響いた。

「何をしていらっしゃるんです？」

「え？」

「お客さまからの苦情があったんです――」

　ホテルの人間がきたようだ。警察手帳の身分証はまちがいなく本庁のものだった。最守康男《やすお》警部。

　アスカはチェーンロックを解き、ドアを開いた。制服のブレザーを着けたホテルマンふたりと、ポロシャツにブルゾンを羽織った若い男がにらみあっていた。

「いいんです。ちょっと待ってて」

　アスカは三人にいい、ベッドから自分の荷物を入れた手さげバッグをとりあげた。

「お客さま――」

「勘ちがいだったみたい、わたしの。迎えにきて下さる方が都合でこられなくなって、別の、この人をよこしたの」

若い男、最守はアスカの顔を見やり、何かいいかけていた口を閉じた。ホテルマンはあっけにとられたようにアスカを見つめた。アスカは恥ずかしそうに微笑《ほほえ》んでみせた。

「ごめんなさい」

「いえ……」

ホテルマンふたりの顔にも笑みが浮かんだ。

「お客さまにトラブルがないのでしたらけっこうです」

「チェックアウトしますわ。いっしょに一階まで降りましょう」

アスカはまだ、この最守という男を信じたわけではなかった。たとえこの男が本物の警視庁警察官であっても、だ。芦田に確認をとるまでは心を許せない。部屋やエレベータの中などの、人目のないところでふたりきりになるのはぎりぎりまで避けるべきなのだ。

「承知いたしました」

ホテルマンは愛想よく頷《うなず》いた。ひとりがさっとエレベータまで走り、ボタンを押す。アスカは生まれて初めて、美しい女がどれほど得をするものか、わかったような気がした。

最守の方をふりかえった。最守は無言でアスカを見つめていた。いらだっているとしても、表情にはあらわれていない。

エレベータが扉を開いた。四人は乗りこんだ。

「ご滞在は楽しんでいただけましたでしょうか」

ホテルマンのひとりが訊《たず》ねた。

「ええ、とても」

「またのお越しをお待ちしております」

もうひとりがいう。ふたりはアスカを見つめるのと同じくらい、最守を観察している。本当はどういう関係なのか、想像をめぐらしているにちがいなかった。仲違《なかたが》いをした恋人とでも思っているだろうか。

ホテルマンの好奇心はありがたかった。もし最守が連中の手先なら、顔を覚えられた今、すぐにはアスカに手をだせなくなる。

ロビーに到着した。

アスカはロビーを見回した。小さな喫茶室があり、ふた組の客がいる。どちらも中年から高年齢で、殺し屋には見えない。

「チェックアウトの手つづきを――」

ホテルマンがいい、アスカは頷いた。フロントのカウンターの前に立ち、話しかけた。

「電話の不通というのはあとどれくらいつづきそうなんですか」

「同じことを訊《き》いているのですが、まだ三～四十分はつづきそうです。なんで過激派がこんなところの電話ケーブルを狙《ねら》ったのかわかりませんよ。佐世保《させぼ》の方だというのならまだわかるんですが……」

　コンピュータからプリントアウトされる書類を待ちながらフロント係はいった。

「すでにデポジットをいただいておりますので……」

　精算は、わずかな小銭が戻ってきた。

　アスカは最守をふり返った。

「お待たせしました」

「いえ」

「これからどうするんですか？」

「玄関まで車を回します。車で少し走って、同僚と合流します」

　最守はいった。フロント係には聞こえない小声だった。

「同僚の方たちはどこに？」

「ホテル周辺で待機しています。目立たないよう、私がきました」

　最守はアスカの目をまっすぐ見つめていった。

　アスカはフロントをふり返った。

「このホテルに携帯電話はありますか？」

　アスカを見守っていた係は首をふった。

「申しわけございません。あいにく」

「公衆電話が使えるには、どれくらいいけばいいかしら」

「ＮＴＴの話では、不通になっているのは、この早見の一帯だけだそうです。隣の前浜にいけば、もう大丈夫じゃないかと……」

「そうですか。ありがとう」

最守にいった。

「電話をどうしてもかけたいんです」

最守は頷いた。

チームに携帯電話はないの？　と訊ねかけ、アスカは迷った。計画のことをあまり詳しく知っているのは不自然だった。

「となり町までいって公衆電話があれば、すぐに車を止めます。ただ目立つところは避けましょう」

「ええ」

「じゃ、ここで待っていて下さい。車を回しますから」

最守はホテルの玄関を出ていった。アスカは見送った。玄関前のロータリーに、白いふつうの国産車が止めてあった。最守はそれに乗りこむと、玄関前に横づけした。

「お世話になりました」

アスカはフロント係に頭をさげ、ロビーの自動扉をくぐった。

白い車には、他に誰も乗っていない。アスカの心の不安が強まった。最守はあたりを気にするようすもなく、ハンドルを握っている。

相手がひとりならば、いざとなれば何とかなる。

アスカは心を決め、車に乗りこんだ。

31

「なんとか、一課から情報をひっぱがしてきたよ」

内線電話の、人事二課長の声はひどく疲れていた。申しわけない、と芦田は思った。

だが、どれほど疲れていようと、今の自分ほどではない筈《はず》だ。村越とも、午後に入ってから連絡がとれなくなった。待機地点に到着したことを告げる電話が最後だ。それきり、携帯電話にもポケットベルにも応答がない。

「お手数をかけて申しわけありません」

情報が入るまでずっと庁内にいる、と告げ、二課長をせきたてたのは確かだった。

「いや。で、ね……」

二課長の声が低くなった。

「該当する警察官が一課のコンピュータで、でたにはでた。最守康男警部だ。ただし、それ以外については一切駄目。所属、年齢、職歴、すべてマル秘扱いだ。一課長じゃないとデータがだせないようになっている」

芦田の頭をある考えがかすめた。

「公安ですか」

「たぶんそうだろう。実働の潜入部隊だと思う。いろいろ危ない仕事をしているのだろうな……」

「わかりました。どうもありがとうございました」

「あまり役に立てなくて申しわけない」

「いいえ。助かりました。今度一杯、いきましょう」

「あてにせんで待っとるよ。なにせ激務だから、そっちは……」

二課長はいい、電話を切った。芦田は受話器をおろそうとした。そのとき、受話器から洩《も》れる、かすかなキーンという雑音に気づいた。

芦田は受話器を耳から離し、じっと見つめた。やがてそっとおろす。

庁内の電話が使えなくなった。誰かが芦田のデスクにのった電話機に盗聴装置をつけたのだ。

それが可能な人間は、さほど多くはない。

芦田は立ちあがった。腕時計をのぞく。午後八時を回っていた。課内には誰もいない。

廊下にでて、エレベータホールにある外来者用の内線電話に歩みよった。交換台を呼びだす。

「保安二課の芦田です。私にかかってくる外線はすべてカットして下さい。つながないように」

送りこんだチームが簡単に抹殺された理由のひとつを芦田は察した。アスカのホテルもすでに割れているかもしれない。

このままでは作戦はまちがいなく失敗する。それどころか――。

芦田はエレベータのボタンを押した。拳銃《けんじゅう》の保管庫にいくためだった。

32

国道らしい道であることはアスカにもわかった。片側一車線だが整備された走りやすい道だ。

まだ九時前だというのに、道の両側はまっ黒だった。水銀灯がところどころでぽつんと点《とも》っているだけだ。すれちがう車のヘッドライトが妙に眩《まぶ》しい。

「じきに前浜町に入りますよ」

最守が声をかけてきた。

「そこで合流することになっているんです」

「刑事さんたちは何人くるんですか」

「あなたを護衛するチームが、私を含めて四名です。別のチームも現地入りしている筈《はず》ですが、連絡がとれなくなっています。ひょっとしたらケーブルの切断のせいかもしれません」

車はトンネルに入った。短いトンネルで、くぐるとすぐ、「前浜町」と記された表示板が目にとびこんできた。

「ずっと車で東京に向かうんですか」

「いえ。ただ新幹線は張られやすいので、途中まではローカル線を使います。同僚と合流し、〝本社〟と別チームの動きについて情報の確認をしたのち、新幹線ルートに切りかえるつもりです」

左手前方に、公衆電話ボックスが浮かびあがった。

「電話だわ」

「止めましょう。尾行もついていないようだ」

ルームミラーをのぞき、最守はいった。速度を落とす。後方から近づいてきた車が、反対車線にはみでて追いこしていった。

電話ボックスの横で最守は車を止めた。

アスカは助手席のドアを開けた。ひんやりとした夜気に包まれた。あたりは水田だった。高い虫の音がかえって静けさを感じさせる。まっ暗な道に、ぽつんと公衆電話ボックスの明りが浮かんでいる。

「待って下さい」

最守がいった。

「あんまりうまくないな。まわりがまっ暗でこれじゃ、目立ちすぎる」

アスカも同じことを考えていた。すぐうしろに尾行車がいなくても、この明りの下に立っていたら、距離をおいてつけてきた人間にもすぐ見つかる。

「どうします？」

最守を信用できる気持にはなっていた。無口だが、暗い雰囲気ではないし、運転もうまい。

「もう少し走って町に入りましょう。ここで止めていたんじゃ、撃ってくれというようなものだ」

「同僚の人たちも町に？」

「前からうしろにいるので、我々が止まれば、どこかで止まっている筈《はず》です。見えませんか？」

アスカはきた道をふりかえった。止まっている車はいない。前方も同様だった。

「いないわ」

「妙だな」

最守はつぶやいた。

「ホテルを出たときには確かに一台、ついてくるのを確認したのに」

「町にいった方がよさそうね」

アスカは車に戻ろうとした。そのとき、後方から猛スピードで接近してくる車に気づいた。その車がライトをハイビームにする。

アスカは目を細め、顔をそむけた。

「早く車に乗って！」

最守の口調が切迫したものにかわった。アスカは助手席のドアに手をかけた。

急ブレーキをかけられたタイヤの悲鳴が聞こえた。

どん、という衝撃とともに最守の乗った車が大きく弾んだ。勢いで体をすべりこませかけていたアスカは道路に放りだされた。

33

早く始末をすればよかった――最守の脳裏にまず浮かんだのはその思いだった。だが、ためらった理由がふたつあった。

ひとつめは、ホテルの人間にじっくりと顔を見られたこと。ふたつめは、女の美貌《びぼう》だった。

女は驚くほどきれいだった。美人だとはもちろん聞いていた。しかしこれほどとは思わなかった。

本当に殺すには惜しい女だった。途中から、女がじょじょに警戒を解き始めていることに気づくと、なおさら殺すのが惜しくなった。

もちろん、いつまでも連れて歩くことなど不可能だ。だが、ひと晩くらいなら、何とかなるかもしれない。あるいは今晩中に殺すとしても、どこかでこの女を抱くチャンスが得られるのではないか。

自分らしくもないでき心だった。しかし、これほどの女を抱くチャンスは二度と訪れないかもしれない。

要は、電話をかけるのをどれだけのばさせるかにかかっている。

が、そこまでの計算が、追突された衝撃とともに、すべて吹きとんだ。

混乱と恐怖の赴くままに、最守は拳銃《けんじゅう》をブルゾンの内側に吊《つ》ったホルスターから引き抜いた。官給の三十八口径ではなく、九ミリのオートマチックだ。「刀」のルートから渡された銃だった。

自分が襲撃されるとすればいったい誰《だれ》になのか。「刀」とは話がついている。「刀」が裏切ったのか。それとも、〝本社〟の人間が妨害にでたのか。だとするならあまりに早い。〝本社〟は、ふたつのチーム以外にも、この女を守る人間を用意していたことになる。〝本社〟の保安あたりにそんな切れ者がいるとはとても思えなかった。公安ならいざ知らず、しゃぶ中や運び屋あたりを追っかけている保安の兵隊がそこまでを予測した手を打つだろうか。

フロントガラスに強く額を打ちあて、目がくらんでいた。それでも無意識の動作でひきぬいた九ミリの安全装置を外した。

視界がぼやける。はっきりさせようと首をふると、血の滴がぱっと散った。それを見てかっときた。

ハンドルで体を支え、首をねじった。四ＷＤが左の鼻面を最守の車の後部につっこんでいた。

運転席にいた人物が安全ベルトを外し降りたつ姿が見えた。銃口をもちあげようとして、目がくらんだ。

首をやられたと気づいた。ムチ打ち症だ。

歯をくいしばり左手を見やった。四ＷＤを降りた男が二台の車のうしろを回りこみ、地面に倒れた女のところに歩みよっている。

男は大きかった。暗くてはっきりと顔までは見てとれないが、百八十センチ以上はある大男だろう。

女は衝突の弾みで車外にふりおとされ、腰を打ったようだ。弱々しくもがいている。

男が女の左腕をつかんだ。引きずるように軽々と立たせる。

「ま、待て」

最守は声をふりしぼっていった。男は女の体を肩にかつぐようにして車内をのぞきこんだ。

男の顔が見えた。見知らぬ顔立ちだった。岩を削ったようなごつごつとした造作で、唇をひき結んでいる。目の中に暗い炎があった。有無をいわさず仕事をやりとげる人間の目だ。ひとたび決めたことに対しては、決してためらわないタイプだ。

「刀」だろうか――最守は思った。

「か、『刀』か――」

もしそうならば、自分ははめられたことになる。「刀」はまちがいなく自分を殺す。

膝《ひざ》のあいだにたらした銃を握る手に力がこもった。

男は答えなかった。ぐったりとしている女を右肩にかつぎ、すっと首をひっこめた。

そのまま立ち去ろうとする。

「くっ……」

最守は呻《うめ》きながら運転席のドアロックを解いた。もどかしい思いでシートベルトを外し、ドアノブをまさぐる。ひどい目まいがして、思うように指が動かせない。

ようやくドアを開け、路上に転げでた。大男は助手席のドアから女の体を四ＷＤの車内に押しこんだところだった。

最守は拳銃の狙《ねら》いを大男の背中につけた。大男は運転席に回りこもうとしていた。

「止まれ、止まらんと撃つぞ」

最守は叫んだ。大男の体がぴたりと止まった。背中を向けたままだ。

「女を、よこせ……」

肩で息をしながら最守はいった。大男は何もいわない。

「聞こえないのか！　女をよこすんだ！」

最守は膝をついた姿勢で九ミリの撃鉄をひき上げた。腕がひどく震え、目の焦点をあわせるのが難しい。四ＷＤの右側のライトの光がひどく眩《まぶ》しく、目の奥につき刺さって頭の芯《しん》でずきずきと痛みをひき起こしていた。

　大男がゆっくりとふり返った。無言で最守を見すえた。

　つかのまその目と目が合った。

「『刀』か？　そうなんだろ」

　最守は訊ねた。

「女は……今、殺そうと思っていたんだ」

　吐きだすようにつづけた。なぜだかはわからないが、女を殺すことにためらい、女の体に欲望を覚えていたのを知られたら、「刀」は自分をも殺すのではないか——そんな恐怖があった。

　大男はしかし何もいわなかった。

　そのとき、大男の後方からヘッドライトが近づいてきた。二台の車の状況に気づき、通りかかった車はスピードを落とした。同時にライトをハイビームにする。

　眩しさとそれが生みだす痛みに最守は呻いた。思わず拳銃を握った手を掲げ、光を防いだ。

　逆光の中で大男が動いた。四ＷＤのドアが音をたてて閉まった。金属のこすれあう音があたりに響き、四ＷＤは鼻先をめりこませていた最守の車からひきはがされた。

　近づいてきた車に急ブレーキを踏ませ、その車首をかすめるようにして走り去った。

34

アスカは動かなかった。いや、動けなかった。最守の車に追突し、降りたった人物の顔をはっきりと見たのは、自分の体が軽々とかつぎあげられたときだった。

瞬間、息が止まり、額の奥に鋭い痛みが走った。

今、走っている四ＷＤの助手席で、アスカは鼻の奥のツンとした匂《にお》いに怯《おび》えていた。

あの激しい頭痛が襲ってくるかもしれない。

それに比べるなら、腰の痛みなどたいしたことはなかった。

アスカはぐったりと横向きにシートによりかかっていた。運転席には背を向けている。

恐ろしくてふりかえることができない。

なぜここに仁王がいるのか。

任務には加えられなかった筈《はず》ではないのか。心臓が激しく高鳴っていた。耳の奥で血管が轟音《ごうおん》をあげている。

突然現われた仁王は、最守からアスカを奪いとった。

何のために。

決まっている。殺すためだ。そうでなければここにいる筈はない。停職中の東京の刑事が千キロも離れた土地に姿を現わすとしたら、それは任務ではなく、別の理由だ。

仁王はひと言も口をきかなかった。ただ、ハンドルを握り、車を走らせている。

でもすぐに殺さなかったのはなぜだ。あの場で撃ち殺すことだってできたのに。

アスカは目を閉じ、体をこわばらせて考えていた。

恐ろしい可能性が浮かぶ。

仁王は自分をどこかへ連れていこうとしている。でもどこへ連れていこうというのか。

ただひとつしか思い浮かぶ場所はない。

君国のもとだ。君国の命令にしたがって動く仁王は、警察の手から神崎はつみを奪い返しにきたのだ。

一度殺した筈の愛人が生きていると知った君国は、未練がよみがえったにちがいない。

何ということなのか。仁王は、隣にいる女の心が、かつての恋人だとは知らず、犯罪組織のボスにひき渡そうとしている。

真実を告げなければ――。思いかけ、別の恐怖がその考えをひき戻した。この神崎はつみの心が河野明日香だと知ったときに、仁王はどうするか。

殺すだろう。そうとしか考えられない。

アスカは唇をかみしめた。死にたくない。いや、何より、仁王にだけは殺されたくない。同じ男に二度も殺されてたまるものか。そのくらいだったら、この男を殺す。

仁王を殺す。

だがどうやって。河野明日香であったときですら、仁王には勝てなかった。神崎はつみの、このひよわな体で、どうすればいいのだ。

冷静になれ。落ちつくんだ。

アスカは自分にいい聞かせた。幸いに、鼻の奥のあの匂いは消えている。激しい頭痛は襲ってきそうもない。

逃げることだ。まずこの男のもとから逃げることだ。そして一刻も早く、〝本社〟に連絡をとる。仁王が裏切り者であったことを、芦田課長に告げなければならない。

アスカは仁王に気づかれないよう、薄目を開けた。

四WDは、まだまっ暗な道を走っていた。左右の電柱の他は、水田や畑にはさまれた道だ。対向車はほとんどない。

やるしかない。

そう思った瞬間、アスカは体を動かしていた。仁王が握ったハンドルにつかみかかり、大きく右に切った。

仁王が何かを叫んだ。四WDがバランスを崩し、対向車線にとびだした。ブレーキを仁王が踏みつける。

路肩の電柱がフロントガラスに迫った。アスカは顔を伏せた。

激しい衝撃がきた。フロントガラスが粉々に砕け、仁王の上半身がハンドルに叩《たた》きつけられた。アスカはシートにしがみついた。それでも左肩をダッシュボードに打ちつけた。

瞬間、目の前がまっ暗になる。それでもアスカはけんめいに体を動かしていた。仁王の方はふりむきもせず、助手席のドアを開け、道路に降りたった。

足を地面につけた瞬間、右腰に痛みが走った。四ＷＤは電柱に右の車首をめりこませ、ラジエターグリルからまっ白い蒸気をふきあげている。

アスカは走りだした。腰の痛みなどかまっていられなかった。仁王が気絶しているのか、それとも大怪我《けが》を負ったのか、確かめる暇はなかった。

けんめいに右脚をひきずりながら、まっ暗な道を走った。

35

「課長」

拳銃《けんじゅう》保管庫をでたところで、芦田は声をかけられた。保安二課の部長刑事である関藤《せきとう》だった。保安係二十年の叩《たた》き上げのベテランで、今は特取に出向している。

「やあ」

「珍しいすね。課長が拳銃着装ですか」

関藤は芦田の上着のふくらみを見やった。

「いろいろとな。奥さん、その後どうだ？」

関藤の妻は子宮癌《がん》を発見され、手術のあと化学療法などを受けている。

「駄目すね、長くなりそうですよ」

関藤は首をふった。

「たいへんだな」

「ま、しょうがないすよ」

「特取の方はどうだい」

ふたりは肩を並べて歩いていた。廊下には人けがない。

関藤は答えなかった。足もとに目を向けている。

「どうした？」

芦田は立ち止まった。関藤が肩で息をしていることに気づいた。こめかみに汗が浮かんでいる。

「どうしたんだ、関藤」

関藤はぱっと顔をあげた。歯をくいしばり、今にも泣きだしそうなほど顔を歪《ゆが》めている。その目が自分を見、そして素早くあたりを見回したことに芦田は気づいた。

「関藤！」

「堪忍して下さい、課長。堪忍して下さい」

関藤の手が上着の下からニューナンブの短銃身モデルをつかみだすのを、芦田は信じられぬ思いで見つめた。

「暴発事故っす。課長、暴発事故っす！」

「関藤！」

叫びながら芦田は自分の拳銃に手をかけた。関藤の手もとで轟音《ごうおん》が炸裂《さくれつ》し、芦田は激しい衝撃を右のわき腹に受けて体をくの字に折った。

膝《ひざ》が廊下の床に当たった。左手を撃たれた箇所にあてがい、右手の拳銃をかかげた。

「課長！」

関藤が叫び、腰を落として両手でニューナンブをかまえた。目が吊《つ》り上がっていた。

芦田は二発目の銃声を遠いものに聞いた。

36

アスカはようやく呼吸がおさまってきたのを感じた。赤のＧＴＯは見知らぬ小さな町を抜けようとしている。

「狸《たぬき》かと思ったぜ」

運転しているのは、スウェットの上下を着た二十二、三の若者だった。アスカが十分ほど走って、とてつもなく自分の体の運動能力が劣っていることを激しい胸の痛みで気づかされたとき、交差する別の道を走ってきたのが、赤のＧＴＯなのだ。

ライトの前にとびだし、手を振った。

「乗せて！　お願い」

乗っていたのは若者ひとりだった。ブレーキを踏み、仰天したようにアスカを見つめていたが、両手を合わせたアスカに助手席を開いたのだ。

「変な男に車に連れこまれそうになって逃げてきたの。助けて」

若者は乗りこんできたアスカをまだ見ていた。

「走らせて！　お願い、早く！」

アスカがいうと、いきなりアクセルを踏みこんだ。

「いや驚いたよ。いきなりあんなところで、きれいなお姐《ねえ》さんがでてくるんだもん。ちょっと前、俺《おれ》らが中学生だった頃、あの辺、口裂け女がでるって噂《うわさ》がたってさ。それかと思ったわ」

「あなた、この辺の人なの？」

「まあね。何もねえからさ。夜は車転《ころ》がすか、フィリピンスナックいくか。お姐さん、どこの人よ」

「……早見」

とっさにいった。

「早見か。なんであんなとこ歩いてたのよ」

「親戚《しんせき》の家いった帰りで、車が故障しちゃったの。だから電話まで歩こうと思ったら、いきなり変な車がきて」

「ふーん。この辺は族もいないけどね」

若者は頬《ほお》をふくらませた。

「近くに電車の駅ある？」

「あるけど、もう走ってないよ。送ってってやるよ。早見なら飛ばせば一時間ちょっとだから」

「大丈夫。どこか明るいところで、家の人に電話してきてもらうから」

「駐在いくかい？」

そうしてくれる、といいかけ、言葉を呑《の》みこんだ。警察が今、最も信用できないことを思いだしたのだ。

「やめとく。変な噂になったら嫌だから」

「だな。やられちゃったなんていわれたら、マズいもんな」

若者の目が、自分の胸や脚に向けられるのをアスカは感じた。

「あ、止めて！」

アスカはいった。明りのついた建物が見えたからだった。

「あそこから電話かけてみる」

「カラオケボックスだぜ」

急造のプレハブ住宅のような建物が並び、ネオンが点《とも》っている。「ポパイアンドオリーブ」と筆記体で描かれたネオンだった。

「いいの。お願い、止めて！」

若者は急ハンドルを切った。タイヤが音をたてて、ＧＴＯはカラオケボックスの駐車場に進入した。

カラオケボックスの駐車場には、数台の車が止まっていた。いずれも、派手な色をした軽自動車やスポーツタイプのクーペで、若者の車だと知れた。

「どうもありがとう。ここから電話をして迎えにきてもらうから」

「ひとりで？」

「カラオケ……好きなの」

アスカは微笑《ほほえ》んで見せた。河野明日香はひどい音痴だった。神崎はつみの喉《のど》は、きれいな高音を歌えるだろうか。

若者はしかし、信じられないように首をふった。

「ひとりでカラオケかよ……」

「本当に平気。どうもありがとう」

若者は言葉の継ぎ穂を失ったように息を吐いた。

「あのさ……電話番号とか、教えてくんないかな」

何をいっているのだろう、一瞬思い、気づいた。ナンパしようとしている。このわたしを。

「あんたみたいにきれいな人、俺んちの方、いないからさ……」

でたらめの電話番号を教えようと思い、気づいた。早見と答えてしまった以上、その番号でなければ、嘘《うそ》とすぐにばれる。それほどたちが悪そうには見えなかったが、怒らせれば、別のトラブルをひきおこすかもしれない。

「じゃあね……。家がうるさいから、わたしから電話する」

アスカはいった。若者の顔がぱっと輝いた。二十二、三、苦労らしい苦労もせず、育ってきたのだろう。丸顔で、少し太りぎみだが、愛敬のあるたれ目をしている。

「本当に！　いやあ、嬉《うれ》しいなあ。俺さ、西沢《にしざわ》っつうんだよ。西沢純一《じゅんいち》、電話番号、今、書くよ」

ダッシュボードの中をかき回し、マッチとボールペンを捜しだした。

「これ。夜九時過ぎっと、俺しかでないから。ふだんは、親父とお袋と妹がいるけど……」

アスカは微笑んだ。この笑みは、心からの笑みだった。

「わたしは——河野。河野明日香よ」

「河野さんか……。いつでもいいよ。電話くれたら、早見まですっとんで迎えにいくからさ」

さしだされたマッチを受けとった。顔に似合わず、几帳面《きちょうめん》な数字が並んでいた。

「ありがとう」

いって、アスカは助手席のドアを開いた。

「あの……。本当に感謝してます」

「いいんですよ」

西沢は顔をくしゃくしゃにして笑った。いい笑顔だ、とアスカは思った。

37

「くっ」
最守は受話器を叩《たた》きつけた。非常用にと教えられていた携帯電話の番号にかけた。応えたのは、まぎれもなく「刀」だった。
――女を連れていったのはあんたか
――俺は知らん。何があった？
――事故だよ、事故。おかまを掘られて、降りてきた奴《やつ》に女を連れていかれた
頭と首の痛みが激しく、立っているのがやっとだった。しかし、「刀」が沈黙したので、その不気味さに、少ししゃんとした。
――女を、奪われた？
――そうだ。てっきり、あんただと思った
――〝本社〟の人間じゃないのか
――聞いてない！　見たこともない奴だ。チームのメンバーじゃない
――別のチームかもしれん

最守は考えた。そんなことがありえるだろうか。

——上に連絡したらどうだ

「刀」は冷ややかにいった。

できる筈はなかった。潜入工作は一度スタートすれば、任務の完了まで浮上はない。途中の浮上はすなわち、任務の失敗だ。

——どうした？

「刀」の声は落ちついていた。その落ちつきぶりは、かえって最守の心に疑いを芽生えさせた。やはりあの大男は、この「刀」ではなかったのか。

——自分の任務はわかっているのだろうな

「刀」はいった。

——わかっている。やりとげるさ。また連絡する

そう告げて電話を切ったのだ。

電話ボックスをでて、自分の車によろめき戻った。通りがかりの二台の車がかたわらに止まっている。

「大丈夫かね。警察に電話をしたんでしょう」

ハイビームで最守の目をくらませた男がいった。五十くらいでよく陽に焼けている。

「駐在はねえ、こっから十キロくらいのところにあるんだよ。当て逃げされたんだね」

もう一台から降りたった、四十くらいの夫婦連れに説明している。

「救急車、呼びました？」

その女房の方が最守に訊《たず》ねた。

「大丈夫です」

荒々しく言葉を吐きだし、最守は車を調べた。右のテールランプが砕け、バンパーがへこんでいる。トランクの蓋《ふた》にも歪《ゆが》みが生じていた。レンタカーだが、金でけりはつく。金はいくらでもあるのだ。

「ねえ、ちょっと――」

最守が運転席に乗りこみ、エンジンをかけるのを見て、亭主の方が声をかけてきた。

あの大男が、「刀」ではなかったとしよう。最守は自分にいい聞かせた。本人がちがうといっているのだ。

「――大丈夫？　大丈夫なの？」

ならば、次に会ったときは容赦しない。必ず排除する。

「ちょっと！　ちょっと、あんた――」

最守はアクセルを踏みこんだ。

十キロほど走ったとき、その四WDを見つけた。反対車線にはみだし、右側の電柱につき刺さっている。最守は左側に車を寄せて止めた。あたりに他に車は止まっていない。拳銃《けんじゅう》を抜き、ブルゾンの内側で握りしめながら降りたった。用心して近づく。

大男の四ＷＤだ。これも最守の車と同じく、「わ」ナンバーのレンタカーだった。

内部は無人だった。フロントガラスが砕け、フロントグリルもくの字にへしゃげている。助手席側から中をのぞいた。最守の車のヘッドライトの光で、運転席に血がとび散っているのがわかった。

その血を見て、自分の怪我《けが》を思いだした。傷は右の頬《ほお》だった。頬骨とハンドルがあたり、皮膚が切れたのだ。打撲の痛みはそれほどでもない。

とび散っている血は、最守の流した量より多いような気がした。とび散りぐあいから見て、助手席ではなく、運転席の人間の流したものだ。

何があったのだ。あたりを見回し、倒れている人影がないことを確認した。

単純なハンドル操作の誤りだろうか。それとも誰かの襲撃を受けたのか。

奇妙だった。あの大男が〝本社〟の人間ならば、自分と「刀」以外に、襲撃をする人間はいない。

女が抵抗をした。考えられない。〝本社〟の人間に抵抗する筈《はず》がないのだ。

わからなかった。単なる事故と考えない限り、説明がつかない。

上が自分以外の誰かに、女を排除する指令を下した可能性はあるだろうか。

ありそうもない。それほど特殊な任務をこなせる人間は、自分以外にはいない。

最守は車に戻った。とにかく、今は、大男と女を捜すのだ。

38

直通番号は答がなかった。何度鳴らしつづけても芦田はでない。

アスカは思いきって、本庁交換台の番号を押した。

「はい、警視庁です」

「保安二課の芦田課長をお願いします。あの……アスカと申します」

とっさにいった。アスカという名は、姓ともとれる。河野は使えない。ましてや神崎という名は論外だ。

「申しわけありません。芦田課長に外線はつなげません」

「つなげない？　どうしてです⁉」

「つなげないのです」

交換手はくり返した。それ以上、一切の理由を説明しようとしない。いらだちがこみあげた。自分が河野明日香であった頃なら、所属と階級を告げれば、交換手はまったく別の返事をしてくれたろう。

「どうしますか？　保安二課の別の者におつなぎしますか」

交換手はいった。てきぱきとした対応なのだろうが、今のアスカには木で鼻をくくったように聞こえた。

「……じゃあ、けっこうです」

アスカは公衆電話の受話器をおろした。このまますわりこんでしまいたい気分だった。警察という組織が、部外者にとっていかに冷淡かを、かいま見た思いだった。能率的だがよそよそしく、誠実だが堅苦しい。

のろのろと、自分の借りた部屋に戻った。レジの前を通るとき、若いふたりの店員が、好奇心を露《あら》わに見つめているのがわかった。

深夜たったひとりでカラオケボックスに入る女はいったい何者だろうと思っているにちがいない。

ガラス窓のついた扉をひき、安物の長椅子《いす》がおかれた六畳ほどの個室に入った。テーブルには、手つかずのままオレンジジュースの入ったグラスがおかれている。かたわらにレーザーディスクのインデックスの本が積まれて。

どうすればいいのだ。本当にこのまま、朝までカラオケを歌うのか。

腕時計を見た。午前零時になろうとしている。

最守に連絡をとる方法はないのか。最守は仁王に何かをいっていた。しかしそれがどんな内容だったかは、四WDの車内にいて、しかも腰のひどい痛みに苦しんでいたアスカには聞きとれなかった。

今は、最守しか頼れる人間はいない。芦田と連絡がつかなくなった以上、最守が唯一の〝本社〟とのパイプだ。

コンコン、というノックに、アスカははっとふり返った。店員だった。

「あのおつまみの方のオーダーは？」

「あ、はい」

メニューを手にとった、夕食もとっていないのに空腹感はない。

「あの、チョコレートとナッツを」

「チョコレートとナッツですね」

店員はアスカの顔を見つめながらいった。歌もうたわないで何をしているのだと思っているのだろう。

店員がでていくと、アスカはレーザーディスクの本を手にとった。とにかく何かかけていよう。その方が怪しまれない。

カラオケの経験のないアスカには、最新のヒット曲などまるで縁がない。しかたなく、子供の頃聞いた「ピンク・レディー」のナンバーをリモコンで押した。

「UFO」のイントロダクションが流れだした。あのフリをけんめいに真似た覚えがあった。

「ピンク・レディー」――アスカは不意におかしさと悲しさがいり混じった感情がこみあげてくるのを感じた。

まさかこんなところで、たったひとりで「ピンク・レディー」のカラオケを聞くなんて。笑いと涙が同時にあふれだす。

異様な状況だ。

おつまみを運んできた店員が、レーザーの画面を見ながら、泣き笑いをしているアスカを不気味そうに見つめ、視線があうと、あわてて目をそらした。

頭がおかしい女だと思ったにちがいない。

自分がヒステリーの発作をおこしかけていることにアスカは気づいた。

小さなバスケットの中からチョコレートをとりだし、銀紙をはがして口に入れた。ナッツの入ったチョコレートだった。かみ砕いた。甘い味はなつかしかった。

オレンジジュースを飲んだ。酒だって飲もうと思えば飲める。本当なら、気つけにウィスキーを呷《あお》りたいところだ。河野明日香ならそうしている。が、神崎はつみの肝臓が、どれほどアルコールに強いかわからない以上、酒は飲まない方がいいだろう。

オレンジジュースを飲み干し、チョコレートを三つ、たてつづけに食べると、少し心が落ちついてきた。

最守との連絡手段に気持を向ける。

最守はまだ生きている。それは確かだ。

しかも最守は、バックアップの存在をアスカに告げていた。チームに別のメンバーがぴったりとついている、と。

アスカは恐ろしい可能性に気づいた。もしバックアップがいたのなら、追突のときすぐに現われなかったのはなぜだ。あるいは、仁王の四WDを追跡してこなかった理由は何だ。

答はひとつしかない。

あのとき最守も、「妙だな」と口にしていた。

バックアップはいないのだ。「ホテルを出たときには確かに一台、ついてくるのを確認したのに」――最守はそういっていた。

つまり、いたバックアップがいなくなった。バックアップは消されたのだ。

消したのは――。

仁王だ。

仁王はバックアップの刑事たちをまず処分し、それからアスカを奪いにかかったのだ。

護衛チームと援護チーム。

援護チームとの連絡がとれなくなっていると、最守はいった。ケーブルの切断が理由かもしれない、と。

ケーブルの切断などではない。援護チームは抹殺されたのだ。

仁王が殺したのだ。今はもう、〝本社〟からアスカを守りにきているのは、最守ただひとりになっている。その最守は仁王の敵ではない。

芦田に連絡をとらなくては。

カラオケが終わっていた。画面には「ターミネーター2」がうつっている。仁王と見

にいった映画だ。アーノルド・シュワルツェネッガーを、

――あんたみたいね

と、からかったことを思いだした。仁王はまさしく、「ターミネーター」のように、次々と、アスカを守る刑事たちを殺しているのだ。

リモコンを手にとった。また「ピンク・レディー」の曲を入れる。次は「サウスポー」だ。

どうやって芦田に連絡をとろうか。自宅は？　自宅の番号も知っている。まず自宅に電話をする。それで駄目だったら――。

考えろ、考えるんだ。信頼できる他の刑事――駄目だ。自分を皆、死んだと思っている。事情を話したって信じてはくれないし、危険すぎる。居場所を仁王に知られてしまうかもしれない。

警察官は、すべて論外だ。たとえ引退した先輩であっても、今は信用できない。アスカ自身がそうだったように、警察官という職業を長年経験した人間は、組織と個人の二者択一を迫られたとき、必ず組織を選ぶ。もし個人をとる者がいたら、その人物は決して信頼できる警察官とはいえない。

ひとりの人間のことが頭に浮かんだ。

薗部《そのべ》という男だ。錦糸町《きんしちょう》で、小さな洋服屋をやっている。水商売の女たちを相手にし、女たちの客に、安物のドレスやスーツを法外な値段で売りつけていた。

東南アジア製の、原価二千円のスーツに四万八千円などという値札をつけ、ホステスにねだらせるのだ。ホステスは客が財布のヒモをほどくと、洋服の他に定価の三割のキックバックを得る。

薗部は、足を洗ったテキ屋だった。足を洗った理由は、所属していた組がテキ屋だけではたちゆかなくなり、トルエンやしゃぶを扱いだしたからだ。

――タコ焼きの屋台で、ガキにシンナーやしゃぶを売れってのか！

酔っぱらいから金をふんだくることは平気だが、ドラッグに関しては潔癖で、それで金を儲《もう》ける連中を嫌いぬいている。

薗部は、ジャンキーあがりではない唯一の、河野明日香のもつ情報屋だった。

保安の刑事たちは、それぞれ自分だけの情報屋をもっている。コンビの相手であっても、情報屋の個人情報などについては教えない。それはルールだった。

しゃぶや麻薬を取締る刑事にとって、最も使い途のある情報屋は、自分たちがパクったジャンキーだ。ジャンキーを情報屋に仕立てるためには、その者の犯罪については「めこぼし」をしてやらねばならない。

現役のジャンキーであればあるほど、連中は有用な情報をもっている。とはいえ、そうした情報屋は、いつでも警官にパクられる危険性を負っている。他の警官にパクられれば、「話をつけ」、払い下げをうけてやることも、情報屋として使う刑事のルールだ。

ジャンキーが情報屋であることを知られたら、その末路は哀れだ。路地裏で叩《たた》き殺されるか、どこからもヤクが手に入らなくなって、禁断症状に苦しんだあげく病院に駆けこむ以外はない。だからこそ、同僚に対しても、情報屋の正体を告げないのが、刑事のルールなのだ。もし正体を話していることを知られれば、情報屋は刑事に対する信頼を失くし、マブネタを流してくれることはなくなる。

河野明日香も、何人かの情報屋をもっていた。その数は決して多くはない。たとえば、仁王に比べれば、半数以下だったろう。

仁王が持つ情報屋の数は、驚異的だった。それは、いかに仁王が、犯罪者たちに恐れられていたかの証《あかし》でもある。

仁王だけは敵に回したくない——そう恐れる連中が、せっせと、自分には直接関係のない、取引や売の噂《うわさ》を流していたからだ。

明日香が薗部と知りあったのは、所轄署の交通係時代だった。違法駐車の取締をおこなっていて、薗部が店の前に止めた外車をひっかけたのだ。

シールを貼《は》ろうとしていると、中からとびだしてきた薗部がくってかかった。

——そんな、駐禁やってる暇があんなら、そこの公園でガキにシンナー売ってるチンピラでもあげろや！

先輩の婦警は、管轄ちがいだからと相手にしまいとした。それを押しとどめ、明日香は、売人についての話を訊《き》いたのだ。

薗部の話は詳細で、売人の人台《じんだい》（人相・風体）についても正確だった。

明日香はとりあえず公園に向かった。薗部のいった通りのチンピラがいて、まさに高校生に、トルエンの入ったコーラ缶を売りつけようとしている最中だった。

その場で職質をおこない、逃走しようとしたのをねじふせて、現行犯逮捕をした。

交通係の婦警巡査が、トルエンの売人を逮捕したことは、署内でも話題になった。特に防犯の刑事たちからは、さんざん嫌みをいわれた。

だからやめときなさいといったのよ——いっしょにいた婦警は明日香にいった。だが明日香はひるまなかった。

翌日、署に提出せず、とっておいた薗部の違反キップを、薗部の目の前で破ってみせた。

薗部は目を丸くし、明日香のことを、

「気にいったよ」

といったものだった。

痩《や》せぎすで、いつも黒のスーツに派手な柄のネクタイをしめた薗部は、どこから見ても、筋者《すじもの》そのものだった。

——店の洋服、どれでももっていっていいっていいたいが……

そう明日香の顔をのぞきこんだ薗部に、

——それじゃ買収になるわ。それにこの店に、わたしの体にあうサイズはないもの

笑った明日香だった。

薗部との〝友情〟が決定的になったのは、その後も、薗部の情報を得て、駐車取締の合間に明日香がトルエンの売人などをびしびしとひっぱっていることを知った、防犯係の刑事たちが薗部のもとに嫌がらせに現われた事件がきっかけだった。

薗部の過去を洗い、その商売のやり方をタテに営業をできなくしてやる、と刑事たちは凄《すご》んだのだ。

その場にたまたまきあわせた明日香は烈火のごとく怒った。

――自分たちが仕事ができないからって、ひとに八ッ当たりするのはやめなさいよ！　男のくせにみっともない

――なにを！　婦警なんてのはな、駐禁のキップ切ってるか、署内でお茶汲《く》みでもしてりゃいいんだよ

我を忘れた行動だったと、自分でも思う。次の瞬間、明日香はその防犯の刑事の腕をつかみ、投げとばしていたのだ。

その事件は表沙汰《ざた》にはならなかったものの、明日香は交通課の課長に陰で厳しく叱責《しっせき》された。もっとも、一切処分をうけなかった方の、防犯の刑事はさらにつらかったかもしれない。なにせ、「女にぶん投げられた刑事」として、署内はおろか、取締る対象である、チンピラどもにすら、さんざん笑い者にされたのだ。

課長は署長と相談し、明日香をどこかに〝飛ば〟そうとしていた。そこに現われたのが、芦田だった。どこで聞きつけたのか、芦田は、明日香の〝武勇伝〟をすべて知って

いた。そして明日香を、本庁保安二課へと栄転させたのだ。

その辞令が下った日、明日香は薗部に会いにいった。話を聞いた薗部は、相好を崩した。

――そいつはいいや。姐《ねえ》さんにうってつけだぜ

五十をいくつか過ぎているにもかかわらず、薗部は、明日香のことを「姐さん」と呼んでいた。

その夜、祝い酒だからと、薗部は明日香をひと晩連れて回った。

――俺《おれ》がもし若くて、まだテキ屋から足を洗ってなきゃ、あんたにプロポーズしたね。姐さんみたいなのを嫁にもらってりゃ、極道の世界でも、もっと出世したろうに

そういって、薗部は、洋服屋の客である、馴染《なじみ》のホステスたちがいる店へ、次々と明日香を案内したものだった。薗部は、明日香が酒に強いことにも、

――あんたが男だったら、惚《ほ》れたっていいてえが、女だからややこしいよな

慨嘆《がいたん》した。

そして、今後も明日香に情報を流すことを約束したのだ。

薗部の情報をもとに、明日香は錦糸町界隈《かいわい》の、トルエンやしゃぶの売人をかたっぱしからアげ、一時的に地元の組を、商売から撤退させるほどにまでいった。

だがそれを快く思わなかった所轄署の誰かが、薗部についての話を、組に流した。結果、薗部の店に銃弾が撃ちこまれ、きあわせたフィリピン人のホステスが負傷するとい

う事件がおこった。

そのことで心を痛めた明日香は、その後半年というもの、薗部に連絡をとっていなかったのだった。明日香が殉職する前の半年だから、もう一年になる。

薗部なら、頼りになるかもしれない。

アスカは思った。薗部の店の番号は覚えていないが、店の名前で「一〇四」に問いあわせれば、何とかなるかもしれない。

薗部の店は、その商売の性質上、夜の七時から、午前三時までが営業時間なのだ。

アスカは個室をでた。再び、公衆電話にとりつく。

まずは、芦田の自宅だった。そこに芦田がいれば、薗部をひっぱりだすまでもない。

だが、呼びだしに応えたのは留守番電話だった。夫人の声らしい、女性が、

「芦田でございます。ただ今、不在にしております……」

と告げたところで、アスカは受話器をおろした。

変だった。刑事の家は、誰かが在宅する限りどんな深夜であっても、電話に出ず、留守番電話にしておくということはない。留守番電話になっているのは、本当に家族全員が出はらっている証拠だ。

芦田には、夫人の他に、二人の娘とひとりの息子がいる。芦田はともかく、四人全員がいないというのは不自然だった。家族旅行にでもでかけているというのではない限り。

アスカは「一〇四」を押した。オペレーターに告げる。

「東京の墨田《すみだ》区錦糸町にある、『フォーシーズン』というブティックの番号をお願いします」

　もし、店がなくなっていたらどうしよう。

薗部のことを、仁王には少しだけ話したことがある。だが具体的にその名や商売までは告げていない。隠したというより、話す機会がなかったのだ。

「墨田区、錦糸町、『フォーシーズン』、番号はテープでご案内します」

オペレーターの声を聞き、アスカはほっとした。一瞬、メモを捜したが、考え直した。今後、自分の身には何が起こるかわからないのだ。電話番号など身につけていたら、薗部にたいへんな迷惑をかけるかもしれない。

　案内のテープの声を、アスカは心に刻みつけた。

　そして番号を捜した。

39

「『槍《やり》』からです。どうも妙な動きがあるようです」

神《じん》が告げる言葉を、君国《きみくに》は、神戸の夜を見おろす、ホテルのラウンジで聞いた。このホテルには今、関西地区の主だった、アフター・バーナーの卸し元が集まっている。今夜は慰労のパーティだった。もちろん、アフター・バーナーは一グラムたりとも、誰《だれ》ももちこんではいない。表向きは、「君国コーポレーション」とその系列企業の懇親会という形をとっている。

パーティは午後十時に終わり、あとはどこでどれだけ飲み、遊ぼうと、すべては君国が支払うという約束に基づき、卸し元たちは、ホテルの他の店や街に散っている。

卸し元たちには、一級品の女も用意されていた。女と部屋に閉じこもっている者も少なくない筈《はず》だ。

だが君国はひとりだった。君国は、不特定多数の女に興味はない。かつては、さんざん女とも遊んだ。多くの女を囲うこともした。

今は、ひとりの女にしか興味がない。

なかった、というべきなのか。

「どんな動きだ？」

君国は訊《たず》ねた。ラウンジには、他の客はひとりもいない。今夜は、ホテル全体が、君国ひとりの手で貸し切りになっている。

ポートタワーの明滅する明りに目を向け、ペリエをすすった。

「〝本社〟が別の人間を動かしているようです」

「別の人間？」

「ええ。会ったことも見たこともない男だと、『槍』はいっています。少なくともチームのメンバーではないようです」

「『槍』のチームはどうなったんだ？」

「『槍』が、全員、処分した筈《はず》です。そうしてもかまわないと、上から命令をうけているようです」

君国は再びペリエをすすった。自分の隣は誰もすわっていない。ラウンジの中で、椅《い》子《す》にかけているのは、君国ひとりだ。あとの十数名は、すべて立っている。

そこにすわるべき人間は、今、どこかの田舎《いなか》町で恐怖に震えている。

「〝本社〟からは何かいってきたか」

「いえ。作業は順調に進んでいるようです。ひとり、転勤したようですが」

「誰だ？」

「関藤という男です」

「ほとぼりが冷めたら、家族に手を打て」

「手配してあります。癌《がん》で入院中の女房がいるので。そちらにとりあえず、新しい病院を用意しました。腕のいい医者の世話と」

「そうか」

「〝本社〟に連絡をとりますか。その、別の人間というのが気になりますが」

「『槍』に任せておいては、うまくいかないと？」

「失敗する可能性はあります。『槍』の口調では、だいぶ動転しているようでした。今度の相手はひとりですが、『槍』は私とまちがえたようで……」

言外に匂《にお》わせた。

「つまりそれだけ、できる男だと？」

「かもしれません」

プライドの満足が、神の声音に加わった。

「おもしろいな」

君国は、小皿に積まれたブラックオリーブをヨウジで刺した。

「それだけの男を、〝本社〟はどこからひっぱってきたのかな」

「わかりません。つついてみますか」

オリーブを口に運んだ。はつみは、このオリーブが好きだった。はつみが〝死んで〟から、君国は食べるようになった。はつみに教えられたようなものだ。

「やらせておけ。『槍』が失敗すれば、私はあいつに会える」

「その場合、その男――」

「お前に任せる」

「では、準備をします」

君国は頷《うなず》いた。背後から神の気配が消えた。

はつみに会えるかもしれない。そう思うことで、君国の中で何かがうごめき始めた。

はつみの死は、君国から多くのものを奪いとっていたのだ。そのことに、はつみが生きていたことを知らされてから君国は気づいた。

たとえばこうしてうごめくもの。はつみが死んだと信じていたあいだは、一度も君国の体は、女に興味を覚えなかった。

生きていたと知った瞬間から、はつみのことを思うと、君国の体は変化を示す。

だが、はつみの代わりを演じられる女はいない。いる筈《はず》がないのだ。

君国は深い孤独を味わっている。

40

呼びだし音は三度ほど鳴ったところで途切れた。

「――はい。もしもしぃ」

ぶっきら棒なしわがれ声が答える。その声を聞いたとたん、アスカは涙がでそうになった。

「もしもし、どなた⁉」

せっかちに薗部は訊《たず》ねた。

「わたしよ、マスター」

「誰《だれ》だい、わたしって……」

「あいかわらず、フィリピンの子たちを使って、あくどい商売してるんでしょう」

「え？」

「まだわかんないの。駐禁、チャラにしてあげたじゃない」

「――姐《ねえ》ちゃんかい」

「そうよ」

「ちょっと待てよ。声がちがうし、あんた死んだ筈《はず》だ」

「声がちがうのも、死んだってことになってるのも、わけがあるの。ジュリエッタは元気？」

ジュリエッタというのは、薗部がかわいがっているシーズー犬だった。

「待てよ、おい。ちょっと待てよ……」

薗部は混乱したようにくり返した。

「こいつは、何かの冗談かい」

「冗談でも何でもないわ。もしわたしだっていうのが信じられないなら、何でも訊《き》いてよ」

「ええっ。そんなこと急にいわれてもな……」

薗部は息を吐いた。考え、いった。

「ようし。これなら姐ちゃんしか知らねえことだ。あんたと飲み歩いたことがあったな」

「ええ」

「最後に俺《おれ》があんたを連れてって、食ったもんは何だ」

「柳川鍋《なべ》。朝の六時に、柳川鍋を食べさせられたわ。さすがにわたしも吐きそうになった。どじょうなんて食べるのは、生まれて初めてだったもの」

「……」

薗部は一瞬、沈黙していた。アスカは不安になった。

「——驚ぇたなあ……。いつから、あの世と電話がつながったんだい」

「だからいってるでしょ。わたしは死んでないって」

「だったら早く、俺んとこに顔見せにこいや！」

よかった、アスカは目を閉じた。店が襲われたことを、薗部はアスカの責任だとは考えていない。

「ごめんね、マスター。ずっと連絡しなくて」

「いいんだよ。たぶん、あんたの方で気をつかったんだと思ってた」

「今、わたし、東京じゃないの。いろいろわけがあって」

「そりゃ、すげえわけだろうな」

「そうよ。で、どうしてもマスターの力が必要なの」

「ネタなら、当分は駄目だぜ。奴《やつ》ら、すっかり俺のことをマークしやがった」

「別のことよ。ある人と連絡をとりたいのだけれど、それができないのよ」

「誰だい、そいつは」

「わたしの——」

元の、といいかけて、言葉を呑《の》みこんだ。

「上司よ。芦田さん」

「あんたをひっぱってくれた人だな」

「そう。わたしは今、特別な仕事で地方に出張してるの。そして、彼とわたしが連絡をとりあっていることは、他の人たちには知られたくないのよ」

「何だよ、そりゃ。不倫て奴か、ひょっとして」

「ちがうわよ！」

アスカは思わず大声をだした。

「わかった、冗談だよ。怒鳴りなさんな」

「直通にかけてもでないし、交換台も外線は一切つなげないっていうの。妙なの」

「自宅は？」

「誰もでないわ」

薗部は鼻を鳴らした。

「本庁のお偉いさんだろ」

「お偉いさんでも、彼は特別なの。どうしても連絡をとりたいのよ。マスターならきっと、彼の居場所を捜しだせると思うの」

「本庁の中に閉じこもっているのじゃないのか？」

「ちがうと思うわ。きっと何かがあったのよ。だから、わたしから頼まれたってことを、他の連中には絶対気づかれないようにして、課長と接触してほしいの」

「接触して、何ていうんだ」

「裏切り者は仁王だったって。わたしは今、単独で行動してる。仁王がわたしを追っている、と」

「待て、待て――」

紙をがさがさいわせる音がした。

「駄目！　メモをとっちゃ」

アスカは急いでいった。

薗部が深々と息を吸いこんだ。

「どうやら本当にヤバいみたいだな、姐さん」

「そうよ。今のわたしにはマスターしかいないの」

「しょうがねえ。そこまでいわれりゃあ、頼られねえわけにはいかねえな」

「恩に着る」

「さっきの伝言、この呆《ぼ》け頭が忘れねえようにくり返すぜ。裏切り者は仁王だ、と。それから今、あんたは仁王に追っかけられて単独行動をとっている、そういやいいんだな」

「そうよ。ありがとう」

「で、そのあとは？」

「わたしがどうすれば課長と連絡をつけられるか、その方法を聞いてほしいの」

「あんたが連絡をつける方法だな。よし。で、俺とあんたは、どう連絡をつける？」

「わたしがそこに電話する」

「わかった」

アスカは手早く、芦田の直通番号と自宅の番号を教えた。

「それと、マスターも気をつけて。特に、警官には」

「なるほど。そういう状況ってわけか。わかった。できるだけのことはやってみよう」

薗部の声にすごみが加わった。アスカはそのすごみを頼れるものに感じた。

「姐さんもヤバそうだ。気をつけなよ。二度も死んじゃ駄目だぜ」

「うん」

受話器をおろした。もし、今の自分を見たら、薗部は何というだろうか。腰をぬかすほど驚くにちがいない。

そして。

あの店のドレスは、今のこの体なら、どれでも着ることができる。

アスカは個室に戻った。薗部がいくら信頼できるといっても、今夜のうちに芦田と連絡がつく可能性は低い。となれば、自分ひとりで今夜は切り抜けなければならない。

頭を働かせるときだ。仁王は、アスカのことを、君国の情婦、神崎はつみだと信じている。今この瞬間、仁王は、はつみを捕えようと捜し回っているだろう。その裏をかくためには、怯《おび》えた情婦のままでいては駄目だ。仁王と同じ、刑事の頭になって考えることだ。

仁王は、はつみがひとりぼっちであると知っている。この場合、はつみがとりそうな行動の一つは、最寄りの警察署に駆けこむことだ。だから当然、「クライン」は地元県警の内部にもアンテナを張りめぐらせているだろう。

はつみが警察に助けを求め、居場所を教えたとたん、そこには仁王が現われる、という仕組だ。

もうひとつ大切なことがある。それは、仁王の方ははつみを知っているが、はつみは仁王を知らない、という点だ。仁王は、はつみに対し、警察官だという身分を明らかにしていない。

このことを、仁王は今、後悔しているだろう。次にはつみに会うときは、身分を告げ、自分を信頼するように迫る筈だ。

アスカは最守のことを考えた。最守はまだ生きているだろうか。仁王は、最守をのぞく、護衛・援護チームを皆殺しにした（多分）。となれば、事故現場から舞い戻って、最守を殺しても不思議はない。

が、考えようによっては、最守は、はつみと警視庁を結ぶ唯一のパイプだ。仁王は最守を監視することによって、はつみの居場所を見つけだせる。

ひとりぼっちのはつみが、今、必死になって連絡をとろうとする相手がいるとすれば、それは最守しかいない。

仁王ならば、それくらいのことは考えつく。最守を殺さず、はつみを捜させる。そして、自分のもとにひき寄せるのだ。最守に見つかってもいけない。最守とアスカが再びいっしょになったとき、仁王は襲いかかってくる。

その考えは、アスカを呆然《ぼうぜん》とさせた。

腕時計を見る。午前二時になろうとしている。

最守や仁王ならずとも、この時刻、ひとりきりの女が「安全」を求める場所が限られていることは自明の理だった。カラオケボックス、大きな鉄道の駅、終夜営業のコンビニ……東京とちがい、明りが点《とも》り、人がいる場所はごくわずかだ。

夜明けまでこのカラオケボックスにいるのは論外だった。

移動しなければならない。最守や仁王にマークされない、安全な場所へと。場合によっては野宿せざるをえないだろう。

アスカは、この、つかのまの安全地帯をあとにする決心をした。

41

女と大男が、新たな車を手に入れたことはまちがいない――この数時間で最守は確信していた。徒歩で歩きつく範囲の、病院、コンビニエンスストア、カラオケボックス、スナックの類《たぐい》はすべてチェックした。ラブホテルも同様だった。現場から二キロほどのところに、古いラブホテルが一軒あったが、女の写真を見せて訊《き》きこみをした結果は外れだった。そこは、駐車場に車をおき、フロントを一度通過するシステムになっていた。もし、郊外に多いタイプの、従業員と客が顔をあわせない、バンガロー式のホテルであったら、お手上げだったろう。

別の車で、すでに東京に向かっているとしたら——最守はその可能性に怯《おび》えた。いや、それはまだありえない。あれだけの出血をする怪我《けが》を負っている以上、長距離の運転は無理だ。朝までは動けない。どこかに潜んで救援を待つにちがいない。それが警察官としては、理にかなった行動である。

あの大男が警察官であることを、今は、最守は疑っていなかった。であるとしても、もはやあの大男は、誰《だれ》も頼れない。さっき「刀」から連絡があり、〝本社〟の排除が順調にいった旨を知らせてきた。

大男は、糸の切れた凧《たこ》だ。地元県警に援助を求めれば、ただちに「刀」のもとへ連絡が入る。

肯定的な材料だけで判断するなら、大男と女の確保は時間の問題だった。そして、次はあんな失敗はしない。

ずきずきする頰《ほお》の傷と、絶え間なく襲ってくる吐きけが、最守にそれを思い知らせていた。

大男の体に、まず一発、銃弾を撃ちこんでやる。すべてはそれからだ。

道の前方に、ショッキングピンクのネオンサインが浮かびあがり、最守は減速した。カラオケボックスだった。「ポパイアンドオリーブ」と記されている。駐車場には、数台の車があった。

ハンドルを切った。店の入口に車を横づけし、降りたった。いつでも拳銃《けんじゅう》を抜けるように、ブルゾンのファスナーをおろし、自動扉をくぐった。

「いらっしゃいませ」

ニキビ面の若い店員がカウンターの中で立ちあがった。最守はあたりを見回しながら、警察手帳を提示した。

中から、女の写真を抜きだした。

「この女の人が、今夜こなかったかね。客だけでなく、電話を借りたいとか、そういうのでも」

「あ……」

店員の反応に、最守は視線を向けた。

「ついさっきまでいらっしゃいました」

「連れは？」

「いえ。ひとりで。ひとりで、二時間くらい……」

「大きな男の人といっしょじゃなかったかね。怪我をしているみたいな」

「いいえ。ずっとひとりです。何回か、電話をかけてたみたいですけど」

「二時間て、いったね」

「ええ」

店員はいって、手もとの伝票に目をやった。

「十一時五十分から、一時五十八分まで、ここにひとりで……。三号室です」

最守はゆっくりと息を吸いこんだ。女がひとりでいる、というのは予想外だった。が、それも肯定的な材料だ。

「彼女は車かね？　それともタクシーか何かで？」

「きたときは、誰かに送ってきてもらったようでした。帰りは……歩いてったみたいなんですよ」

「タクシーを呼ぶとかはしなかった？」

「はい」

「このあたりはタクシーは走っているのかね。流しの空車は」

「いいえ」

店員は力をこめていった。

「そんなの走ってませんよ。三キロほどいけば、駅がありますから、その駅前の営業所にいつも電話してきてもらうんです。タクシーのお客さんのときは」

「そうか。彼女が使った部屋は、今、空いているかな」

「はい」

「ちょっと見せてくれないか」

「いいですけど、全部片づけちゃいましたが……」

「かまわない」

店員に案内させ、最守は、女が使っていたという個室に入った。言葉通り、きれいに片づいている。

女が使った公衆電話は、入口の受付と個室を結ぶ通路にあった。公衆電話周辺にも、手がかりになるものはない。

「電話帳とか、そういうものを貸してほしいとはいわなかったか」

店員は首をふった。

「他に、気づいたことは？　変わったようすとかはなかったかね」

「やっぱり、女の人ひとりですから、ちょっと変な感じでした。すごくきれいな方だったですし……。最初はなんか、ぼうっとしてたようで……」

「店をでてからどこへいったかなんてことはわからないかね」

「いえ……」

「道を訊《たず》ねたりしなかったか」

「全然、そういうことは……」

「わかった。ありがとう」

カラオケボックスをでて車に乗りこんだ最守は、店員のいった、「駅」に向け、車を走らせた。

女がひとりでいたことは意外だった。四WDの事故が、よほどひどい怪我を大男に負わせ、いっしょにいるのが不可能になったのか。店員は、誰かに送られて、女が店にきたと告げた。

大男が、とりあえずの安全地帯、カラオケボックスに女を落とし、病院にいった可能性はある。大男が病院にいくことは、充分予想されるし、追っ手から女の姿を隠すため、別行動をとるのは賢明な選択だ。

だが女が、カラオケボックスをでた理由は何だろう。

大男と連絡をつけ、会いにいったのか。

それならば、大男が迎えにくるなり、タクシーを呼ぶなりした筈だ。

ひとつのところにとどまる危険を避けたのか。

女が馬鹿でないことは、短いあいだだったが、車内で交した会話でわかっていた。カラオケボックスを選んだのが女の知恵だとすれば、なかなかのものだ。

カラオケボックスをでていった女は、どこに向かったのだろう。

カラオケボックスと同じように、明りがつき、人のいる場所にちがいない。となれば、ここから駅まで向かう道のどこかだ。

スナックか、コンビニエンスストアか。

女を見つけるのは、時間の問題だった。今度は、余分なことは考えない。

42

そこは、消防団の消火機具小屋だった。国道を外れ、農道のような道を、駅とは反対の方角に十分ほど歩いた場所にあった。

周辺は、刈りとりの終わった田んぼが広がっている。赤い球形をした常夜灯が、シャッターをおろした機具小屋の屋根からつきでて、点《とも》っている。

アスカは、小屋の裏側にうずくまっていた。そこにいれば、農道を走りぬける車からも目につかない。

仁王が自分をはつみと信じて追ってくるなら、遠からずあのカラオケボックスにたどりつくだろう。そして、自分の足どりをつかみ、駅へと向かう道を洗うのは見えていた。

常夜灯の周りを、蛾《が》がとびかっている音が聞こえる。なつかしい、乾いた草の匂《にお》いが冷たい夜気に充満していた。

本物のはつみだったら、こうして野外で夜を明かすことなど思いもよらなかったにちがいない。

きれいな服を着せられ、それこそ人形のように君国に飼われていた日々。

その人形がなぜ、飼い主のもとを逃げだそうとしたのだろう。

ホテルにいて、ヘリの襲撃をうけたあの夜は、遠い昔のことだったような気がする。

はつみと交した会話の内容も、忘れてしまっている。

肌寒さに、アスカは身震いした。膝《ひざ》をひきつけ、腕でかかえこむ。この体は、鍛えぬいた河野明日香の体とはちがう。

寒さにも、暴力にも弱い。

代わりに、美しさをまとっている。はつみはそれを武器にして生きてきたのだろう。

自分とは、まるでちがう生き方だったにちがいない。

はつみの生い立ちがどんなものであったのか、アスカはまるで知らない。どこで君国と知りあったのか。

何か少し、聞いたような気がする。

そう……十六のときから、君国の愛人だった、といっていた。すると、この体は十六歳の少女のときから君国に愛されていたのか。

アスカはどきっとした。はつみは、麻薬をやっていただろうか。麻薬組織のボスである君国の愛を受けいれるため、たとえばアフター・バーナーを。もしそうなら、体が中毒を――。

いや。それはない。そうだったら、入院中に、禁断症状がでていた筈《はず》だ。そんな兆候はなかった。病院の先生も何もいっていなかった。

美しく、ひ弱なこの体。しかも、ひとりぼっちで、自分を知る者は、この体を知らない。誰も助けてくれない。

　不意に孤独感がつきあげてきた。涙で視界がにじんだ。

　お父さんもお母さんも、弟や妹も、今のわたしがここにいることを知らない。会っても誰だかわからない。

　ひとりぼっちなのだ。その上、命を狙《ねら》われている。頼れる人は誰《だれ》もいない。

　しっかりするのよ。

　懸命に自分にいい聞かせた。だが、こみあげてきた涙は止まらない。ぽたぽたと膝の上にこぼれ落ちた。

　声をだすまいとアスカは歯をくいしばった。喉《のど》の奥で、くくっという声がした。

　ひとりなのだ。どうせひとりぼっちなのだ。誰もわたしの泣き声など聞きはしない。わたしの存在に注意を払わない。

　せきが切れた。

　アスカは声をだして泣いた。夜中の、田んぼのまん中にぽつんと建った消火機具小屋の裏側で、ぶんぶんと飛びかう蛾の羽音に耳を傾けながら。

　夜明け前の、秋の冷気に身を震わせながら。

　泣きつづけた。

　寒さに目が覚めた。泣いているうちに眠ってしまったらしい。体がひどくこわばっている。腕時計をのぞくと、午前五時を回っていた。東の方と覚しい空が、青く色をかえていた。

あたりに建っているのは農家だから、もう少しすれば人々は起きてくるだろう。人々が動きだすのを待って、駅に向かう。電車で移動し、芦田との連絡をはかるのだ。

アスカは立ちあがった。腰の痛みがよみがえった。それを無視して体を動かした。目が腫《は》れているのがわかる。泣きながら寝入ってしまうなんて、何年ぶりのことだろう。

だが少し、胸のつかえはとれた。

動かしているうちに、体は少しずつあたたまってきた。

知らない人が見たら、何事だと思うにちがいない。

車の音が聞こえた。農道を、離れたところから近づいてくるライトが見えた。アスカははっとして、小屋の壁に体を押しつけた。

車はエンジン音を高めながら近づき、そして去っていった。

息を吐き、アスカは地面に腰をおろした。

もうしばらく、ここにいる他ない。動きだすのはまだ危険だ。

43

最守ははっと目覚めた。つっぷしていたハンドルから顔を上げる。あたりはすっかり明るくなっていた。

時計は、六時半を示している。

小さな木造の駅舎を囲むようなロータリーの一角に最守は車を止めていた。制服を着けた女子学生の一団が、ロータリーに面した改札口を抜けようとしている。

女を結局見つけられず、ここにこうして車を止めたまま寝入ってしまったのだ。

どこに隠れたのだろうか。とうに別の町へと逃げのびたのか。

最守は煙草をくわえ、火をつけた。むせて咳《せき》こむ。吸いすぎだった。煙草はひどい味がした。

缶コーヒーの自販機が目についた。降りて買いにいきたいが、人目につきたくない。

ぼんやりと煙草を吸いながら、最守は、駅に吸いこまれていく人間たちを観察しつづけた。

農家ばかりかと思っていたが、そうでもないようだ。改札口をくぐるのは大半が若い男女で、学生でなければ勤め人だ。

農業は年よりばかりというわけか。

この駅が、女を見つけるための、唯一の砦《とりで》だった。ここで女を見つけられなかったら、別の手段を考えなければならない。駅前にあるタクシー会社の当直には、すでに女の写真を渡してあった。女が車を拾いにきたら、知らせるよう、いってある。

女も必死だ。だが、体力の限界が必ず、タクシーなり鉄道なりの移動手段を選ばせる筈《はず》だった。どこまでも歩いて逃げるのは不可能なのだから。

隣の駅までは十キロ以上はある。夜のうちに女が車を手に入れたのではない限り、女は必ずこの駅に姿を現わす筈だ。

最守は、女が大男と別行動をとった理由を考えていた。

女は怯《おび》えたのだ。警察の保護を求めても、決して君国の手を逃れることはできないと悟ったのだ。そう思わせたのが、昨夜の四WDの事故だったのではないだろうか。

カラオケボックスをでていったのは、女の意志にちがいない。ひとりで、君国からも警察からも、追われずにすむ場所へ逃げようと考えたのだ。

カラオケボックスまで女を送ったのは大男だったかもしれない。だが、今は、女は自分の意志で動いている。少なくとも、大男とはいっしょにいないような気がした。たぶん、恐怖に絶望しているのだ。誰にも自分の命を守ることはできないと知ったのだ。

とすれば、女の方から君国に命乞《ご》いをする可能性はある。

最守は携帯電話を見つめた。電源は入っている。女が君国に救いを求め、君国がそれを受けいれたなら、「刀」はそれを知らせてくる筈だ。

眠っているあいだも電話は鳴らなかった。最守には、「刀」の沈黙が恐ろしかった。大男を「刀」とまちがえたことさえ、恥ずかしいとは思わない。

「刀」は、どこかで最守を見張っているような気がした。最初の失敗を嘲笑《あざわら》い、そして最守に対する気持が変化したら即座に襲いかかってくるのではないか。

最守の心の中で、「刀」は、恐怖の形だった。声だけしか聞いていない、その人物が、どのような姿なのか、まるでわからない。今、車のかたわらを歩きすぎ、改札をくぐった中年のサラリーマンが、「刀」の正体かもしれないのだ。

なにげなくサイドミラーに目をやり、最守は体を固くした。

女子学生とスーツ姿の通勤者の一団に混じって、うつむき加減に歩いていく女のうしろ姿が映ったからだった。ハンドバッグを肩から吊るし、一団と同じ歩調で進んでいる。女は周囲の通勤者と同じように、わき目もふらず歩いていた。最守が車を止めたのとは反対側の、ロータリーの入口から駅への道に入ったようだ。

気がつかなかった。

バスだ。ちょうど最守の視界からロータリーの入口を隠す格好で路線バスが客を吐きだしたところだった。女はバスの向こう側に隠れるようにして、ロータリーに走りこんできたにちがいない。

最守は車を降りた。女は自動券売機の前を離れたところだった。定期をふりかざす中学生のグループに混じって、改札を抜けた。

最守は車を捨て、走りだした。駆けている人間が他にもいた。はっとしてそちらに目をやると、高校生とサラリーマンの数人がロータリーの入口から走りこんできた。

電車の時間だ。いつもの電車に間にあおうと、彼らは走っているにちがいない。とすれば、電車はすぐにでもホームに入ってくる。

最守は改札口めがけ、足を早めた。警察手帳をひき抜き、駅員に提示しながらすり抜ける。

ホームには意外に大勢の通勤、通学客がいた。運行されている電車の本数が少ないので、人間がたまっているのだ。

どちら側の電車だ。

最守は首をめぐらせた。改札をくぐると線路を渡る通路があって、同じホームの左右に、上り下りの電車が着くようになっていた。ホームは六分くらい、人で埋まっている。

そのとき電車が走ってくるのが見えた。濃い茶色に塗られた、四、五両編成の車両だ。ゆっくりと右手の方角からこちらにやってくる。

通路を駆けぬけ、ホームにあがる階段をのぼった。女の姿を捜す。いない。どこだ、身を低くしているのか。

電車がホームに停止し、降りる乗客はほとんどなく、乗りこむ客が扉に向かった。

女はどこだ。電車は満席で、吊り革もほとんど埋まっている状態だった。

女の姿が見えた。うしろから二両目の車両に入っていく。白っぽいトレーナーが目に入った。

最守は閉まりかけた電車の扉に突進した。片手をさしこみ、扉を押さえ、体をねじこませる。駅員が何か叫んだが無視した。

扉が閉まった。車内は、東京の通勤ラッシュほどではないが、ほぼ満員だった。

電車が発進する。あたりを見回し、駆けこみ乗車をした自分に注がれる無遠慮な視線に気づいた。

「失礼」

最守はいって、連結部へと体の向きをかえた。最守が乗りこんだのは、先頭の車両だった。女のいる車両は、ひとつかふたつおいたうしろの筈だ。

連結部の扉を引き、うしろの車両へと向かった。これ以上こみだすと、車両間の移動が難しくなる。

電車は揺れた。やがて鉄橋のようなところを渡り、短いトンネルを抜けた。ガタン、ガタン、という音が高い。

「失礼。ちょっと通して下さい」

最守はいいながら、二両目の車両をくぐり抜けていった。

二両目を歩き抜けた。三両目への連結部分に立ったとき、電車がスピードを落とすのを感じた。車内アナウンスが次の駅に近づいたことを知らせる。

次の駅で多くの客が降りるなら、そこで女も降りるだろう。もしさっきの駅と同じように、乗るばかりだったら降りないにちがいない。最守はすばやく頭を働かせた。

女は人ごみにまぎれて移動する方法をとっている。

あなどれない。

三両目の先頭の扉で立ち止まった。電車がホームにすべりこんだ。小さな駅だ。客のほとんどに降りる気配はない。だがホームに待つ人々を見て、最守は焦った。さっきの駅とかわらないくらいの人数が立っている。あれだけの客が乗りこめば、車内はスシ詰め状態になって、後方へのくぐり抜けはできなくなる。

最守の予感は的中した。電車が扉を開くと、人々がどっと乗りこんできた。最守は、連結部近くまで押し戻された。これではとても移動はできない。

扉が閉まり、電車は発進した。最守は連結部の扉によりかかって息を吐き、首をめぐらせた。

体が硬直した。走りすぎるホームに女の姿があった。

そんな。そんな馬鹿な。

人けのなくなったホームを、改札口に向け、女は歩いていた。

44

電車を降りたのは、尾行の有無を確認するためだった。朝の通勤時で、乗りこむ客ばかりの駅ならば、降りたつ客は目につく。

アスカとともに電車を降りたのは、六十過ぎの老婆がひとりだけだった。

追ってくるのが仁王だけとは限らないことにアスカは気づいたのだ。確かに殺戮《さつりく》の主犯は仁王かもしれないが、護衛と援護のふたつのチームを短時間に手際よく壊滅させるためには、仁王ひとりでは収集しきれない情報が必要だったと気づいたからだ。

アスカは線路を渡り、反対側のホームに立った。数分で反対方向への列車がやってきた。こちらには通勤客は少なく、乗っているのは、高校生が多い。

通勤客が多かったのは都市部へと向かう列車だからだろう。反対にこちらの列車は、郊外へと向かうわけだ。

尾行がついていないことがわかれば、東京に向かう方法もある。しかし芦田と連絡がつかなくなっている今、アスカの単独行動は、〝作戦的〟には無意味であるし、危険も高い。

優秀な捜査員は、決して単独行動はとらない。無謀だし、収集した証拠その他の信憑《しんぴょう》性《せい》に疑いが生じやすくなるからだ。

アスカは芦田と連絡をとり、仁王の正体を知らせたあと、再度護衛の人間を要請するつもりだった。

芦田の目標は、仁王ひとりではない。警視庁内の「クライン」の触手すべてだ。さらにいえば、君国本人ですらある。仁王が「クライン」のスパイであったと知ったからといって、自分の任務が終わるわけではないことにアスカは気づいたのだ。

仁王への恐怖が、昨夜は心を痺《しび》れさせていた。しかし敵は仁王ひとりではない。河野明日香であったなら、仁王ひとりが敵でよい。しかし神崎はつみである今、仁王を含む、「クライン」の触手すべてが自分の敵なのだ。仁王の影にばかり怯《おび》えていたら、まったく別の人間に襲われかねない。

電車が四十分ほど走ると、いったん減った乗客が増え始めた。別の都市部に近づいてきたようだ。

今度はおおぜいの乗客が降りる駅で、いっしょになって降りた。

薗部と連絡がつく夜になるまで、安全な場所に潜みつづけなければならない。

通勤客といっしょに改札口を吐きだされた。そこは路線バスの乗り場を備えた、中規模の駅だった。東京でいえば、山手線のさほど乗降客が多くない駅ていどの規模はある。

アスカは路線バスの停留所に並ぶ人々とは離れ、駅の周辺を見渡した。七〜八階建てのビルが何軒か、駅を囲んでいる。小さなデパートがあり、喫茶店や食堂の入ったビルもある。

喫茶店の中には「モーニングサービス」の看板を掲げ、営業しているところもあった。

アスカはそのうちの一軒に入った。

コーヒーカップを前に朝刊を広げている男たちがいる。「モーニングサービス」は、トーストとゆで玉子のようだ。

入口が見える奥まった席にすわり、「モーニングサービス」を頼んだ。財布の中には、まだ十万円近い現金がある。近くの空港までいって、飛行機のチケットを買えば、夕方には羽田に着けるだろう。

アスカは、そう思い浮かんだ考えを打ち消した。

空港は誰でもが思いつく。自分を追う「クライン」の張り込みがない筈《はず》がない。追っ手は仁王ひとりだけではないのだ。

仁王が動いているということは、「クライン」のすべてが神崎はつみを追っているのと同じだ。

喫茶店は清潔で静かだった。客の大半がひとりで、口をきく者はいない。

コーヒーとトーストが運ばれてくると、アスカはラックから新聞をとりあげた。初めて目にする名の地方紙だった。

カップを口に運んだ。コーヒーのあたたかさがこわばった体にやさしかった。はりつめていた神経が一瞬、ほどけそうになる。バターのそえられたトーストからはよい香りがした。

アスカはようやく空腹を感じた。バターを塗り、口に運んだ。おいしかった。ゆで玉子を割り、塩をふった。

一杯目のコーヒーは、あっというまに飲み干してしまった。アスカはコーヒーのお代わりを頼み、新聞を開いた。

第一面をのぞけば、ほとんどが地元の県内記事だった。特に農業関係のものが多い。

社会面をめくった。昨夜の事故に関する記事が出ていないかと思ったのだ。

なかった。交通事故の記事はあるのだが、仁王の車に関するものはない。

とすれば、仁王は死にもしていないし、病院に運ばれるほどの大怪我《けが》も負っていないのだろう。

コーヒーのお代わりがきた。今度はゆっくりと味わって飲む。

計画をたてよう。夜までどこに隠れているかだ。

ホテルは駄目だ。この時間はまだチェックインはできないだろうし、ハンドバッグひとつの身ではかえって怪しまれる。さらに、追っ手が〝訊《き》きこみ〟にきたとき、部屋にいては危険を予知できない。

トイレにいき、用を足した。下着を含め、着がえも手に入れなければならない。九時になればデパートも開店するだろうから、そこで最低限のものを手に入れよう。服装もかえる必要がある。

そのあとは、どこに身を隠すべきか。アスカは知恵を絞った。映画館――悪くない。だが今の自分の状態では眠りこんでしまう可能性がある。それは危険だ。

女子用トイレ、女性用サウナは、女性捜査員のいない時代、保安課の刑事たちにとっては、切歯《せつし》扼腕《やくわん》の対象だった。女の売人を追いつめても、そこに飛び込まれると、男の捜査員は立ち入っていけない。トイレなどで証拠品を処分されるのを防げなかった。河野明日香は何度か、女子用トイレのドアをこじ開けたことがある。水洗便器で流される寸前のしゃぶやアフター・バーナーをとりあげてきた。

追っ手に女が混じっている可能性は低い。とすれば、デパートの女子用トイレは、つかのまの安全地帯と考えてよさそうだ。もちろんあまり長時間いると、今度は警備員に怪しまれる。

女性用のサウナは、東京でも決して多くない。もしこの町にあるとするなら幸運だろう。

ただし、サウナ風呂《ぶろ》というのは、住所不定の連中や暴力団員が入り込みやすい傾向がある。女性用サウナには、まちがいなく男性用のサウナも併設されているので、入口付近で「クライン」の息がかかった暴力団員などに〝目撃〟される可能性も否定できない。中に入ってしまえば安全だが、出入りするにはかなり気をつかう。

体があたたまり、胃に食物が入ったことで、睡魔が襲ってくるのをアスカは感じた。すわりつづけていたら眠りこんでしまうかもしれない。

ようやく九時になった。

アスカは立ちあがった。喫茶店をでて、開店したばかりのデパートに入った。開店したといっても、田舎の人々は朝が早い。アスカと同じように店内に入っていく客は少なくなかった。ただしほとんどが老人だ。

案内板でトイレの位置を確かめた。デパートは六階建てで、このうち奇数階にトイレがある。

トイレのある最上階、五階の女子用トイレに入った。便器は、和式と洋式がそれぞれふたつずつある。人はまだ誰も入っていない。

洋式のひとつに入った。便座の蓋《ふた》をあげず、上に腰をおろした。

ほっと息がでた。ようやく他人の目に触れない場所を見つけたのだ。

手配をうけ、追われている犯罪者は、いつもこんな気持なのだろうか。ひとりきりの居場所を確保できない限り、かたときも心をほどけないでいるのか。

仕切りの壁に頭をもたせかけ、アスカは目を閉じた。

少し休もう。くたくたのこのひよわな体が、体力を取り戻すまで。

45

指定されたのは、前回の場所とはちがう公園だった。中央に小さな城があり、周囲をかこむ形でベンチが配されている。

城は見学者が自由に出入りできるようになっていた。戦後、再建築された新しい建物なのだ。

最上階、天守閣の下が展望台になっていた。午後のこの時間、さほどの観光地でもない町を見おろす展望台には、人けがない。

最守は指定通り、町の西側を見渡す窓辺に立っていた。強い西陽が、遠く灰色に見える海面を鈍く輝かせている。

またしても足音や気配がまったくなかった。靴を脱いであがる板張りの展望台は、人が歩けば必ず軋《きし》みをたてる筈《はず》なのに。

「ふりむくな」

しかし今回はナイフはなかった。

「『刀』か」

「そうだ」

「あんたがこの町にいるらしいんでびっくりしたよ。住んでいるのか。このあたりに」

最守はいった。「刀」への恐怖を克服するには、少しでも多く、「刀」の個人情報を手に入れることだ。

「いいや」

「刀」の返事はにべもなかった。とりつくしまもない。

「何の用だ」

「刀」は訊《たず》ねた。

「力を借りたい。女を……見失った」

「例の男のせいか」

「いや……女はひとりだ。ひとりだと思う。男と離れて動いている」

最守は右手を腰のあたりにさまよわせながらいった。「失敗」を告げたとき、「刀」が自分を排除するのではないかと恐れたのだ。

「なぜそう思う」

「刀」は訊ねた。

「今朝、女を見つけた。地元のローカル線に乗っていた。ラッシュで……。俺《おれ》は女の降りた駅で降りられなかった。女はひとりだった。昨夜、女を連れていった大男の車が事故を起こしているのを見つけた。人は乗っていなかったが血まみれだった」

「お前の判断は？」

「事故は偶然じゃないかもしれん。女が逃げだそうとして――」

「なぜ逃げる？」

「誰《だれ》も信用できなくなっているからだ。警察も、誰も」

「女はお前を疑っていたのか」

「いや。だがあの大男がいえば」

「大男はお前の正体を知っていると？」

「わからない。だがあの大男が刑事だったら、〝本社〟から何かを知らされているかもしれない」

「〝本社〟のことは心配しなくていい。事故が女の起こしたものだなどということもだ」

「なぜだ」

「あの女はそんな女じゃない。そんな勇気も度胸もない」

「そんな筈はない！」

思わず最守は語気を強めた。

「あの女は頭が切れる。ひとりでも、きのうひと晩、俺の目をくらませた。今朝の電車だって、裏をかかれたんだ。俺も確かに見通しをあやまった。ひょっとしたらもう、女は飛行機で羽田に向かっているかもしれん」

「それはありえない。新幹線と空港はすべておさえてある」

「刀」は冷ややかにいった。

「女はまだ、この県からでていない」

「じゃあなぜ見つけられないんだ。あんたがいうように、女がただの見てくれがいいだけのオモチャなら、俺はとうに見つけている。あの女はそんなタマじゃない。護衛の刑事もふりきって、ひとりで動き回っているんだ」

「刀」は沈黙した。最守は思いきって訊ねた。

「あんたは、女を知っているのか」

「知っている」

「じゃあわかるだろう。ひとりでもあの女が平気だってことが」

「刀」は何もいわなかった。

「あの女をつかまえるのは、とにかく俺ひとりでは難しくなった。協力してほしい」

「大男はどうした？」

「わからない。あれきり見ていないんだ」

「死んだと思うか」

「死んじゃいないだろうが、どこかの病院に入院している可能性はある。ただしあのあたりの病院じゃない。俺は調べた」

最守はいった。本当は最守自身も入院したい気分だった。ムチ打ちの頭痛が、ずっとおさまらないでいる。

「大男が女を連れていったのと、事故の場所は離れているのか」

「いや。すぐそばだ。たぶん、三十分も離れちゃいない」

「お前は、大男を私とまちがえたといったな」

「ああ。『刀か』と、声をかけた」

「女は私を知っている。だからまちがえようはない」

「だから？」

「刀」の声の響きには珍しく、思案しているようなところがあった。

「だが大男を、自分を処分しにきた人間と思いこんだ可能性はある」

「それで逃げだしたというのか」

「女はお前を疑っていなかった。大男も刑事だとしよう。両方から刑事だといわれたら、女は混乱した筈だ」

「じゃあやはり、女が事故を起こさせたんだ」

「それは別だ。あの女にはそんなことはできない。事故は偶然で、たまたま運よく、誰かに拾われたのさ」

最守は頭を働かせた。あの大男に自分は、『女は今、殺そうと思っていた』と告げている。それを女は聞いていなかった可能性はあるだろうか。

ありうる。女は失神していた。とすれば、最守をまだ護衛と信じ、大男を殺し屋と思ったかもしれない。「刀」が何といおうと、事故は女が仕組んだものだ――最守は、そう心に決めた。

「女を捜すのはお前の仕事だ」

「刀」はつき放すようにいった。

「女はたぶん、お前をまだ信用している。お前の方から姿を見せてやれば、向こうから接触してくる筈だ」

その可能性を最守は考えた。どうせこのままでは女に逃げられる。手としては、最後の方法だろう。問題があるとすれば、あの大男だけだ。

「大男はどうする。大男にも気づかれるかもしれん」

「そのときはこちらで処分する。これから私は、お前のそばにいる」

「いっしょに行動するということか」

恐怖が声にこもった。

「いや。どこかからお前を見ている」

「じゃ、大男をどうやって見分ける？　俺が教えなければ――」

「必要ない」

「刀」は断ちきるようにいった。

「俺にはわかるからな」

46

デパートと映画館、そして女性用サウナの順だった。

女性用サウナと映画館を、アスカは同じビルの中で見つけた。この町はどうやら、このあたりではいちばんの都会なのだった。鉄道でも特急の停車駅になっている。

最終回の終了を待たず、アスカは映画館をでた。駅の周辺は盛り場になっていて、ネオンが点《とも》っている。

女性用サウナは、ビルの五階に、男性用サウナは六階にあった。ビルは、レストラン街やショッピングモールのある典型的な雑居ビルだった。四階には大きな居酒屋が入っている。

アスカは四階から階段を使って五階にのぼった。千五百円の料金を払って、靴を下駄箱に預けた。デパートで買った着替えが紙の手さげ袋に入っている。

平日の午後九時前ということもあって、サウナは空いていた。ロッカーに衣服と荷物を預け、アスカはタオルを手に浴室に入った。

浴室には、何人かの先客がいた。若い女はひとりもいない。四十代から五十代の、ふつうの主婦とは思えない中年女性のグループが入っていた。

アスカが入っていくと、ぺちゃくちゃと喋《しゃべ》っていたそのおばさんたちの会話が止んだ。横目でアスカを見ている。

アスカはサウナルームには入らず、シャワーを浴び、湯船に体を沈めた。ほっとため息がでた。やがておばさんたちのお喋りが再開された。聞くともなしに聞こえてくる内容では、どこかの旅館の仲居のようだ。

体を洗い、浴室をでた。でたところにタオルと簡単なローブのようなものが積んである。等身大の鏡と体重計もあった。

体をふき、鏡に映した。

おばさんたちの会話が止んだ理由がわかった。神崎はつみがもし、体のどこにも美容整形を加えていないとしたら、すばらしい肉体だった。

河野明日香は、体格のわりに胸が小さく、怒り肩だった。神崎はつみは、ほっそりとした、つややかな白い肩の下に、豊かな、形のよい胸がある。

河野明日香の腰は幅広で、腰骨が大きく張りだしていた。神崎はつみの腰は、そこに生存に必要な臓器がすべておさまっているとは信じられないほど、細くくびれている。

長く形のよい脚は、筋肉がついて蛙《かえる》のようだった河野明日香のそれとはまるでちがう。

すべてが、まるで人工の造りもののように美しい。濡《ぬ》れた髪を額にたらした女が、それを真剣に見つめている。体とみごとに釣りあうだけの美しさをもった女の顔だ。

こうして改めて見れば見るほど、その姿は、以前の自分とちがいすぎた。

美しくなりたいと思わない女はいないだろう。しかしそれは、今ある自分の延長線上においてだ。中にはサイボーグのように、顔も体もすべて手術で作りかえる者もいるかもしれない。だがたいていは、目を二重にしたり、頬骨《ほおぼね》を少し削ったり、今ある自分をどこかに残しておこうとするものだ。

当然だ。まったくの別人になりたい人間などいない。

どれほど美しい顔、すばらしいプロポーションであろうと、アスカはこの肉体に誇りをもてない。あるのは違和感であり、不安だ。鏡から目をそらし、ローブをまとった。

「休憩室」に入る。長椅子《いす》が並び、毛布がおかれていた。何人かの派手な感じのする女たちが、煙草をくゆらしながら、テレビや週刊誌に目を向けている。

水商売なら、今は就業時間の筈《はず》だ。いったい、何を仕事にしている女たちなのだろう。

アスカの遠い記憶が、女たちの正体を告げていた。

女たちはプロだ。男を相手にするのが商売の女たちだ。たぶん、十時くらいから動きだす客を待とうと、入浴と暇つぶしを兼ねてここにきているにちがいない。

アスカが「休憩室」に入ると、その女たちがいっせいに目を向けてきた。アスカはうつむき、「休憩室」の奥にある「スナックコーナー」へと早足で歩いていった。空腹だった。「ラーメン」や「おにぎり」といったメニューが貼《は》りだされている。

空腹を満たしたら、ひと眠りしよう。そして薗部に電話をするのだ。

ラーメンを食べた。東京のラーメンとはまるでちがう味だった。冷たい水を飲み、並んでいる長椅子のひとつに体をよこたえた。夕刊を広げ、毛布を体全体に巻きつける。「休憩室」そのものは決して寒くはないが、そうしていないと不安だった。

夕刊にも気になる記事は何もでていない。

見知らぬ土地の、他の客といえば常連ばかりがいるサウナに、ひとりでこうしているのが不思議だった。しかし外に比べ、ここははるかに安全なのだ。少なくとも仁王は決してここには入ってこられない。

やがて睡魔がやってきた。アスカは眠りに落ちた。

目が覚めたのは、午前一時過ぎだった。はっとして目をみひらくと、知らぬまに「休憩室」の顔ぶれはすっかり変わっていた。サウナは「二十四時間営業」をうたい文句にしている。今、「休憩室」は、アスカをのぞいて十人くらいの客がいた。その全員が長椅子によこたわり、体に毛布を巻きつけている。中には顔にタオルをかけている者までいた。

アスカはそっと長椅子からおりた。少し頭がふらついた。寒けもする。ローブの上から乾いたタオルを体に巻きつけた。

電話をする時間だ。ロッカールームにいき、バッグからテレホンカードをとりだした。

公衆電話は、受付とロッカールームを結ぶ通路にあった。受付にアルバイトらしい娘がふたりすわっている他には人けがない。

アスカは公衆電話の受話器をとるとカードをさしこみ、薗部のブティックの番号を押した。

「——はい、もしもし」

三度目のコールで薗部はでた。

「マスター」

「姐《ねえ》さんか」

「うん」

「ちょっと待ってくれ」

オルゴールのメロディが耳に流れ込む。数秒でとぎれた。

「すまなかった。客がいたんで追いだしたのさ」

「ごめんね」

アスカはカーペットのしかれた通路にしゃがみ、小声でいった。

「いや。それより、頼まれてた件だが——」

いって薗部は息を吸いこんだ。

「えらく厄介なことになってる。苦労したぜ」

「………」

「あんたの上司な、撃たれた」

アスカは息を呑《の》んだ。

「撃ったのも同じ刑事《でか》だよ。それも桜田門の中でのできごとらしい。だからすげえ箝口《かんこう》令《れい》がしかれてて、つきとめるのが大変だったぜ」

「どうして――」

「どうもノイローゼってことで話をもってこうとしているみたいだ」

「課長は？　それで課長はどうなったの？」

「それが容態がよくわからない。重体ってことらしいんだが、ひょっとしたら死んでるかもしれない」

課長が死んだ――アスカは全身から力が抜けそうになった。

「少なくとも、ひとりは刑事が死んでいる。それが撃った奴《やつ》なのか、撃たれた方なのかはわからねえんだ」

「どういうこと？」

「撃った奴が自殺をはかったらしいって話と、あんたのとこの課長が撃ち返したって話の両方があるんだ。とにかくてんやわんやの上に、口止めがすごくてな。一日じゃこれくらいしか情報が集まらねえんだ。自宅の方にも刑事が詰めているみたいなんで、家族からも話が聞けねえ」

アスカは口を開き、大きく息を吐きだした。ともすれば、目の焦点すらもぼやけてしまいそうだ。

どうすればいいのだ。

「聞いてるか、姐さん」

「うん」

「とにかく、俺《おれ》はもうちっと動いてみる。あんたのいった仁王って野郎のことも調べてみるからよ」

「気をつけて。相手はすごく大きいの」

「わかってるって。気を確かにもつんだぜ」

「ありがとう」

「また明日の晩でも電話してくれや」

「わかった」

アスカは受話器をおろした。フックに戻すのも忘れ、しばらくうずくまっていた。

今日一日を何とかくぐりぬければ、と思っていた。なのに、これがいったいいつまでつづくのか見当もつかない事態になった。

信号音に促され、アスカはようやく受話器をフックに戻した。吐きだされたテレホンカードを手に「休憩室」まで戻る。

さっきまで寝ていた長椅子は、別の客に占領されていた。

アスカは空いた長椅子を捜し、腰をおろした。唯一の頼みの綱であった課長が死んでいたら、自分にはもう救いの手はどこからもさしのべられることはない。

いや、それ以前に、神崎はつみの肉体をもった河野明日香には、どこもいく場所がなくなってしまうのだ。

長椅子に体を横たえ、毛布を顎《あご》の下まで引きよせた。眠けはみじんもなくなっている。

自分に残されている味方は、ひとりしかいない。それも生きているとすれば、最守だ。

最守を捜す。

でもどうやって。最守にはきっと監視の目がついている。

仁王がついている。次に会うとき、仁王はきっと、躊躇《ちゅうちょ》なく自分を殺すだろう。

47

京都に戻ってきたのは四日ぶりだった。「槍《やり》」と会った神から、報告の電話を君国はうけた。

はつみが変わった、と神は告げていた。「槍」の話では、刑事の保護をふりきり、なおかつひとりで「槍」の追跡をかわしているという。

それを聞き、君国も神と同様に、驚いた。

はつみにそこまでの知恵があるとは思わなかった。

もちろんはつみが愚かだったというわけではない。

君国のもとを逃げだしたのは、愚かな行為にはちがいないが、あのヘリを使って襲わせたホテルに逃げこむまでは、はつみはそれなりに追っ手をかわす知恵をもっていた。君国と暮らした時間の中でも、はつみを愚かだと思ったことはない。

勘がよく、一度学んだことを忘れない女だった。

が、それはあくまでも生活の中での話だ。

命を狙《ねら》われ、頼る者のいない状況の中で、はつみが刑事の保護もなしに、こうして丸一日を生きのびているというのは、驚くべきことだった。

それをなしとげるには、知恵だけではなく、勇気と行動力が必要なのだ。

あのはつみの中に、それだけのものが眠っていたというわけだ。そして君国のもとを離れたときから、それが目を覚ました。

神の話では、「槍」は、はつみをひと筋縄ではいかない女と見ているようだ。

神も君国も、そんなことは思いもよらなかった。〝本社〟の保護の手を断ち切った今、はつみをあっというまに捕えられるだろうと考えていたのだ。君国は、神の気持がよくわかった。神は、「槍」の考えを買いかぶりだと思っている。はつみは偶然に助けられて逃げのびていると思っているのだ。たぶんその通りだ。はつみは確かに君国の恐ろしさを知っている。だからこそ、警察の保護をふり切るような真似はしない筈《はず》なのだ。

神の推理はあたっているだろう。はつみは大男を、君国の手下だと思ったにちがいない。

それにしても一昼夜以上逃げのびているのは立派だった。ただ恐怖にかられた、やみくもな逃亡なら、とうにつかまえられている。

はつみは少なくともパニックにはなっていない。何を考え、何を計画しているのか。できるなら、はつみに会ってそれを訊《き》きたかった。

今この瞬間、はつみはひとりで何を感じているのか。追いつめられたネズミのようにただ怯《おび》えているのではないとしたら、どこにそんな勇気があったのかを教えてほしい。

もしはつみが「槍」のいう通りの女だとすれば、自分ははつみを見誤っていたことになる。それとも、一度死を目《ま》のあたりにして、はつみ自身が変わったということか。

会ってみたい。

はつみと会いたい。

君国の愛に応えるだけの女だったはつみが、自分の意志をもち、知恵をつかい、勇気を見せている。

そのはつみは、かつてのはつみよりも、君国にとってははるかに魅力的だった。より深く愛することができるだろう。

神が大男に惹《ひ》きつけられるように、君国は未知のはつみに惹きつけられていた。

48

最守は駅の雑踏にいた。人目につく、入口の階段にたたずんでいる。

女が昨夜のうちに東京をめざしたのでなければ、あたりの大きな町に身を潜めている筈《はず》だと、最守は考えたのだ。ふたつの県をまたぐ、半径五十キロ以内では、この町がいちばんの都市だった。

映画館があり、ビジネスホテルやラブホテルもある。潜りこむならば、この町を選ぶにちがいない。「刀」は、女を見くびっている。最守は、頭の回るプロの犯罪者を追っているつもりで、この町に的を絞ったのだ。

田舎《いなか》に逃げるのは、素人の考えだ。人里離れた場所というのは、他所者《よそもの》の姿はひどく目立つものだ。ましてや、若くあれだけの器量の女がいれば、人目を惹《ひ》かない筈はない。逃走に慣れた人間は、必ず、人の多い場所を選ぶ。おおぜいの人間のいるところは、それだけ個人の印象をにじませ、薄めさせる。

人は人を見ることに驚かず、関心を強くもたない。

そういう場所で、少ない人数で人を捜すのは至難の業だと知っているからだ。

が、向こうからこちらを見つけさせるようにすれば。

頭のいい逃亡者は、決してタクシーは使わない。運転手に顔を覚えられ、足どりを細かにつかまれるからだ。タクシーを、目標地点より一キロも離れた場所に乗りつける者はいない。たいていは、その目標のすぐそばまで乗っていくので、追跡者は簡単に行先をつきとめることができる。

レンタカーも同様だ。免許証の提示が必要なレンタカーでは、名前からすぐに足がつくし、車種、番号も特定される。

逃亡に慣れたプロが選ぶのは、常に不特定多数の人間が利用する交通機関しかない。この場合は、鉄道だけだ。

女がこの街に潜んでいるとするなら、必ず移動に鉄道を使う筈だ。

最守の方から女を見つけるのが難しければ、女の方から自分を見つけさせる。

女に対する考え方では、「刀」と最守はまるで正反対だった。だがひとつだけ、「刀」の考えで、最守を頷《うなず》かせるものがあった。

それは、女がまだ最守を味方だと信じているかもしれない、というものだった。女が大男と行動を共にしていないらしいことが、その考えに信憑性《しんぴょうせい》を与えている。

最守はそれに賭《か》けた。

自分の姿をこうしてさらすことによって、女から自分に近づいてくるのを待つ作戦をとったのだ。

そしてこれが、自分が単独でおこなえる、最後の手段だとも思っていた。この方法で女をつかまえられなければ、任務は失敗だ。

それが結果、どのような事態をひきおこすのか、最守にはわからなかった。

今回の任務は、これまで自分が手がけてきた公安の潜入捜査とはまったくちがう種類のものだ。

排除の命令を上が下すとき、常に〝敵〟はひとつの場所にとどまった生活者だった。たとえ逃亡生活中であっても偽名を使い、職業をもち、住居から職場に通っているような人間が相手だった。

今回の命令は突然であり、しかも切迫していた。「刀」のような〝協力者〟がいるのも珍しいことだ。「刀」が、どこからきた何者かは知らないが、情報提供者に過ぎなかった今までの〝協力者〟とはまるでちがう。

まぎれもなく「刀」は、プロだ。そして、任務の失敗の可能性に怯《おび》える最守は、そのときの「刀」の態度に怯えているのだった。

失敗したからといって、上が最守を排除することはない。最守は、上にとって重要な人材なのだ。だが「刀」は、そうは思わないかもしれない。そこに恐怖がある。

女が自分を見つけることを最守は願っていた。

誰《だれ》かを見つけるのではなく、誰かに見つけさせるというのは初めてだった。

それは、ひとつひとつの情報をもとに、確実に標的との距離を詰めていく捜査とはまるでちがい、かたときも不安から逃れられない時間だった。

その上、「刀」がどこからか自分を見守っているということに、さらに不安がつのる。

あの男は、必要だと考えれば、平然と、最守ごと女を抹殺しようとするかもしれない。

女が現われても現われなくても、最守は自分がひどく危険な状況に身をおいていることを感じていた。

任務の放棄は問題外だ。そのときこそ、「刀」は容赦なく襲いかかってくるだろう。今はもう、最守は、「刀」の正体を知りたいとは思わなかった。「刀」に関する個人情報をどれだけ得ようと、友情も温情も期待できないことを悟ったのだ。

たとえ最守が、溺《おぼ》れかけている「刀」を水の中から救いあげたとしても、「刀」は必要と考えれば最守を殺すことにためらいを感じないだろう。

公安警察官としての、これまでの人生の中で、最守は、「刀」のような人間をいくどか見たことがある。

そういう連中は、例外なく〝兵士〟だった。訓練の結果、人間の感情を捨て、目的だけを遂行するようにプログラムされたマシンなのだ。逮捕よりも自爆を選ぶような工作員であり、身分を偽装するためにいつわって結婚した妻を、しかもその妻は何も知らず夫と信じ愛しているにもかかわらず、不要となれば平然と刺し殺すような奴《やつ》らだ。

敵に回したときは、排除する以外、手はない。今回のような〝協力者〟が、いちばん対処に困る。

すべての人間が訓練を受ければそうなるのではない。

そうなるための才能のようなものが必要なのだ。たぶん、何千人、あるいは何万人にひとりしか存在しない才能だろう。

自分にそんな才能があることを知らず、平凡な人生を送っている者もいる。だがそういう人間は決して、通常の家庭生活を営めない。結婚しても、心を通いあわせることができず破綻《はたん》する。職場でも、孤立していて、友情を育《はぐ》める人間はいない。そしてそうあることを苦痛と感じず、不思議にも思わないからこそ、生きていけるのだ。

自分自身にもわずかだがその傾向があることを、最守は感じている。しかし、だからこそわかるのだが、「刀」には遠く及ばない。自分が完璧《かんぺき》にそんな人間であったなら、女に欲望を感じ、殺すのを先延ばしになどしなかった。「刀」ならきっと、犯しながら殺したろう。いや、殺したあとで犯す方法を選んだかもしれない。

そう考えると、かすかだが寒けがした。「刀」のような人間とかかわったときは、接触を最小限にくいとめるのが賢明なのだ。かかわればかかわるほど、危険は増す。

なぜなら、「刀」のような男が、他者との関係をもつとき、そこには必ず、死が介在しているにちがいないからだ。「刀」は、死を操ることによってのみ、人との関係を得られる。

かかわってはいけない人間とかかわった。

最守はそれを強く感じていた。

昼間がゆっくりと過ぎていった。立ちつづけることに疲れ、最守はときおり階段の端に腰をおろした。そうして、新聞を読み、週刊誌を読んだ。空腹は、駅の構内にある売店で買ってきたパンとジュースでしのいだ。

やがて五時を過ぎ、最守のかたわらを歩きすぎる人の数が増え始めた。太陽が傾き、ビルの長い影が、ロータリーをおおう。

最守は、駅の改札口に近いベンチに移動した。改札口に吸いこまれる人々に目を向けながら煙草を吸っていた。

吸い終えた煙草を灰皿に落とした。もう何も考えてはいなかった。ただそこにいることだけを、自分に課している。

「あの」

声に顔をあげた。垢《あか》ぬけないなりをした、若い娘が立っていた。頬《ほお》をひどく赤らめている。

「何か？」

「伝言を」

いって、娘は唾《つば》を呑《の》みこんだ。

「頼まれたんですけど」

この春高校を卒業して就職したばかりといった雰囲気だった。

「伝言？」

「はい。とってもきれいな女の人で――」

最守は思わず立ちあがった。娘は驚いたようにあとずさり、流れる人波に背中をぶっけてまっ赤になってあやまった。

「何といわれたんです？」

「あのう……『タピオカ』って喫茶店がそこにあるので、きて下さいって……」

「『タピオカ』!?」

娘は泣きそうな顔になった。

「そこの駅前第一ビルの二階です」

「その人はどこにいます？」

「わかりません。あの……ついそこで腕をつかまれて頼まれたんです」

「どんな格好をしていました」

「ふつうの……ふつうの格好でした」

「ふつうって!?」

娘の顔に怯《おび》えが走った。最守は急いでいった。

「すみません。妹とはぐれてしまったものですから」

「ジーンズと、トレーナーです」

「どんな色ですか」

娘は首をふった。

「覚えてません。ごめんなさい」

最守は失敗を悟った。怯えさせたために、思いだせなくなっているのだ。

「わかりました、ありがとう。駅前第一ビルの『タピオカ』ですね」

「はい。それじゃ。ごめんなさい」

走るように娘は最守から離れていった。最守はその姿が人波に呑《の》まれるのを見送ると、あたりをさりげなく見回した。

女か、大男か、「刀」か。そのどれかを視界に捜したのだった。

誰《だれ》も見つからなかった。

とにかく伝言に従う他はない。最守は人波に逆らうように歩きだした。

「タピオカ」はすぐに見つかった。ビルのワンフロアを使った大きな店で、しかも退社どきと重なって混んでいた。

空いている席を捜すために、最守は自然、店内を歩き回ることになった。女の姿はなかった。

ようやく二人がけのテーブルに空きを見つけた。コーヒーを注文し、新たな煙草も頼む。

コーヒーが届くよりも早く、レジの電話が鳴った。とった店員が、

「お客さまの、モガミ様――」

と呼びだしをかけた。最守はすぐに立ちあがった。

早い。女なら、どこからかこの店を監視していたのだ。

「はい、電話をかわりました」

最守は平静を装って、受話器をとった。

「——ひとりですか」

女の声がいった。まちがいない。最守は背筋がぞくぞくするのを感じた。混んだ喫茶店の喧騒《けんそう》が、片方の耳から遠のいていく。

「ええ。そうです」

「〝本社〟との連絡はどうなりましたか？」

「それがつかなくなっているんです。どうやら事故があったらしくて」

女は一瞬黙った。やはり女は、まだ自分を信じていたのだ——最守は思った。

が、次に聞こえてきた女の声は、ひどく冷たく、よそよそしいものだった。

「警察は信用できないわ。刑事が私を狙《ねら》っているもの」

「刑事が？」

思わずくり返し、最守は店員の視線が気になった。

「——ともかく会いませんか」

「あなた以外のチームは？」

最守はゆっくりと息を吸いこんだ。

「全滅です」

「よく生きていられたわね」

「私も必死ですよ」

偽りのない言葉だった。

「どこにいるんです？」

最守は訊《たず》ねた。

「近くよ」

「ひとりですか」

「今はね」

最守は大男のことを訊ねたいのをこらえた。ここで女に疑われてはいけない。

「お互いいっしょにいた方が安全です」

最守の言葉に女は沈黙した。最守は賭《か》けにでた。

「また、あいつがくるかもしれない」

「――わかったわ」

女が息を吐いた。その語尾がかすかに震えたことに最守は気づいた。

「そこをでて、ロータリーをはさんだ向かい側のビルに映画館がある。三階と四階よ。四階の方に入って」

「今すぐ？」

「今すぐ」

「わかりました」

最守は受話器をおろした。これ以上、女を迷わせてはいけない。信頼のかけらが残っているうちにつかまえるのだ。

コーヒー代を払い、「タピオカ」を出た。「刀」が近くにいるかどうか、あたりを見回したいのをこらえた。女がどこからか見守っているかもしれない。ひとりだと答えた以上それらしくふるまわなければ。

駅前のロータリーをつっきって、まっすぐに映画館のあるビルへと向かった。女ひとりの処分なら、人目につかないところにさえ連れだせばどうにでもなる。

あの大男が現われたら、そのときは「刀」の出番だ。

49

アスカは受話器をおろすと、素早く移動した。

そこはデパートの屋上にある小さな遊園地だった。乗り物の遊具があり、ソフトクリームや軽食を売っている。小さな頃、弟や妹たちとともに、両親に連れてこられたようなところだ。

屋上の端にある金網に体を押しつけた。「タピオカ」の入っているビルの入口を見おろす。

河野明日香は、両眼とも視力が一・二だった。それに比べ、神崎はつみの視力がやや落ちることにアスカは気づいた。特に、夕闇《ゆうやみ》の漂いだしたこの時間は、離れた位置の小さな人間の顔はひどく見分けにくい。

ビルから最守がでてくるのが見えた。ほぼ丸一日、観察していたので服装から何からすべて頭に入っている。最守の姿はすぐに見分けがつく。

問題は、それ以外の、たとえば仁王や、仁王とともに自分を追っているだろう、「クライン」の手下たちだ。

最守がずっとひとりでいたことをアスカは知っていた。最守の姿に気づいたのは、朝の十時頃だった。

すぐに接触したい気持をおさえ、アスカは最守の周辺をずっと監視しつづけた。それは最守を見張る、別の人間の存在を感知するためだった。

それらしい人間は、仁王を含めひとりもいなかった。

といって、最守の周囲が安全だと決まったわけではない。最守と出会えたのは僥倖《ぎょうこう》だったが、その接触を一歩まちがえれば、すぐさま地獄に逆戻りだ。

いや、自分はまだ地獄を抜けだしたわけですらない。

ロータリーを足早でよこぎっていく最守を見つめながら、アスカは思った。

仁王は、まだまちがいなく、この近くにいる。最守がこの街にアスカがいると嗅《か》ぎつけたのと同様に、仁王が嗅ぎつけない筈《はず》はないのだ。

最守が自分の姿をわざとさらしていることに、観察を始めてすぐ、アスカは気づいた。危険だがそうしない限り、アスカと連絡がつかないことを悟ったに違いない。優秀な刑事だった。

問題は仁王だ。

最守を囮《おとり》にしてでも、仁王の存在を確認しなければならないとアスカは思っていた。仁王の他に追っ手が何人いようと、最も危険なのは仁王なのだ。それは仁王が、単に強いからだけではない。仁王もまた警察官である、というカードのせいだった。警察手帳をかざす限り、仁王は衆人環視の中でも、アスカを力ずくでおさえこむことができる。対抗できるのは、同じ警官である最守しかいない。だからこそ、最守を見つけた時点で、仁王の居場所が知りたいと、アスカは願ったのだった。

だがそれはまだ果たされていない。

最守の姿が、映画館の入ったビルに消えた。アスカはじっと目をこらしていた。同じビルに入っていく人間の中に、今日一日どこかで見かけた姿がないか捜す。

ひとりの男に気づいた。どこで見たかは覚えていない。ダークグレイのスーツを着け、眼鏡をかけた男だ。左肩からショルダーバッグをさげている。

その男は、映画館の入ったビルの隣に建つ喫茶店から現われたのだった。ぶらぶらとした、あてのない足取りでロータリーをよこぎっていく。

ただのサラリーマンかもしれない。このあたりのビルに勤め先があるなら、昼間見かけていたとしてもまるで不思議はない。

男はそれを証明するかのように、バス停留所のひとつに並んだ。

アスカは目をそらした。

もう一度、屋上からロータリーを見おろす。止まっている車は何台もある。その中から監視をおこなっている人間がいるかもしれない。

だから一時間は、最守を待たせるつもりでいた。ただの待ちあわせのために止まっている車なら、一時間のうちには移動する筈《はず》だ。一時間たっても同じ場所から動かない車があったら要注意だ。

四十分もたつと、ロータリーに止まっていたすべての車が入れかわった。

最後までとどまっていた赤いスポーツタイプの車が動きだすのを見て、アスカはほっと息を吐いた。その車には、派手な格好をした若い娘が乗りこんでいった。運転者を待たせていたようだ。

屋上にアナウンスが流れた。あと十五分ほどで遊園地が閉園するという内容のものだった。

アスカは遊園地をふりかえった。人の姿が消えていた。どきっとした。

ひとりだけ、男の姿がある。ベンチのひとつに腰かけ、ソフトクリームを手にしていた。白いワイシャツを、ノーネクタイで着け、黒っぽいスラックスをはいている。脂けのない長い髪を額にたらしていた。長身で、その背を猫のように丸めている。足もとに、デパートのものと覚しい紙袋があった。

奇妙な雰囲気をもった男だった。ソフトクリームを舐《な》めているのだが、三十を越しているると思える大の男が黙々とそれをしているのは異様な光景でもある。

アスカは男の目を避けるように歩きだした。気づくと売店もほとんどがシャッターを降ろしており、開いている店にも人影がない。

この男が「クライン」の殺し屋だったら逃げられない——アスカは氷の塊が喉《のど》を塞《ふさ》いだように息苦しくなった。

アスカが男の背後に回りこんでも男は動かなかった。一心不乱に、ソフトクリームを舐めつづけている。

ときおりソフトクリームを空中にすかしては、舐め方にむらがないか確かめるような仕草をした。

アスカはデパートの店内に入った。売り子たちの姿にほっとし、もう一度背後をふりかえった。

男はまだそこにいた。

どうやらただの変人だったようだ。

アスカは歩く速度を早めながら、下りのエスカレータへと向かった。

デパートの地下街が、映画館のあるビルの地下とつながっているのをアスカは昼間のうちに発見していた。

その地下通路を使って、アスカは映画館のあるビルへと移動した。エレベータで四階へと昇る。

エレベータを降りたところにチケット売場があった。四階の映画館で洋画を、三階で邦画を上映している。

チケットを買い、館内に入った。ロビーに長椅子《いす》が並んでいて、そのうちのひとつに最守が腰かけていた。

アスカの姿に気づき、腰を浮かす。アスカは身振りで客席への扉をさした。最守はかすかに頷《うなず》き、手近の扉に向かった。

ふたりは客席の後方で合流した。スクリーンには夜の都会を疾走する車が映っていた。英語の会話が流れ、高いエンジン音がかぶる。客席は半分ほど埋まっていた。

最後尾の客席に並んでかけた。

「――どこにいたんです、いったい」

最守が小声で訊《たず》ねた。アスカはそれを制し、あたりを見渡した。客の大半は中央よりの椅子にかけている。ふたりの周囲には誰《だれ》もいない。

「こっちの質問が先。〝本社〟はいったいどうなってるの」

最守は首をふった。

「連絡がつかないんです。とりあえず任務は中止して、早急に東京に戻るべきだと思います」

「応援は要請したの」

つい口調が〝刑事〟のようになってしまうのをおさえられなかった。今はとにかく情報が欲しい。神崎はつみになりきるよりも、情報だ。

「それができないんです。地元は信用できないし。新しい車を用意しました。今夜のうちにできるだけ遠くへ逃げましょう。ここは危険すぎる」

　言葉を切ってアスカを見つめた。

「どうやってあの男から逃げたんです？」

「ずっと失神してるふりをしてて、急にハンドルを切ってやったの」

　最守は息を吐いた。

「やはり。あのあと奴《やつ》の車を見つけたんです。すぐに追っかけて」

「あいつは？」

　仁王、といいそうになるのをこらえ、訊ねた。

「いませんでした。しかしかなり出血の跡がありました」

「怪我《けが》をしたのね」

「きっと『クライン』の殺し屋ですよ」

「ちがうわ」

　思わずアスカはいっていた。最守は驚いたようにアスカを見た。

「何者です」

「刑事よ。そういってたの」

しかたなくいった。最守は眉《まゆ》をひそめた。

「どこの刑事です」

「あなたと同じ警視庁」

「馬鹿な。あんな大男は見たことがない」

「あなたの所属は？」

「もちろん保安です」

それを聞いた瞬間、アスカの心は凍りついた。

保安。そんな馬鹿な。二課はもちろん、一課にだって、こんな刑事はいなかった。

「――最近転属したばかりですが」

最守はいった。

「昔からの保安は信用できないというんで、この仕事に回されたんです」

「前はどこに？」

「外事二課と公安一課です」

アスカはそっと息を吐いた。だとすれば、顔を知らなくても不思議はない。河野明日香が死んで、半年以上が過ぎているのだ。

「転属したのはどれくらい前？」

「まだひと月もたっちゃいません」

安堵《あんど》に体から力が抜けた。だが次の瞬間、とてつもないまちがいに気づいた。自分が最守を知らなくて不思議はないが、最守が仁王を知らない筈《はず》はない！　いくら停職処分をくらっているとしてもだ。最守が保安に転属する前に仁王が警察を退職していれば別だ。だが芦田はそんなことはいっていなかった。

アスカは混乱した。とにかくおかしい。何かが変だ。最守が仁王を知らないと断言した口調に嘘《うそ》はなかった。

何かがまちがっている。

「いきましょう、今のうちに」

最守がせきたてた。

落ちつくのよ——アスカは自分にいい聞かせた。最守に気づかれないよう、そっと深呼吸した。

「車はどこに？」

「駅の反対側にある駐車場です。前のは、壊れていて目立ちますから」

そうだ。もう一度、身分証を確認するのだ。

「ねえ、もう一度、警察手帳を見せて下さらない」

「いいですよ」

最守は手帳をとりだした。アスカに手渡す。

「ここを開くとでてます、写真が。転属してすぐなんで、まだ部署の書き換えが終わっていないんです。だから――」

足もとの光でアスカは手帳の身分証を見た。最守康男警部　警視庁公安一課。

「お役所仕事は遅くてね」

アスカが返した手帳を懐にしまった。アスカは目を閉じた。自分が所轄から転属になったとき、手帳の身分証は一日で書き換えられた。捜査のために身分証を提示しなければならない私服警察官にとって、所属の記載は迅速を要する。

「いきましょうか」

アスカは自分の声を遠いものに聞いた。立ちあがった。

最守とともに映画館をでた。ビルの一階の出口からロータリーの舗道に立った。

「駅を通り抜けたところにある駐車場です」

最守はいって早足で歩き始めた。急いでいて不思議はない。だが――。

駅への階段を登り、改札口の前を通りすぎた。線路の反対側にある駅の出入口はひどくさびれている。駐輪場と駐車場ばかりだ。

最守が借りたという車は、そのうちの駅にいちばん近い駐車場に止めてあった。濃紺のソアラだ。

「速い車にしましたよ、今度は」

いって、最守はあたりを見回した。キィをとりだす。駐車場の係員が、小さな小屋から見つめていた。

「ねえ、君国から刑事の名前を聞いたことがあるの。古芳っていうのだけれど知ってる？」

「古芳？」

最守は眉をひそめた。アスカは助手席のドアに手をかけていた。

「どこの人間です？」

「わからない」

アスカは首をふった。

「本庁ですか」

「そうだと思う」

アスカは昼間買ったショルダーバッグをひきよせた。中に右手をさしいれた。

「聞いたことがあるような気がしますがね。保安の人間かな。何せ移ってきたばかりでこの任務だから、同じ部屋の顔を全部覚える暇もなかったんですよ」

それはありえないことではない。いや、そういう最守だからこそ、芦田はアスカの護衛に選んだのかもしれない。保安に移って日が浅いというのは、それだけ汚染されている可能性が低いことをあらわす。

最守はソアラのドアにさしこんだキィを回した。ドアロックが外される。

最守がドアを引き開けた。体をすべりこませようと身をかがめた瞬間、巨大な黒い影が駐車されている車の列からとびだしてきた。

アスカは叫び声をあげた。

仁王だった。まぎれもなく、仁王だ。額に巻いた包帯を隠すためか、アポロキャップをま深にかぶっている。

叫びに最守がふりむきかけた。仁王の太い脚がソアラのドアに刺さった。最守は蹴《け》られたドアと車体にはさまれ、呻《うめ》き声をあげた。

さらに仁王はドアを蹴った。最守は必死にドアを逃れようとする。ソアラの車体が揺れた。

最守が懐に右手をさしこんでいた。拳銃《けんじゅう》を抜こうともがいている。仁王の体がくるりと回転した。

その動きをアスカは覚えていた。破壊力と重量のあるうしろ回し蹴りが最守の側頭部に浴びせられた。

最守の首がまるで人形のように傾《かし》いだ。右手が懐をぬけ、地面に拳銃が落ちる音が響いた。

アスカはあとずさった。最守はドアにつかまりずるずると腰を落とした。仁王のあの蹴りを喰《く》らって立っていられた人間はいない。

仁王は一瞬、地面に尻《しり》もちをついた最守を見やった。

アスカはバッグから右手をひきぬいた。昼間デパートで買った果物ナイフを握っていた。バッグに入る大きさではいちばん長いものだ。先も尖《とが》っている。

「ちょっと！　あんた何してんの!?」

駐車場の係員が叫んだ。仁王は聞こえなかったようにアスカに目を向けた。

アスカは胸の前でナイフをかまえた。仁王と目があった。

まるで変わっていた。

最後に会ったときとは別人のような仁王の姿を、アスカは正面から見つめた。

頬《ほお》がげっそりとこけ、目には今まで見たことのない鋭さがある。こんな仁王を見るのは初めてだった。ひょっとしたら、アフター・バーナーのジャンキーになってしまったのかもしれない。

「聞こえないのか、あんた！　一一〇番するぞ」

再び係員が叫んだ。だがアスカも仁王も一顧だにしなかった。

「――何の真似だ」

仁王が口を開いた。なつかしい声だった。なのにアスカは、その声を聞くのも初めてのような気がした。

アスカは何もいわなかった。口をきくのが恐かったのだ。

仁王はゆっくりと足を踏みだした。最守が動く気配はなかった。

「こないで！」

アスカはようやくいった。それだけのことで全身が汗に濡《ぬ》れ、肩で息をしていた。

「何の真似だと訊《き》いてるんだ」

仁王がさらにいった。

「きたら刺す」

仁王はじっとアスカを見つめた。ふっとその目がそれた。

「じゃあ好きにするがいい。お前が死んだところで、俺《おれ》には痛くもかゆくもない」

つぶやくようにいった。

アスカは目をみひらいた。

「何をいってるの。わたしを殺しにきたくせに」

仁王はアスカを見た。

「勘ちがいをするな。殺してやりたいのはやまやまだがな、俺の仕事はお前を護衛することだ」

「嘘《うそ》つき！　あんたが殴り倒したのは刑事よ」

「知ってる。『クライン』の飼い犬だ」

「それはあんたよ」

仁王はやっていられないというようにそっぽを向いた。そして不意に体をかがめた。

ガタン、という音がして、ソアラの天井に何かが投げだされた。拳銃だった。

「見ろ」

仁王がいった。

「こいつがもっていた拳銃だ。ベレッタのM92だ。こんな銃を私服刑事はもって歩かない。警視庁の装備にはないからな」

アスカはソアラの屋根に投げだされた拳銃を見つめた。確かに初めて見る形のオートマチックだった。警視庁の私服刑事に支給される、ニューナンブの短銃身やブローニング、配備され始めたばかりだったワルサーともちがう格好をしている。

「あんたはじゃあ、何だっていうの」

「俺か。俺も、刑事だ。ただし何もかもなくしちまった刑事だが」

「証拠はあるの？」

「ねえよ、そんなもの。停職中だったんでね」

仁王はあっさりといった。そして暗い目でアスカを見つめた。

「俺とくるのかこないのか。もし俺が『クライン』の殺し屋で、こいつが本物のきれいな刑事なら、とっくにこいつもお前も死んでいる。ぐずぐずしてればパトカーがくる。地元県警も信用できない。逃げるなら逃げる。俺とくるならくる。決めろ」

予想外の言葉だった。アスカはどうしていいかわからなかった。

「――どうするの」

「こいつの車を借りて、とにかくここを離れる。もしもってたきゃ、そのナイフをもってろ。ただし二度とハンドルには手をだすな」

アスカは深呼吸した。仁王の襲撃は予想できた事態だ。だが浴びせられたその言葉は、まるで予想もしなかったものだった。

　呻き声が聞こえた。

「だま……されるな……」

　最守だった。ソアラのボンネットに手をついて立ちあがろうとしている。

「そいつこそ、『クライン』の殺し屋だ……」

　左手で首をおさえ、大きく口を開けて喘《あえ》いでいた。

　仁王は表情もかえなかった。

「どっちを信用するかはお前しだいだ」

　どうしよう、どうすればいいのだ——。アスカは最守を見やった。立っているのがやっとの状態だ。

「信じて、くれ……」

　最守はいった。その目がきょろきょろとあたりを見回している。誰《だれ》かを捜しているのだ。アスカは最守を真剣に見つめた。最守はだがアスカと視線をあわそうとせず、目だけを動かしている。

　アスカの息は荒くなった。その瞬間、不意にあの匂《にお》いがさしこんできた。鼻の奥のあの、つんとする匂い。

　匂いは叫んでいる。ここにいては駄目。すぐに立ち去るべきだ。

　仁王に目を戻した。暗く光のない目がまっすぐに見返してきた。アスカは唇をぎゅっとすぼめ、いった。

「いくわ」

「……いけない……」

最守がつぶやいた。仁王がその体に向きなおった。大またで二歩。最守の襟首をつかんでひきよせた。

「本庁にも飼い犬がいたんだな」

「離せ！」

最守はもがいた。

「答えろ、お前は誰から命令されたんだ」

「ふざけるな！　飼い犬はお前の方だろうが！」

「じゃあこの銃はどっからでてきた」

「これは――」

最守がいいかけたとき、その頭がぱっと弾けた。仁王は瞬間的に身をちぢめ、最守の体をつきとばした。

「伏せろ！」

仁王が叫び、それを聞くまでもなくアスカはソアラの陰に体を伏せていた。真っ赤なしぶきが音をたててソアラのフロントガラスにふりかかった。

「乗れ！」

仁王はソアラのドアを開けた。反対側からアスカはドアを開いた。

ビン！　という鈍い音がして、ソアラの屋根がくぼんだ。乗りこもうとしたソアラの助手席のシートに穴がうがたれる。

ライフルだ。どこか遠くからライフルで狙撃《そげき》している者がいる。ソアラの屋根を貫通した弾丸がシートの背も射抜いていた。

次の弾丸がボンネットに刺さった。車が揺れる。アスカは体を低くしてシートに転げこんだ。

仁王がイグニションキィをさしこむと、ソアラのエンジンがよみがえった。不意に右のドアミラーが粉々にふっとんだ。

「くっ」

仁王は体を丸めながら、サイドブレーキを外し、シフトレバーをバックに入れてアクセルを踏みこんだ。

ソアラは唸《うな》りをあげて後退した。二枚のドアをまるで羽根のように開いたままだ。

「おおいっ」

誰かが叫んだ。駐車場の中を猛スピードでバックしている。

よこたわっている最守の姿が見えた。頭を吹きとばされていた。

シャーッという音が屋根でして、すべり落ちたベレッタがソアラのボンネットではね、がちゃんと路上に落ちた。

仁王が舌打ちをした。体をねじりうしろを見ながらハンドルを切っている。

「つかまってろ！」

仁王がどなり、アスカは助手席の背にしがみついた。ソアラはバックのまま駐車場の出入口からとびだした。受付の窓から身をのりだした係員が大きな口を開けて叫んでいるのが、一瞬、フロントガラスの視界をよぎった。

その視界が反転した。ソアラは大きく弾み、スキッド音をたてた。フルブレーキにぐるりと車首が回転する。

ブレーキ音がさらに聞こえた。駐車場の前を走りすぎようとした車が、バックでとびだしてきたソアラに急ブレーキを踏んだのだ。

バタン、とソアラのドアが音をたてた。遠心力でふりまわされ、勢いよく閉じた。

仁王の手がまるでドアノブでもつかむようにシフトレバーを包み、勢いよくひきおろした。叫び声が聞こえる。罵声《ばせい》だ。

ソアラの後輪が激しい悲鳴をあげ、アスカの体はがくんとシートに押しつけられた。蹴《け》とばされたようにソアラは発進した。

ソアラはあっというまに繁華街を走り抜けた。仁王の運転は荒っぽく、思わず目をおおいたくなるほど乱暴だった。人もひかず、何にもぶつからずに走り抜けられたのは、まるで奇跡だった。

まっ暗な国道を走りだしてようやく、仁王は車のスピードをゆるめた。

アスカは恐怖と次々に起こったできごとに、頭が働かなくなっていた。ようやくふつうに息ができるようになると訊《たず》ねた。

「――どうなったの」

仁王は答えなかった。バックミラーに鋭い目をときおり向けて、運転に専念している。ソアラは百キロのスピードで国道をふっとばしていた。ときおりあらわれる先行車を次々と反対車線にはみだしては、追い抜いていく。

「答えてよ！」

アスカは怒りを爆発させた。

「いったいどうなったのよ！」

仁王をにらみつけた。

仁王は皮を使ったスタジアムジャンパーにジーンズ姿だった。ジャンパーの下はよごれたワークシャツで、アポロキャップもよく見ると拾ったもののようにきたない。

仁王はゆっくりと息を吸い、アスカを見た。

「何を答えるんだ」

冷ややかで無愛想な口調だった。こんな口のきき方をされたのは一度もない。これではまるで――。

まるで逮捕した被疑者に対するような口のきき方だ。

「最守刑事はどうなったの」

「見てたならわかるだろう、頭をふっとばされたんだ。生きてる筈《はず》がない」

仁王の手が思いだしたようにハンドル横のレバーに触れた。モーター音をたてて洗浄液がフロントガラスに浴びせられ、最守の血と脳の破片を洗い流した。

「なぜ」

「なぜ？　そいつはお前の方がよくわかってる筈だ。奴《やつ》らのやり方だろうが」

アスカは唾《つば》を呑《の》みこんだ。忘れていた。仁王にとって自分は〝神崎はつみ〟なのだ。

「でも――」

いいかけたアスカの言葉を断ち切るように仁王はいった。

「お前と話をしたくない。トイレにいきたいとき以外は口をきくな」

アスカは息を呑んだ。かっと怒りがこみあげる。仁王をにらんだ。

仁王は平然としていた。

「ただし、二度とおとといのような真似はするな。今度やったら容赦しない。その首をへし折ってやるからな」

アスカをふりむきもせず、仁王はいった。

「――どこへいくかくらい教えてよ」

アスカはようやくいった。

「とりあえず安全な場所だ。この車で東京までは向かえない。アシがついているからな」

「安全な場所ってどこ」

「知らんね。俺が安全だと思える場所だ」

「そんな――」

仁王が初めてアスカを見た。

「いい加減、か？　が、そうでもしなけりゃ、奴らをまくことはできないんだ。奴らは組織力もあって人間もごまんと抱えている。まともに計画をたてていたら、予測されて先回りされるのがオチだ」

「応援を頼めばいいじゃない」

「駄目だ」

仁王の言葉はにべもなかった。

「なぜ？　どうしてなの」

仁王は深呼吸した。

「誰も信用できないからだ」

――あんたもそうよ、いってやりたいのをアスカはけんめいにこらえた。この男がもし自分をこのまま君国のもとに連れていこうとしているのだったら――。そのときは絶対に許さない。喉笛《のどぶえ》を切り裂いてやる。

アスカは息を吸い、フロントガラスの前方に目をやった。今ここですべてをぶちまけてやりたい気持にかられた。

あんたの隣にすわっている女は、外見こそ「クライン」のボスの情婦だけど、心はあんたの昔の恋人なのよ。そう、あんたが裏切って居場所を「クライン」に知らせたために、殺された女。

そうなのだろうか。

仁王は本当は裏切り者ではなかったのではないだろうか。

もし裏切り者だったら、駐車場で仁王自身がいったように、あの場で自分を殺していたのではないか。

それはちがう。

もうひとりのアスカがいった。仁王が裏切り者だとしても、あの場でアスカを殺さない理由はある。

君国だ。

君国のもとにアスカを連れていく指令をうけていたら、殺すわけにはいかないのだ。

これからどうなっていくのだろう。

仁王が裏切り者なのか、そうではないのか。

それを知る方法はひとつある。

仁王が自分をどうするのか、見届けることだ。守るか、殺すか、ひき渡すか。

いずれにしても真実を告げるわけにはいかない。〝神崎はつみ〟の心がアスカだとわかったら——信じたとしてだが——仁王がどんな行動をとるか、想像もつかない。

仁王が自分を〝神崎はつみ〟だと信じきっているからこそ、真実を知る機会はあるのだ。

これからの自分の運命が、真実を明かす。

明かされたとき、仁王はもうひとつの真実を知ることになる。

闇《やみ》の奥へと疾走する車の中で、アスカは覚悟をきめた。

この男のそばを離れない。

真実がわかる、その瞬間まで。

（下巻に続く）

本書は一九九五年七月に小学館より単行本として、一九九七年六月にカッパ・ノベルスとして、一九九八年十一月に角川文庫として刊行された作品を改版したものです。

天《てん》使《し》の牙《きば》（上）

新装版《しんそうばん》

大《おお》沢《さわ》在《あり》昌《まさ》

平成10年 11月25日　初版発行
令和２年　８月25日　改版初版発行
令和６年 11月25日　改版７版発行

発行者●山下直久

発行●株式会社KADOKAWA
〒102-8177　東京都千代田区富士見2-13-3
電話　0570-002-301（ナビダイヤル）

角川文庫 22285

印刷所●株式会社KADOKAWA
製本所●株式会社KADOKAWA

表紙画●和田三造

ISBN 978-4-04-109783-0　C0193

角川文庫発刊に際して

角川源義

第二次世界大戦の敗北は、軍事力の敗北であった以上に、私たちの若い文化力の敗退であった。私たちの文化が戦争に対して如何に無力であり、単なるあだ花に過ぎなかったかを、私たちは身を以て体験し痛感した。西洋近代文化の摂取にとって、明治以後八十年の歳月は決して短かすぎたとは言えない。にもかかわらず、近代文化の伝統を確立し、自由な批判と柔軟な良識に富む文化層として自らを形成することに私たちは失敗して来た。そしてこれは、各層への文化の普及滲透を任務とする出版人の責任でもあった。

一九四五年以来、私たちは再び振出しに戻り、第一歩から踏み出すことを余儀なくされた。これは大きな不幸ではあるが、反面、これまでの混沌・未熟・歪曲の中にあった我が国の文化に秩序と確たる基礎を齎らすためには絶好の機会でもある。角川書店は、このような祖国の文化的危機にあたり、微力をも顧みず再建の礎石たるべき抱負と決意とをもって出発したが、ここに創立以来の念願を果すべく角川文庫を発刊する。これまで刊行されたあらゆる全集叢書文庫類の長所と短所とを検討し、古今東西の不朽の典籍を、良心的編集のもとに、廉価に、そして書架にふさわしい美本として、多くのひとびとに提供しようとする。しかし私たちは徒らに百科全書的な知識のジレッタントを作ることを目的とせず、あくまで祖国の文化に秩序と再建への道を示し、この文庫を角川書店の栄ある事業として、今後永久に継続発展せしめ、学芸と教養との殿堂として大成せんことを期したい。多くの読書子の愛情ある忠言と支持とによって、この希望と抱負とを完遂せしめられんことを願う。

一九四九年五月三日

角川文庫ベストセラー

感傷の街角　大沢在昌

早川法律事務所に所属する失踪人調査のプロ佐久間公がボトル一本の報酬で引き受けた仕事は、かつて横浜で遊んでいた〝元少女〟を捜すことだった。著者23歳のデビューを飾った、青春ハードボイルド。

漂泊の街角　大沢在昌

佐久間公は芸能プロからの依頼で、失踪した17歳の新人タレントを追ううち、一匹狼のもめごと処理屋・岡江から奇妙な警告を受ける。大沢作品のなかでも屈指の人気を誇る佐久間公シリーズ第2弾。

追跡者の血統　大沢在昌

六本木の帝王の異名を持つ悪友沢辺が、突然失跡した。沢辺の妹から依頼を受けた佐久間公は、彼の不可解な行動に疑問を持ちつつ、プロのプライドをかけて解明を急ぐ。佐久間公シリーズ初の長編小説。

アルバイト・アイ
命で払え　大沢在昌

冴木隆は適度な不良高校生。父親の涼介はずぼらで女好きの私立探偵で凄腕らしい。そんな父に頼まれて隆はアルバイト探偵として軍事機密を狙う美人局事件や戦後最大の強請屋の遺産を巡る誘拐事件に挑む！

アルバイト・アイ
毒を解け　大沢在昌

「最強」の親子探偵、冴木隆と涼介親父が活躍する大人気シリーズ！　毒を盛られた涼介親父を救うべく、東京を駆ける隆。残された時間は48時間。調毒師はどこだ？　隆は涼介を救えるのか？